I0831737

DAS FENSTER

DAS FENSTER

Roman

Anto Krajina

IDEOS

Die Handlung dieses Romans sowie die darin vorkommenden Personen sind frei erfunden; eventuelle Ähnlichkeiten mit realen Begebenheiten und tatsächlich lebenden oder bereits verstorbenen Personen wären rein zufällig.

ISBN 978-3-9523859-0-6

Umschlag: Anto Krajina und David Kobelt Grafikdesign, Schweiz

Gedruckt im Vereinigten Königreich

Bibliografische Information Der Deutschen Bibliothek

Die Deutsche Bibliothek verzeichnet diese Publikation in der deutschen Nationalbibliografie; detaillierte bibliografische Daten sind im Internet über *http://dnb.de* abrufbar.

Das Fenster

Über den Dächern von Clermont lag an jenem frühen Morgen noch Dunkelheit. Weder auf der breiten Hauptstrasse noch in den schmalen Seitengassen war ein einziger Schritt zu hören; nicht üblich für ein reges Städtchen, in dem man selbst während der ersten Morgenstunden wenigstens Betrunkenen begegnete. Nicht einmal das Gurren der Stadttauben war zu vernehmen, als hätten auch sie gewusst, dass alle noch schliefen.

Der Herbst hatte gerade begonnen. Die Zeit unmittelbar nach der Ernte war es, wenn jeder bemüht ist, die Früchte seines Tuns einzusammeln und unter Dach zu bringen. Die Kornkammern waren voll, in den Schobern duftete frisches Heu, in den Ställen ruhte gesundes Vieh.

Die Trauben waren süß und saftig gewesen, übertrafen selbst die kühnsten Erwartungen. Alle waren überzeugt, dass der Wein, dessen Gärung soeben begonnen hatte, von erster Güte sein werde, und schon jetzt dachte jeder Winzer daran, einen Teil des flüssigen Segens für die kommenden Jahre aufzubewahren, als etwas Kostbares, was bei jedem Schlückchen dazu verleitet, die früheren Zeiten als glücklichere und bessere zu preisen und all die Sorgen wenigstens für einen Augenblick zu vergessen.

Die anstrengendste und wichtigste Zeit des Jahres war überstanden. In der vergangenen Nacht hatte man die Ernte mit einem Fest gekrönt; selbst in den bescheidensten Haushalten hatte es eine üppige Mahlzeit gegeben, und in den Stuben duftete noch alles nach frisch gepresstem Traubensaft.

Alle waren erschöpft und zufrieden und gönnten sich nun am Morgen danach einen langen Schlaf. Getragen von seinen Wünschen und Befürchtungen, Neigungen und Fähigkeiten, träumte jeder seinen eigenen Traum.

*

In der Rue des Gras war es nicht anders. Das Einzige, wodurch die verschlafene kleine Gasse, eine der ruhigsten und angenehmsten Strassen in Clermont, an diesem Morgen auffiel, war das fahle Kerzenlicht im Fenster eines Hauses.

Das Haus wurde von Etienne Pascal, seinen drei Kindern, der Tante Marie und der Dienerin Louise bewohnt. Etienne Pascal war ein angesehener Staatsbeamter und arbeitete als Vorsteher des Steueramtes von Clermont. Es war ein Posten, der solide mathematische Kenntnisse, Fleiß, Pünktlichkeit sowie die unbedingte Loyalität gegenüber dem Staat und der Krone verlangte. Etienne Pascal vereinte in sich alle diese Eigenschaften aufs Glücklichste und versah sein Amt vorbildlich. Er genoss das uneingeschränkte Vertrauen des Finanzministers, und sein Rat war selbst in den höchsten Kreisen des staatlichen Verwaltungsapparates gefragt. Als ausgezeichneter Mathematiker pflegte er enge Kontakte zu einigen der führenden Wissenschaftler im Königreich, das von vielen für das schönste auf der ganzen Welt gehalten wurde. Darüber, ob jene recht hatten oder nicht, lässt sich wie bei vielen anderen Dingen streiten, aber es lässt sich nicht leugnen, dass die dortigen Einwohner alle zutiefst davon überzeugt waren, die schönste Heimat zu haben.

Die bevorzugte Stellung Etienne Pascals brachte für seine Kinder große Vorteile und versprach ihnen eine angenehme Zukunft. Jedes seiner drei Kinder war auf eine Art begabt, aber ihre Begabungen und Fähigkeiten, sich für bestimmte Dinge zu begeistern, waren völlig verschieden.

Gilberte, die ältere Tochter, las keine Bücher, hatte für logische Zusammenhänge nichts übrig und verabscheute Mathematik. Bereits mit zehn Jahren half sie Louise, der treuen Dienerin, eifrig im kleinen Garten hinter dem Haus, in der Küche und im Waschraum, wusch und glättete, nähte und strickte unermüdlich. Für abstrakte Dinge war sie das am wenigsten begabte Kind Etienne Pascals und zugleich das beliebteste bei allen, die ihn und seine Kinder kannten.

Jacqueline, die jüngere Tochter, las unermüdlich die Werke großer Dichter, schrieb sogar selbst rührende Verse und reizende Tagebücher. Für Mathematik und Logik hatte auch sie kaum einen Sinn. Die größte Freude empfand sie jedoch bei der Lektüre religiöser Bücher, insbesondere der Heiligenlegenden.

Auf das zweite seiner drei Kinder, seinen einzigen Sohn Blasius, war er besonders stolz, denn in ihm glaubte er genau jene Eigenschaften zu sehen, die er selbst besaß: scharfes, folgerichtiges Denkvermögen und beispielhafte Beharrlichkeit, wenn es darauf ankam, den Dingen auf den Grund zu gehen.

Etienne Pascal liebte alle drei und lebte für sie.

*

Antoinette Pascal, geborene Begon, Etienne Pascals Gemahlin, war schon seit einigen Jahren tot. Die Geistesschärfe, die Etienne Pascal und seinen Sohn Blasius auszeichnete, war bei der verstorbenen Antoinette Pascal noch stärker ausgeprägt gewesen. Der kleine Blasius war kaum drei Jahre alt, als sie starb. Keines der drei Kinder erinnerte sich an sie. Sie kannten sie nur aus den Schilderungen ihres Vaters. Er pflegte sie immer einen ‚Engel auf Erden' zu nennen, und da die Kinder ihren Vater über alle Masse liebten und verehrten, war die unbekannte Mutter für sie genau das, was ein naiver Mensch sich unter einem Engel vorstellt: heilig, makellos, entrückt, himmlisch. Und sie wussten, dass sie die Kinder einer solchen engelhaften, idealen Mutter waren. Ihr Vater war für sie der Inbegriff der Ehrlichkeit, Rechtschaffenheit und Güte. Seine vollkommene Hingabe und Aufopferung bewirkten, dass seine Kinder den frühen Verlust der Mutter nicht im Geringsten spürten oder zumindest nicht wussten, dass ihnen die mütterliche Liebe fehlte. Eine Art Glück im Unglück war auch, dass die Schwester ihrer verstorbenen Mutter unmittelbar nach deren Tod zu ihnen gezogen war und sich mit nicht geringerer Hingabe den drei kleinen Waisen widmete, als es ihre eigene Mutter getan hätte.

So vergingen die Tage im Heim von Etienne Pascal in Einklang und Zufriedenheit. Es geschah nichts, was die Harmonie hätte stören können. Unter der Obhut ihres Vaters lernten und gediehen die Kinder, jedes nach seinen Kräften.

Etienne Pascal nahm regelmäßig an den Zusammenkünften von mathematisch und naturwissenschaftlich interessierten Persönlichkeiten von Clermont und ließ sich so über die neuesten Leistungen der geistigen Elite des ganzen Landes auf dem Laufenden halten.

Somit war im Leben von Etienne Pascal und seinen Kindern alles aufs Beste bestellt, und dennoch geschah an diesem frühen Morgen etwas, was ihn dazu bewog, die Idylle der friedlichen Provinzstadt zu verlassen und mit seinen Angehörigen in jene Stadt zu übersiedeln, in der alle Fäden des ganzen Königreiches zusammenliefen.

*

Etienne Pascal war ein Frühaufsteher, obwohl er regelmäßig spät zu Bett ging, denn er brauchte wenig Schlaf, wie das bei Menschen mit größeren geistigen Fähigkeiten häufig vorkommt.

An diesem Morgen stand er noch früher auf, als er es sonst zu tun pflegte. Er wollte noch unbedingt einiges erledigen, bevor er nach Paris fuhr, wo er im Finanzministerium wichtige Unterredungen haben sollte und daher nicht sicher war, ob er später für die Verpflichtungen in seinem eigenen Amt in Clermont genügend Zeit haben würde. Er hatte nämlich unmittelbar vom Finanzminister in Paris erfahren, dass eine umfangreiche Steuerreform bevorstand. Wie sie jedoch aussehen und wann sie in Kraft treten sollte, war noch nicht bekannt. Er als einer der fähigsten und bedeutendsten Steuerbeamten des Landes war zur Beratung in dieser Angelegenheit nach Paris eingeladen worden. Die Einladung trug die persönliche Unterschrift des Finanzministers, was darauf hindeutete, dass die Sache von besonderer Wichtigkeit war.

Etienne Pascal war aufgestanden und begab sich, nachdem er sein Bad genommen hatte, zu den Schlafzimmern, in denen seine Kinder schliefen. Seit dem Tode seiner Gemahlin begann fast jeder seiner Tage so.

Die beiden Mädchen schliefen friedlich in ihren Zimmern und hörten nicht, dass jemand die Tür geöffnet hatte. Er tat es äußerst leise, sodass nur jemand, der nicht schlief, es hätte hören können.

Ebenso leise öffnete er die Tür des Zimmers, in welchem Blasius schlief, aber dort wartete auf ihn eine Überraschung, mit der er nicht einmal in seinen kühnsten Träumen hätte rechnen können.

Sein Sohn war nämlich gerade sieben geworden, und bereits in diesem zarten Alter legte er eine einmalige wissenschaftliche Neugierde und eine Fähigkeit, dieser Neugierde zu genügen, an den Tag, was in der Geschichte des Menschengeschlechtes nur selten anzutreffen ist.

Dass Blasius immer etwas Besonderes und Unerwartetes wissen wollte und dass daher auch seine Fragen besonderen Charakter hatten, war Etienne Pascal bekannt, aber was er an diesem Morgen vorfand, übertraf alles Vorherige, sodass er noch am selben Tag beschloss, während seines bevorstehenden kurzen Aufenthaltes in Paris dort ein geeignetes Haus zu suchen und seinen Wohnsitz in die Hauptstadt zu verlegen.

Als er nämlich die Tür öffnete, brannte bei Blasius eine Kerze. Der Knabe saß am Schreibpult und las in einem Buch, welches üblicherweise nur Mathematiker und Mathematikstudenten benutzen, in der Absicht, einige besondere Lücken in ihren Geometriekenntnissen zu schließen. Es war das Buch von jenem berühmten griechischen Mathematiker, der vor vielen Jahrhunderten alles damals auf dem Gebiet der Geometrie Bekannte zusammengetragen und so gründlich kommentiert hatte, dass es dank der beispielhaften Genauigkeit und Vollständigkeit Jahrhunderte überdauern und unzähligen Generationen von Mathematikern als bestes Lehrbuch dienen konnte. Die Schönheit und die Größe des genial geschriebenen Unterrichtswerkes lagen darin, dass es unabhängig von Ort und Zeit allen praktischen Zwecken im Alltag genügte. Jene Fälle, in denen es nicht genügte, kennt der praktische Alltag nicht.

Etienne Pascal stand – die Klinke der halboffenen Tür noch immer in der Hand – und konnte für einige Augenblicke weder etwas sagen noch sich bewegen.

Blasius saß am Schreibpult, und sein kleines kindliches Gesicht glühte im milden, goldenen Kerzenlicht. Nur das an eine Stütze gelehnte großformatige Buch, das Gesicht und die beiden winzigen Hände des Knaben waren beleuchtet, während alles andere im Zimmer sich im Dunkeln zu verlieren schien.

Der Knabe, den der unverhoffte Besuch des verehrten Vaters offensichtlich sehr überrascht hatte, rührte sich nicht.

Der Augenblick wurde zum vollkommenen Bild.

Zwar hatte der Knabe nichts Böses getan, und doch empfand er etwas, was vom Schuldgefühl nicht weit entfernt war. Er hatte etwas heimlich getan, zu einer Stunde, da er hätte schlafen sollen. Sein Verhalten ließ beim Vater den Gedanken aufkommen, in seinem Heim geschehe etwas ohne sein Wissen, und zwar etwas, was er hätte wissen müssen.

Ein schüchternes „Vater!“ scheuchte die Stille. Es klang so, als hätte der Knabe sich beim Vater vergewissern wollen, dass er ihm nicht zürnte, denn er hatte etwas Ungewöhnliches getan, und alles Ungewöhnliche enthielt schon etwas Unerlaubtes, selbst wenn es nicht ausdrücklich untersagt war. In der Art, wie der Knabe ‚Vater!' sagte, und im Gesichtsausdruck des Kindes schwang ein ‚Bist du mir böse?', aber auch ein ‚Sei mir bitte nicht böse' mit, Frage und Bitte zugleich.

Etienne Pascal war sprachlos, denn, was er sah, war so überwältigend, dass er kein geeignetes Wort hätte finden können, um auszudrücken, was er in dem Augenblick empfand. Mit mildem Gesichtsausdruck schritt er auf den Knaben zu, streichelte ihm das Haupt und schaute ihm sprachlos in die Augen. Für einen Augenblick hatte er das Gefühl, seine über alles geliebte Antoinette sei vor ihm. Er küsste den Knaben auf die Stirn und fragte ihn, warum er so früh aufgestanden sei. Er habe nicht mehr schlafen können, denn die Parallelen ließen es nicht zu, gab der Knabe mit seiner feinen kindlichen Stimme zur Antwort. Auf die Frage des Vaters, was er damit meine, sagte der Knabe, die Parallelen hätten ihn unwiderstehlich gelockt, zwischen ihnen immer weiter zu wandern, und hätten ihm versprochen, in der Ferne zu verschmelzen, blieben jedoch hartnäckig getrennt. Und was er nun von Parallelen halte, fragte Etienne Pascal den Knaben. „Nur dort können sie zusammenkommen, nie hier", gab Blasius zur Antwort. Etienne Pascal spürte, dass die Worte seines kleinen Sohnes eine ungeheure Mitteilung enthielten, aber danach wollte er ihn nicht weiter fragen. Er setzte sich neben den Knaben und erkundigte sich bei ihm, was er lese. „Die *Prinzipien* von Euklid", antwortete Blasius. Und wie weit er bereits gekommen sei, fragte Etienne Pascal. Er habe bereits alles gelesen und alles verstanden, könnte jederzeit eine beliebige Stelle erläutern, nur eines habe er nicht begriffen. „Und das wäre?" fragte Etienne Pascal neugierig und nicht ganz ohne Angst. Der Knabe schaute ihn mit seinen großen Augen an, die wegen des spitz zulaufenden Kinns sehr weit auseinander zu liegen schienen, und sagte kaum hörbar: „Das Unendliche." Einen Augenblick schwiegen sie beide, denn „das Unendliche" zitterte warnend in der Luft und gestattete kein Gespräch darüber.

Der Knabe war blass, und seine Gesichtshaut ähnelte neuem Pergament.

Etienne Pascal stand auf. „Jetzt muss ich noch etwas sehr Wichtiges erledigen, und du sollst noch ein wenig schlafen, später werden wir uns über alle Dinge ausführlich unterhalten." „Ja, Vater, ich gehe noch ein wenig schlafen", sagte der Knabe, und die Art, wie er es sagte, verriet, wie glücklich er war. Er stand auf und schritt auf sein Bett zu. Sein langes weißes Nachthemd berührte fast den Boden, sodass man seine Füße nicht zu sehen bekam und den Eindruck hatte, er schwebe vorwärts, ohne zu schreiten. Etienne Pascal löschte die Kerze auf dem Pult; die Dunkelheit verschlang das engelhafte

Bild. „Schlaf gut, mein Sohn", sagte er noch und schloss leise die Tür hinter sich.

In Gedanken versunken, ging er in sein Arbeitszimmer, wo ein Stapel von allerlei Briefen und Zuschriften auf ihn wartete. Papierblätter waren es mit seltsamen, von Menschen erfundenen Zeichen, die alle eine bestimmte Bedeutung hatten und nur deswegen ernst zu nehmen waren, weil sie in einem geregelten System verwendet wurden, in welchem alles seinen ganz genau festgelegten Platz hatte.

Vor seinem Schreibpult hielt er einen Augenblick inne. Sein Blick fiel auf das Blatt, das zuoberst lag, und blieb an den vielen mit säuberlicher Hand geschriebenen Buchstaben und Ziffern hängen.

„Die freiesten Kinder des Intellekts und der Fantasie, der vornehmsten aller Eltern, sind es, eingespannt vor den Karren der Zwecke", dachte er und setzte sich in den bequemen, mit grünlichem Leder bespannten Sessel.

* * *

Es war früh, und alle schliefen noch im Haus von Etienne Pascal, in dem er seinen neuen Wohnsitz hatte, seitdem er mit seinen Angehörigen von Clermont nach Paris gezogen war.

Nur Louise, seit Jahren als Dienerin bei Etienne Pascal angestellt, war bereits auf.

Als damals Antoinette Pascal ihr erstes Kind erwartete, fühlte sie sich sehr schwach, sodass das junge Ehepaar gezwungen war, eine Frau als Aushilfe zu suchen. In Louise fanden sie jemanden, auf den sie später nicht mehr verzichten mochten. Sie blieb bei Etienne Pascal und erlebte alles mit, was in der Familie geschah, die Geburt aller drei Kinder und das unaufhaltsame, frühzeitige Hinscheiden seiner zierlichen, liebenswürdigen und überaus intelligenten Gemahlin. Sie pflegte sie auch bis zum letzten Atemzug. Kurz bevor Antoinette Pascal verschied, gab sie Louise als Andenken einen Ring, den sie selbst einst als Mademoiselle Antoinette Begon getragen hatte.

All das waren feste Bande zwischen der zwar völlig ungebildeten, jedoch mit natürlichem Scharfsinn begabten Dienerin und der Familie Pascal, sodass sie niemals daran dachte, das Heim von Etienne Pascal zu verlassen.

Zwar war Tante Marie, Antoinettes Schwester, da, die seit Frau Pascals Tod den Sinn und Inhalt ihres eigenen Lebens darin sah, den Kindern ihrer verstorbenen Schwester zu dienen und dafür zu sorgen, dass sie in keinerlei Weise merkten, dass ihre leibliche Mutter nicht am Leben war, jedoch dachte Etienne Pascal deswegen nie daran, auf Louisens Treue und Zuverlässigkeit zu verzichten.

*

An diesem Morgen war Louise wie immer vor dem Morgengrauen auf den Beinen und räumte leise auf, damit alles in Ordnung sei, wenn Tante Marie, die selbst recht schwächlich war, und die beiden Mädchen aufstehen.

Etienne Pascal und Blasius waren nicht zu Hause. Sie hielten sich in Rouen auf und wollten noch vor dem Mittagessen zurück sein.

Sie hatte bereits alles in der Küche sowie im Essraum in Ordnung gebracht, das Arbeitszimmer von Etienne Pascal aufgeräumt und befand sich nun im Zimmer von Blasius, dem letzten Raum, den sie noch reinigen wollte. Eigentliches Reinigen war es nicht, denn sein Zimmer reinigte sie fast täglich, und Blasius seinerseits war ein besonders ordnungsliebender Junge, sodass sie in seinem Zimmer nicht viel zu tun hatte.

Als sie sein bereits tadellos sauberes Schreibpult abwischen wollte, fiel ihr Blick auf ein größeres Blatt mit allerlei Zeichnungen darauf. Sie hielt einen Augenblick inne und betrachtete die seltsamen Linien, sah natürlich darin keinen Sinn und keinen Zusammenhang. Einige Linien waren gerade, andere krumm, einige waren Kreise, andere auseinander gezogene Kreise, und alle schnitten alle. Louise wusste, dass Blasius von allen im Hause für ein besonders gescheites Wesen gehalten wurde, denn er konnte alles blitzschnell ausrechnen, ohne sich etwas aufschreiben zu müssen. Auf die Frage, wie er das einfach so konnte, meinte er, er sehe alles bereits ausgerechnet, brauche sich nicht anzustrengen, alles sei so leicht. Obwohl er selbst ein ausgezeichneter Mathematiker war, staunte auch Etienne Pascal über die einmalige Fähigkeit seines Sohnes, mit Zahlen umzugehen, hielt ihn für einen Sonderfall, insbesondere seit jenem Erlebnis in Blasius' Zimmer, das ihn bewogen hatte, nach Paris zu ziehen.

Vier Jahre waren seit jenem Erlebnis verstrichen, Blasius war nun elfjährig, und sie alle waren in Paris heimisch geworden. Etienne Pascal hatte alle Hände voll zu tun, denn nebst seinen Verpflichtungen in Paris versah er weiterhin gleichzeitig sein Amt als Vorsteher des Steueramtes in Clermont. Fügt man noch hinzu, dass er ein Mann in den so genannten besten Jahren war und auf das gesellschaftliche Leben nicht ganz verzichten wollte, muss man umso mehr staunen, dass er trotz allem für seine Kinder genügend Zeit fand, ja sogar ihr Hauptlehrer und Erzieher war.

Er selbst verkehrte im Salon von Madame Sainctot, einer besonders attraktiven Dame, bei der sich viele gelehrte Herren trafen, um Gedanken und Meinungen auszutauschen, oder einfach, weil sie heimlich hofften, einmal vielleicht doch noch ihre Gunst zu erlangen. Wie es mit ihrer Gunstgewährung im Fall Etienne Pascals bestellt war, ist nicht auszumachen, denn allgemein war lediglich bekannt, dass sie einander besonders achteten. Es scheint jedoch, dass Madame Sainctot für Etienne Pascal immer Zeit hatte und dass ihre erste Frage, die sie jedes Mal an die beiden besonders treuen und regelmäßigen Besucher ihres Salons, nämlich Desargues und Roberval, richtete, war, ob Etienne Pascal auch noch kommen werde.

Im Salon von Madame Sainctot lernte er auch Herrn Le Pailleur kennen, einen begabten Mathematiker, der ihn in die gelehrtesten Kreise der Pariser Gesellschaft einführte. Bald wurde er Mitglied der Akademie von Père Mersenne. Da er selbst naturwissenschaftlich interessiert war, bereitete es ihm zweifelsohne ein gewisses Vergnügen, mit gescheiten und gebildeten Menschen zu verkehren, jedoch tat er all das in erster Linie, weil er seinem Sohn den Weg zum Erfolg bereiten wollte.

*

Und während Louise die seltsamen Zeichnungen betrachtete, merkte sie nicht, dass sie die ganze Zeit laut gesprochen hatte. Die Stimme der Tante aus dem Zimmer nebenan unterbrach sie in ihrem Selbstgespräch. Tante Marie war schon aufgestanden, und da sie Louisens Stimme gehört hatte, fragte sie jene, mit wem sie sich unterhalte. „Mit niemandem", antwortete Louise, sie sei allein im Zimmer. Dass dem auch wirklich so war, davon konnte sich Tante Marie überzeugen, nachdem sie Blasius' Zimmer betreten hatte. Louise stand am Schreibpult und bestaunte die unzähligen Linien, welche sich gegenseitig schnitten, sich allmählich einander näherten oder aber sich ebenso allmählich voneinander entfernten, je nachdem, wie man es anschaute.

„Du hast doch mit jemandem gesprochen", behauptete die Tante, „ich habe es gehört."

„Nicht dass ich wüsste, Madame, ich habe lediglich diese Zeichnungen bestaunt", und während sie das sagte, deutete sie auf das Wirrwarr von Linien auf dem großen Papierbogen.

„Ich kenne alle Buchstaben, Madame, die großen und die kleinen, das darf ich behaupten, denn ich habe alle Buchstaben gelernt, aber solche, die Blasius in die Ecken gesetzt hat, habe ich noch nie gesehen."

„Ach, liebe Louise, zerbrich dir nicht den Kopf mit solchen Dingen", sagte Tante Marie, und in ihren Worten war etwas nicht zu überhören, was die neugierige Dienerin davon abbringen sollte, irgendetwas zu tun, was sie auf den Gedanken bringen könnte, auch sie sei nicht dumm, auch sie könnte lernen, was sonst nur den wohlhabenden Gescheiten vorbehalten sein sollte.

„Sie haben wahrscheinlich Recht, Madame, was diese Linien besagen, weiß ich nicht, aber es steckt etwas darin, was mich anzieht, nur könnte ich nicht erklären, was es ist."

Die Worte der Dienerin gefielen Tante Marie ganz und gar nicht, denn sie besagten, dass auch eine Dienerin die Veranlagung haben konnte, von Höherem angesprochen zu werden. Daher fuhr sie fort, damit das bei der Dienerin entstandene Gefühl sich nicht zum Gedanken verdichte, denn der Gedanke kann leicht zur Hebamme einer bestimmten Lebensführung werden.

„Das glaube ich dir, liebe Louise", sagte sie fast übertrieben freundlich, „aber jeder Mensch sollte wissen, wo sein Platz ist, und sich vor Ausschweifungen in jene Bereiche hüten, die für ihn nicht bestimmt sind."

Louise sagte nichts, und einige Augenblicke standen die beiden Frauen schweigend nebeneinander da. Louise hatte den Eindruck, dass Tante Marie trotz ihrer

Freundlichkeit eigentlich etwas anderes sagen wollte, etwas, was einer Dienerin den Mut rauben sollte, über bestimmte Dinge nachzudenken und sich danach Fragen zu stellen, was jenseits der Lebensschranken einer Bediensteten lag. Die entstandene Stille war geladen, wirkte bedrückend. Tante Marie hatte gemerkt, dass die Dienerin eine Ahnung bekommen hatte, welche Absicht sie verfolgte. Deswegen fuhr sie gleich fort, um bei der Dienerin den möglichen Zweifel an der Ehrlichkeit und Aufrichtigkeit ihrer Worte zu vertreiben.

„Ich verstehe nicht", sagte sie in sachlichem, vernünftigem Ton, "warum Blasius seine Blätter einfach so offen liegen lässt, denn, was darauf steht, schafft bei uns kleinen Menschen Verwirrung, bringt auf dumme Gedanken. Wart einen Augenblick, ich lege die Blätter gleich in die Schublade, damit wir nicht gestört werden und ruhig arbeiten können."

Im selben Augenblick schickte sie sich an, ihre Absicht in die Tat umzusetzen, aber Louise war schneller.

„Nein, Madame!", sagte sie laut, schrie fast.

„Und warum nicht?", wollte die verdutzte Tante Marie wissen.

„Blasius hat ausdrücklich befohlen, dass niemand seine Blätter anrühren darf", erwiderte Louise selbstsicher, denn in dem Augenblick fühlte sie sich in gewisser Hinsicht als Vertrauensperson von dem, dessen Wort und Wille höher standen als Tante Maries Beschlüsse.

Tante Marie musste weichen. Sie wusste, dass Blasius' Wunsch respektiert werden musste, und sagte daher, indem sie Gleichgültigkeit vortäuschte: “Na gut, wenn dem so ist, er wird es schon wissen.“ Eigentlich fühlte sie sich geschlagen, ja fast erniedrigt, denn jene Seite, die von ihrer Dienerin vertreten wurde, hatte gesiegt. Um dies zu verbergen, fügte sie hinzu: „Ich wollte dir, liebe Louise, bloß sagen, dass jeder Mensch wie eine Fliege von irgendetwas angezogen wird und dass gerade in dem, was den Menschen unwiderstehlich lockt, zugleich Zuflucht und Grab stecken.“

Tante Marie pflegte es, Sätze, in denen allerlei Maximen enthalten waren, auswendig zu lernen und gelegentlich zu gebrauchen. Ihren Sinn verstand sie kaum, aber sie klangen gut, und wegen ihres allgemeinen Charakters wurden sie von dem Gesprächspartner nie grundsätzlich abgelehnt.

Auch Louise verstand den Sinn von Tante Maries Worten nicht ganz, aber sie klangen eben gut und machten ihr Eindruck, denn sie verbanden die Zuflucht und den Tod, also zwei auf den ersten Blick grundsätzlich verschiedene Inhalte zu einem Ganzen, und alles ergab sich aus der menschlichen Neugierde und dem Interesse an den Dingen.

Sie blieb einen Augenblick sprachlos stehen und bemerkte dann: „Was Sie soeben gesagt haben, Madame, ist zu hoch für mich, aber ich habe das Gefühl, dass ich trotzdem ahne, was Sie sagen wollten.“

Tante Marie schaute sie sprachlos an, denn sie spürte, dass die Dienerin etwas zu dem zu sagen hatte, wozu sie selbst sich kaum hätte äußern können.

„Was den Weg weist, führt bis zum Schluss und enthält ebenso den Schluss selbst“, sagte Louise, ohne die

Antwort von Tante Marie abzuwarten.

Tante Marie verstand die Worte der Dienerin nicht, aber sie hatte den Eindruck, Louisens Erwiderung sei irgendwie seltsam, gar nicht in der Art, wie es sich für gewöhnliche Dienerinnen ziemte. Sie spürte, dass sie dazu etwas sagen musste, denn in ihr kam das unangenehme Gefühl der Unterlegenheit auf; ihre Dienerin erschien ihr plötzlich gescheiter als sie selbst. Sie versuchte deswegen, Ruhe und Überlegenheit vorzutäuschen, denn nur eines durfte ihrer Meinung nach nicht geschehen: Die Dienerin durfte nicht das Gefühl haben, sie persönlich sei nicht unbedingt weniger intelligent als ihre Herrin.

„Sei glücklich, liebe Louise, dass du nur ahnen kannst, denn Ahnung genügt den kleinen Leuten völlig, sie bleibt immer Ahnung, hat sozusagen einen Dauerwert. Das Verständnis beziehungsweise das Wissen hingegen ist nie das, was es zu sein scheint, sondern immer etwas anderes, hat keinen Dauerwert", sprach sie sicher und fließend, wusste eigentlich nicht, wieso sie überhaupt einen solchen Satz hervorbringen konnte. Sie spürte zwar, dass das, was sie gesagt hatte, irgendwie gut klang, wusste jedoch nicht, was es bedeutete. So etwa hatte sich Etienne Pascal einmal in einem Gespräch geäußert. Sie hatte ihm gut zugehört, und weil sie wusste, dass er sehr gescheit war, merkte sie sich seine Worte mit der Absicht, sie gelegentlich auch zu gebrauchen, ohne sich unbedingt Gedanken zu machen, was die Worte auch wirklich besagen sollten. Schließlich waren seine Worte immer vernünftig, und Vernünftiges durfte man doch immer sagen; der Zuhörer sollte dann selbst einen Anknüpfungspunkt herstellen; gelang es ihm nicht, so war er selbst daran schuld.

Was Etienne Pascal damals im Gespräch gesagt hatte, gefiel Tante Marie so gut, dass sie es unzählige Male wiederholt hatte, bis sie es ohne Stocken aufsagen konnte. Das mit der Ahnung hatte Wirkung auf Louise, es gefiel ihr nämlich sehr, und plötzlich hatte sie das Gefühl, Tante Marie und sie gehörten zusammen. Ob Blasius für solche Aufgaben nicht zu jung sei, fragte sie Tante Marie, denn sie wusste, dass Kinder im gleichen Alter wie Blasius noch sorglos miteinander spielten und dass sich kaum eines von ihnen für den merkwürdigen Wirrwarr von Linien interessierte. Sie meinte, solch komplizierte Zeichnungen benützten nur hoch geschulte Erwachsene, die Brücken und Häuser bauten oder aber Land vermaßen. Sie wusste, dass Blasius mit solchen Dingen nichts zu tun hatte, und verstand daher nicht, wozu er solche Zeichnungen benötigte.

Einerseits sei er zu allem noch zu jung, meinte Tante Marie, anderseits fast allen Erwachsenen weit voraus und begreife alles, was sie sagten; sie begriffen aber nicht alles, was er sagte.

In ihr Gespräch mischte sich plötzlich Jacqueline ein, das jüngste Kind von Etienne Pascal. Sie war in ihrem Zimmer gewesen, hatte halb gehört, worüber sich Tante Marie und Louise unterhalten hatten, und war gekommen, um sich am Gespräch zu beteiligen. Eigentlich wäre sie nicht gekommen, aber die Heiligenlegende, die sie soeben gelesen hatte, war sehr gewöhnlich, denn der Heilige wurde nicht heilig nach einer plötzlichen Bekehrung durch Gottes Gnaden, sondern war schon von Anfang an fromm, sodass in seinem Leben jener kostbare Wendepunkt fehlte. Sie schätzte vor allem die Lebensgeschichte von Apostel Paulus und die des heiligen Augustinus, denn beide hatten vor ihrer Bekehrung tüchtig gesündigt, jeder auf seine eigene Art und Weise.

„Worüber unterhaltet ihr euch so schön?“ wollte sie wissen.

Tante Marie deutete auf die Zeichnungen auf dem Pult.

„Schau dir das einmal an, wer soll sich in diesem Durcheinander aus Linien, Kreisen, Halbkreisen, auseinander gezogenen Kreisen und was sonst noch zurechtfinden?“

„Ich weiß, worum es bei all dem geht“, sagte Jacqueline, stolz, auch etwas zum Gespräch beitragen zu können.

„Sag's doch“, drängte Tante Marie neugierig.

„Neulich hat Blasius die Arbeiten von Monsieur Desargues gesehen, hat sie interessant gefunden und möchte sie nun kommentieren und ergänzen“, sagte Jacqueline mit einem Hauch von Triumph.

„Das ist aber interessant“, versetzte Tante Marie, „und es muss sich sicher um etwas Wichtiges handeln, denn er arbeitet daran bereits seit einigen Tagen. Übrigens, wieso weißt du Bescheid?“

„Blasius hat mir alles erzählt. Es sind sehr wichtige Fragen, hat er mir gesagt, im Zusammenhang mit ...“

Sie legte ihre rechte Hand auf die Stirn und überlegte, suchte einige Augenblicke das richtige Wort, aber vergebens.

„Ich weiß nicht mehr, wie das Ding heißt“, sagte sie

dann, „mein Gedächtnis lässt mich im Stich. Ich weiß nur, dass es ein seltsamer Körper ist, hat die gleiche Form wie die Spitzhüte, die junge Frauen in Bourgogne vor zwei Jahrhunderten trugen. An einem Ende ist er rund und breit und am anderen ganz spitz, läuft in einem einzigen Punkt zusammen. Wozu er so etwas braucht, weiß ich nicht. Auch kann ich nicht verstehen, dass sich jemand mit so einem Ding so lange abgeben kann. Eines weiß ich aber sicher: Einen solchen Hut würde ich nie tragen, finde ihn hässlich."

„So solltest du nicht reden", unterbrach sie Tante Marie, „wenn er sich so lange damit beschäftigt, dann muss es etwas Besonderes sein. Ich liebe zwar das Rechnen, aber das, was er hier zeichnet, ist mir völlig unverständlich. Meine verstorbene Schwester, deine Mutter, mein Schatz", sagte sie und streichelte Jacquelines Haupt, „war so etwas wie Blasius, ich glaube, er hat es von ihr geerbt."

„Nicht vom Vater?", fragte Jacqueline neugierig.

„Sicher hat er auch vom Vater die mathematische Begabung geerbt, da gibt es keinen Zweifel, aber Söhne erhalten mehr von der Mutter als vom Vater."

„Und Töchter?", fragte Jacqueline weiter.

„Sie erhalten von beiden Eltern gleich viel."

„Und woher weißt du das, Tante?"

„Ein Schäfer hat es meinem Vater erzählt, und ich hab's von ihm."

„Hat dieses hier", fragte Jacqueline, und dabei deutete sie auf Blasius' Zeichnungen, „mit Rechnen zu tun?"

„Ich vermute es schon, es heißt Geometrie, gehört

aber auch zur Mathematik."

„Ich liebe Poesie, aber für Mathematik habe ich nicht so viel übrig", sagte Jacqueline lächelnd, schob dabei den rechten Daumennagel unter den des Mittelfingers und schnippte dann kurz und hörbar.

„Weißt du, Tante, wovon die ...", fragte Jacqueline und versuchte das Wort zu finden, „ach ja, Geometrie handelt?"

Tante Marie fühlte sich wiederum wichtig und überlegen, denn während sie sich mit Jacqueline unterhielt, hörte ihnen Louise schweigend zu. Sie machte keine Bemerkungen und stellte keine Fragen, weil sie befürchtete, Tante Marie könnte irgendetwas zum Anlass nehmen und sie einfach fortschicken.

Alles, was sie hörte, konnte sie leicht verstehen, und doch machte es ihr Eindruck, denn es war für sie ganz neu. Daher tat sie alles, um dem Gespräch beizuwohnen.

„Hm, wovon Geometrie handelt", fuhr Tante Marie fort und lächelte wichtig und zufrieden.

„Blasius hat mir kürzlich gesagt, wovon sie handelt. Manchmal glaube ich zu verstehen, was er mir gesagt hat, ein anderes Mal habe ich wiederum das Gefühl, es doch nicht zu verstehen. Wenn ich aufrichtig bin, dann entspricht dies eher dem eigentlichen Zustand meines Verständnisses."

Die letzten Worte der Tante gefielen Louise sehr, gaben ihr Mut, denn offensichtlich verstanden auch andere nicht unbedingt alles, obwohl sie viele Jahre lang Privatunterricht hatten genießen dürfen.

„Magst du dich erinnern, was er dir gesagt hat?",

fragte Jacqueline Tante Marie.

„Ich glaube, dass ich mich noch richtig daran erinnere. Er hat etwa gesagt, die Geometrie behandle die Welt, die es gäbe, wenn sie allein auf Verstand errichtet wäre."

„Genau!", schrie Jacqueline, als hätte sie ihren liebsten Fingerring gefunden, den sie für verschollen gehalten hatte.

„Das hast du mir schon mehrere Male gesagt, aber ich vergesse es immer wieder."

„Ach, liebe Jacquie, wundere dich nicht, Gedanken dieser Art lassen sich leichter vergessen als merken. "

„Und wie war das andere über Welt und Verstand? Das hast du mir ebenso schon mehr als einmal gesagt."

„Ich glaube, dass ich weiß, was du meinst. Du hast wahrscheinlich jenes im Sinn, was er mir gesagt hat, als wir einmal zur Messe gingen", wollte sich Tante Marie vergewissern.

„Genau das meine ich", fiel Jacqueline ein. „Wie geht das schon wieder?"

Tante Marie schloss die Augen, um alles andere aus der Erinnerung wegzuschaffen und dadurch nur jenes, was sie nun sagen wollte, klar und deutlich zu erfassen, und sagte dann sicher und entschlossen, ohne eine einzige Unterbrechung und ohne sich ein einziges Mal zu versprechen: „Der Verstand will die Welt zwingen, so zu sein, wie es ihm passt, und die Welt zwingt den Verstand, so zu sein, wie er ist."

„Genau! Genau!", schrie Jacqueline wiederholt, schlug die Handflächen gegeneinander und hüpfte auf der Stelle, sich mit beiden Beinen gleichzeitig abstoßend.

„Wart, wart!“, schrie sie, „das klingt so merkwürdig. Lass mich mal versuchen, es zu wiederholen: „Der Verstand ..., nein, die Welt zwingt ..., nein, der Verstand zwingt ...“

Während sie es zu sagen versuchte, schlug sie nach jedem Anlauf mit der Hand auf das Pult, als hätte sie einzelne Sinneinheiten voneinander trennen wollen, aber alles war umsonst.

„Ach nein, Tante, das ist entweder unsinnig, oder aber ich begreife es nicht.“

„Ich kann dir, liebe Jacquie, nicht mit Sicherheit sagen, welches davon stimmt, aber unsinnig ist es wahrscheinlich nicht, denn er redet nichts Unsinniges; was er sagt, ist einfach eigenartig, für viele unverständlich.“

„Verstehst du es, Tante?“, fragte Jacqueline, und ihr Gesichtsausdruck verriet zugleich jegliche Abwesenheit jener Geistesschärfe, die im Gesicht ihres Bruders unverkennbar zu sehen war, sowie die Anwesenheit jener Betrübtheit, die in den Gesichtern von Menschen leicht zu erkennen ist, deren geistige Fähigkeit gerade so weit reicht, dass sie sich ihrer eigenen Beschränktheit bewusst sind.

„Das möchte ich nicht behaupten“, erwiderte Tante Marie, „aber ich spüre, dass diese seine Worte etwas Wesentliches enthalten. Oft denke ich darüber nach, wenn ich mich zum Schlafen begebe. Dann kommen mir diese Worte in den Sinn, und ich wälze sie lange im Geiste, bevor ich einschlafe. Das ist bei mir zur Gewohnheit geworden, fast eine Art Sucht, die alle anderen Gedanken und Anliegen fortscheucht."

„Aber kannst du dann noch einschlafen, denn nach solchen Überlegungen muss einem der Kopf brummen?"

„Einschlafen kann ich schon, denn mein Gehirn wird müde, aber träumen davon muss ich jedes Mal auch. Diese Worte begleiten mich also selbst in den Schlaf hinein, dorthin, wo ich nichts will, nichts möchte, nichts begehre, wo ich weder klar denken noch klar fühlen kann. Auch dort finden sie sich unbeirrbar ein und warten auf mich. Sie bewirken, dass es auch dort, wo keine uns vertrauten Gesetze gelten und daher keine Ordnung zu erwarten ist, doch eine entsteht, und zwar eine eigenartige."

„Was träumst du, Tante?"

„Jedes Mal kommt mir ein und derselbe Traum: Ich falle durch einen Wasserfall hinauf. Dabei bewege ich mich genauso schnell aufwärts, wie das fallende Wasser nach unten stürzt."

„Aber, liebe Tante, das ist doch ein verrückter Traum – so etwas möchte ich auch träumen. Du musst mir jene Worte diktieren; ich werde sie aufschreiben und so lange wiederholen, bis ich sie fehlerfrei aufsagen kann. Ich bin bereit, alles zu tun, um so etwas zu träumen."

Jacqueline redete mit voller Entschlossenheit, die einen Hauch von Begierde enthielt; ihre Augen leuchteten, und ihr Gesichtsausdruck erschien Tante Marie befremdend.

„Versuchs, denk über die Worte nach, bevor du schlafen gehst", sagte Tante Marie, „vielleicht hast du das Glück, dem verrückten Traum das Leben zu schenken. Je mehr du darüber nachdenkst, desto besser sind die Aussichten auf Erfolg."

„Ach wirklich, dann werde ich immer daran denken, und dann wird der Traum sicher kommen, nicht wahr, liebste Tante? Versprich mir bitte, dass es so ist, dass er kommen wird, bitte!", drang Jacqueline in Tante Marie, als wäre diese für das launenhafte Erscheinen des Traumes zuständig gewesen.

„Vergiss jedoch nicht, liebes Kind, dass der Traum sich nicht bestellen, auch durch nichts erzwingen lässt. Man kann die Voraussetzungen schaffen, ob er dann auch kommt oder doch nicht, hängt vom Willen und Wollen nicht ab. Gar das Gegenteil scheint der Fall zu sein: Wenn man alles tut, damit er kommt, kommt er eben nicht. Und manchmal kommt er sogar als unerwünschter Gast, wie der Dieb in der Nacht – das ist sein Wesen."

Während sich Tante Marie und Jacqueline miteinander unterhielten, schwieg Louise die ganze Zeit und tat so, als sei sie damit beschäftigt, kleine Gegenstände auf Blasius' Schreibpult abzustauben und zu versorgen.

Jacqueline horchte auf.

„Wart, ich habe etwas gehört, jemand hat die Eingangstür geöffnet", sagte sie und rannte hinunter. Tante Marie folgte ihr.

Louise war damit beschäftigt, die Ecke hinter dem Bett von Blasius zu reinigen, und tat so, als hätte sie nicht gemerkt, dass Tante Marie und Jacqueline hinausgingen.

Nun war sie allein im Zimmer und konnte die seltsamen Zeichnungen auf dem Pult ungestört betrachten.

„Ach“, sagte sie mit einem leisen Seufzer, „ich wollte, ich könnte verstehen, was diese Linien bedeuten. Von all dem, was Tante Marie gesagt hat, habe ich wahrscheinlich nichts verstanden, und doch hat es mir großes Vergnügen bereitet. Vor allem hat mir jenes über Verstand und Welt sehr gut gefallen. Ich finde es lustig, dass Verstand und Welt sich gegenseitig beeinflussen, ja sogar zwingen, so zu sein, wie sie sind. So ist dann der Verstand als ein Teil der ganzen Welt von der ganzen Welt erfüllt, und die ganze Welt ist das Kind des Verstandes. Das ist so wunderbar.

Ich kann nicht begreifen, warum Jacqueline nicht Blasius bittet, ihr jeden Tag solches zu erzählen und zu erklären, was sie nicht versteht.

Er ist ein lieber Junge und würde es bestimmt tun. Ich wollte, jemand wäre bereit, mich zu unterrichten. Herr Pascal und Blasius und Tante Marie sind zwar sehr lieb zu mir, aber würde ich Herrn Pascal oder Blasius bitten, dass sie mir solche Dinge erklären, würden sie mich möglicherweise für verrückt halten, denn so etwas ist offensichtlich nicht für Mägde. Wir Mägde müssen immer nur eines wissen, dürfen nie vergessen, wo unser Platz ist.“

Auf die Arme aufgestützt, stand sie dicht am Pult von Blasius, starrte unbeweglich auf das Geflecht von Linien und schwieg; diese begannen sich zu krümmen, immer mehr, bis es keine einzige Gerade mehr gab; dann wurden sie völlig verschwommen und lösten sich in einem Bild auf, in dem eine junge Frau in einem Garten stand, umgeben von drei Kindern. Die Kinder ähnelten der Frau so sehr, dass es sich zweifelsohne um deren Mutter handeln musste. Auch hatte sie das Gefühl, die Frau irgendwo gesehen zu haben. Je mehr sie sich anstrengte, das Gesicht der Frau deutlicher zu sehen, desto verschwommener wurde es, bis es sich ganz auflöste. Der tiefen Tasche ihres breiten Rockes entnahm sie ein sauberes Tüchlein und wischte sich die Tränen aus den Augen. Das Bild war verschwunden, die Linien waren wiederum wie vorher klar zu sehen. Ihr Blick fiel auf das große vergoldete Gehäuse der Tischuhr, die immer auf seinem Pult stand, weil sie ihn mit ihrem weichen, jedoch entschiedenen Ticken unermüdlich daran erinnern sollte, dass er seine Zeit nicht unsinnig verbringen dürfe.

Sie hatte die Uhr nach vorn verschoben, um das Pult von allem zu befreien, was selbst im Entferntesten an Staub erinnerte.

Auf der sonst glänzenden oberen Seite des Gehäuses bemerkte sie einen frischen Wasserfleck. Mit ihrem Tüchlein wischte sie ihn ab und polierte die Fläche wieder blank.

Das Gesicht, das sie darin erblickte, war von dem der Frau, die sie vor wenigen Augenblicken gesehen hatte, nicht zu unterscheiden. In der blanken oberen Fläche der unermüdlich tickenden Uhr fehlten die Kinder.

„Eines können sie mir jedoch nie wegnehmen: Ich darf immer davon träumen", sprach sie leise vor sich hin; in ihrer Stimme mischten sich Stolz und Ohnmacht.

„Wenn ich es mir weiter überlege", fuhr sie mit ihren Gedanken fort, „bestimmen Verstand und Welt sich selbst, indem sie sich gegenseitig bestimmen. Das Fallen durch den Wasserfall hinauf finde ich köstlich. Und wenn ich mir auch das weiter überlege, so komme ich zu dem Schluss, dass beide eilend ruhen, der Wasserfall wie der Fallende. Ach, all das ist so unterhaltsam. Ich wollte, ich könnte jeden Tag solches hören. Ich hätte nie genug davon. Aber eben, ich bin bloß eine Magd, und solches ist für gescheite Leute, nicht für Mägde."

„Louise, beeil dich bitte", vernahm sie die Stimme der Tante, die sie aus ihren Träumen riss und ihr Selbstgespräch unterbrach.

Tante Marie und Jacqueline waren unten im Flur. Erst jetzt hörte sie auch die Stimmen von Blasius und dessen Vater, die soeben zurückgekehrt waren.

Louise rief laut hinunter, dass sie gleich komme. Sie warf noch einen letzten Blick auf Blasius' Zeichnungen auf dem Pult.

„Könnte ich ohne meinen Alltag träumen?", fragte sie sich.

Dann eilte sie aus dem Zimmer.

* * *

Das Mittagessen dauerte nicht lange, denn im Haushalt von Etienne Pascal pflegte man nicht stundenlang zu tafeln, wie das in den vornehmen Haushalten sonst üblich war. Die Mahlzeit wurde – wie übrigens alles andere – lediglich als etwas Notwendiges erachtet, als etwas, was erledigt werden müsse, und man maß der Mahlzeit daher keine besondere rituelle Bedeutung bei.

So ging jeder gleich darauf seinen Aufgaben nach: Louise musste wie üblich abräumen, Tante Marie begab sich auf ihr Zimmer, wo sie nach dem Mittagessen ihr Mittagsschläfchen zu halten pflegte. Sie war von Natur schmächtig und zerbrechlich, spürte bereits die Folgen des herannahenden Alters und brauchte nach dem Mittagessen unbedingt ihre Ruhe. Jacqueline und Gilberte zogen sich ebenfalls auf ihre Zimmer zurück, wo sie ihren völlig unterschiedlichen Leidenschaften frönten.

Gilberte sah sich die Blätter mit Zeichnungen der neusten Modelle für Damenkleider an, ging also der Lieblingsbeschäftigung der jungen Damen aus wohlhabenden Familien nach. Die Zeichnungen stammten von einem bestimmten Monsieur de Plussale, der aus einem benachbarten Land stammte. Er war schon seit frühester Jugend kaum am anderen Geschlecht interesssiert, dafür umso mehr an Damenkleidern.

Ihm schwebten immer neue Modelle, neue Formen, neue Möglichkeiten vor. Er war todunglücklich, dass er schlafen und essen musste, und hielt jede Stunde, in der er nicht Damenkleider entwarf, für verlorene Zeit.

Auf seine Kundinnen, die seine begehrten Kleider zu hohen Preisen erwarben, war er eifersüchtig und hätte seine Schöpfungen am liebsten selbst getragen. Er träumte davon, wie herrlich es wäre, wenn er sie alle gleichzeitig anziehen und sich dann, so vollkommen gekleidet, allen attraktiven Damen dieser Welt zeigen und sie dadurch rasend machen könnte. Sein Haar trug er, glatt nach hinten gekämmt, zu einem Schwanz gebunden. In den einschlägigen Kreisen erzählte man, dass er sich einem kleinen chirurgischen Eingriff hatte unterziehen und jene Körperanhängsel entfernen lassen, welche unter anderem für Bartwuchs und Haarausfall bei Herren mitverantwortlich zu sein schienen, mit dem Ziel, einen möglichst üppigen Schopf und ein glattes Gesicht zu haben, um somit dem Alter rechtzeitig ein Schnippchen zu schlagen. Es geschah aber, dass nur wenige Wochen nach der Operation sein Gesicht mit unzähligen Pustelchen bedeckt wurde, die zwar nach kurzer Zeit wieder verschwanden, jedoch ebenso unzählige Löcher im Gesicht hinterließen, sodass sein Gesicht zwar bartlos, aber dennoch rau blieb.

Dieser Herr mochte seinen Namen nicht – er hatte nämlich Schmutziger geheißen – und beschloss gleich nach seiner Ankunft in der Stadt der Mode und Eleganz auf Anraten des lausbübischen Beamten in der Zentralkanzlei der Pariser Einwohnerkontrolle, welcher übrigens aus dem Grenzgebiet stammte und daher der Sprache seines Klienten fast so mächtig war wie der französischen, seinen Namen in den vertraut klingenden Plussale umzuwandeln. Zwar verstand er kein Französisch, aber der neue Name gefiel ihm sehr gut, und als der Witzbold ihm noch großzügig ein „de" vor dem neuen Namen geraten und ihm erklärt hatte, dass ein „de" nicht unbedingt von materiellem Vorteil zu sein brauchte, hingegen seinem Träger Noblesse verlieh und einen Zugang in die höchsten Kreise erleichtern würde, hatte Monsieur de Plussale keinen Grund zu zögern.

Von seinen Kleidern träumten nun alle vornehmen schlanken Damen von Paris, aber nur die reichsten unter ihnen konnten sich eines gönnen; den armen Frauen blieben solche quälenden Träume natürlich erspart.

Monsieur de Plussale war selbstverständlich stolz darauf, dass die vornehmen Frauen seine Kleider begehrten, denn gerade dank ihnen war er ein Jemand, jedoch schmerzte es ihn gleichzeitig sehr, dass sie seine Kreationen auch trugen, denn er hielt ihre Körper für dessen unwürdig. Dies bewirkte, dass er gleichzeitig von Stolz und Neid verzehrt wurde, und zwar so, dass diese beiden Empfindungen sich gegenseitig steigerten und aus ihm einen todkranken Menschen machten, der sich aber dessen ungeachtet eine interessantere und spannendere Existenz als die seinige nicht vorstellen konnte.

Jacqueline las in einem dicken Buch die Heiligenlegenden, die für sie eine unversiegbare Quelle der Inspiration bedeuteten. Aus ihnen schöpfte sie Anregungen für ihre Gedichte, die sie der schwangeren Königin zu widmen gedachte.

Auch diesmal war es so.

Anders jedoch als früher ging Blasius in letzter Zeit nach dem Mittagessen immer häufiger mit seinem Vater in dessen Arbeitszimmer, wo sie sich jeweils lange über dies und jenes unterhielten. Sie hatten sich immer viel zu erzählen, denn sieben Jahre waren verstrichen, dass sie von Clermont nach Paris gezogen waren, und Blasius war schon fünfzehnjährig geworden. Seine Kenntnisse auf dem Gebiet der Mathematik und der Naturwissenschaften, aber auch sein Wissen im Allgemeinen waren schon so weit gediehen, dass ihm kein Gespräch zu hoch war. Im Gegenteil, in den meisten Fällen war ihm die Unterhaltung selbst mit Gelehrten nicht hoch genug.

Auch diesmal ging er also mit seinem Vater in das geräumige Arbeitszimmer. In den bequemen Sesseln einander gegenübersitzend, aßen sie Trauben, denn es war wieder einmal Frühherbst, und unterhielten sich wie üblich zuerst über allerlei physikalische und philosophische Probleme, wechselten dann aber bald zu Fragen anderer Natur.

„Ich möchte dich etwas fragen, lieber Blasius", wandte sich Etienne Pascal an seinen Sohn, „und dich gleichzeitig bitten, mir aufrichtig zu antworten."

Etienne Pascal kannte seinen Sohn gut. Er wusste, dass Blasius ihn niemals angelogen hätte. Auch dieses Mal ging es nicht darum, dass er an der Aufrichtigkeit seines Sohnes zweifelte. Er wusste, dass Blasius ein außerordentlich empfindsamer Junge war, ob seiner herausragenden geistigen Fähigkeit erwachsen und voller Lebensernst, und zugleich doch noch ein Knabe, ein Kind.

Ebenso wusste er, dass Blasius ihn, seinen Vater, liebte und verehrte und dass er alles getan hätte, um ihn nicht zu kränken. Und gerade deshalb wollte er nicht, dass Blasius leide, jedoch seine Leiden verschweige, um ihn, seinen Vater, nicht traurig zu machen. Blasius war ein besonderes, einmalig begabtes Kind, dazu voller Achtung und Mitgefühl, und daher bat er ihn, aufrichtig zu sprechen, denn er dachte zuerst an das Glück seines Kindes, nicht an sein eigenes. Wie wäre das aber überhaupt möglich gewesen, denn Etienne Pascal sah sein Glück in dem seiner Kinder enthalten.

Blasius auf der anderen Seite lag nichts so fern, wie seinem lieben und über alles verehrten Vater gegenüber unaufrichtig zu sein, denn um nichts auf dieser Welt wollte er ihn betrüben. Voller Aufmerksamkeit hörte er seinem Vater zu.

„Der Ewige wollte“, fing sein Vater an, „dass eure liebe Mutter – sie war ein Engel auf Erden – uns so früh verlasse. Warum sie weggehen musste, weiß ich nicht, und es ist nicht im Befugnisbereich des Menschen, solches zu wissen.“

„Ach, lieber Vater“, unterbrach ihn Blasius, „was in deinem Herzen vor sich geht, kann ich weder wissen noch nachvollziehen, aber irgend etwas kann ich mir dabei schon denken. Die Mutter muss dir unendlich viel bedeutet haben, und uns Kindern hätte sie bestimmt nicht weniger bedeutet.“

„Gewiss, lieber Blasius, denn sie war bereit, für andere zu leben, und indem sie für andere lebte, lebte sie für sich. Ihr Lebensgefühl war eben ein anderes, und Kraft für dieses Lebensgefühl schöpfte sie aus der Er kenntnis: Der andere ist man selbst. Das pflegte sie immer zu sagen, und sie sagte es nicht bloß, sie lebte auch danach. Alle, die sie kannten, bewunderten sie wegen ihrer Lebenseinstellung und Haltung.“

„Gilberte, Jacqueline und ich“, erwiderte Blasius, „waren viel zu klein, als dass wir uns damals all dessen hätten bewusst sein können, was sie für uns ständig im Herzen bereithielt. Als sie wegging, spürten wir ihre Abwesenheit nicht. Tante Marie hat sich größte Mühe gegeben, die entstandene Lücke zu füllen. Wir nennen sie zwar Tante, aber das Gefühl, dass wir für sie hegen, ist vermutlich jenes, das man für eine liebe leibliche Mutter empfindet.“

„Dass Tante Marie zu uns ziehen konnte“, fiel Etienne Pascal ein, „ist, lieber Blasius, wiederum ein Teil der unerforschlichen Vorsehung des Ewigen. Ohne sie hätten wir es alle viel schwerer gehabt, wären möglicherweise gar nicht am Leben.“

„Deine Güte und deine Geduld, lieber Vater, übertreffen alles Bekannte und Vorstellbare; wir Kinder werden es nie vergessen.“

„Ich wollte dich eben fragen, da du nun nicht mehr ein kleines Kind bist, ob dir das Fehlen der Mutter schwer auf dem Herzen lastet. Ich frage dich das, denn Vaterliebe ist nicht Mutterliebe.“

„Nein, lieber Vater, dass die Mutter fehlt, spüre ich nicht und habe es auch nie gespürt, denn du mit deiner Liebe und Güte hast dafür gesorgt, dass wir Kinder es nie gemerkt, sondern lediglich gewusst haben.“

„Ich danke dir für deine lieben Worte. Deine Antwort beruhigt mich, gibt mir Kraft durchzuhalten. Wenn du redest, höre ich die Stimme deiner seligen Mutter. Du bist ihr Kind und mein Sohn.“

Etienne Pascal hatte etwas gesagt, was beim Jungen offensichtlich das Bedürfnis ausgelöst hatte, eine dringende Frage zu stellen, denn Blasius unterbrach ihn.

„Darf ich dich, lieber Vater, etwas fragen?"

„Sprich, lieber Blasius, wie ich dir dienen kann."

„Oft habe ich darüber nachgedacht", sagte der Junge, etwas zögernd, fast schüchtern, „und manches ist mir nun im Geiste lebendig, aber gern möchte ich wissen, was du davon hältst."

„Bin gespannt, kann es kaum erwarten, frag doch, frag!" ermunterte ihn sein Vater.

„Du sagtest vorhin: Deiner seligen Mutter. Was meinst du mit diesem ‚selig'?"

„Ein seliger Mensch ist ein eigentlich reicher Mensch."

„Und wer ist eigentlich reich?" fragte Blasius.

„Nur jener, der etwas hat, was er nie verlieren kann. Gewöhnlichen Reichtum, dass heißt Geld und allerlei materielle Güter, kann man jederzeit und sehr leicht verlieren, und Schließlich muss man sie verlieren, wenn man aus der Erscheinung tritt. Sie werden auch andauernd verloren, jede Sekunde, eben von denen, die ihr ganzes Leben diesen untreuen Begleitern geopfert haben. Untreu sind sie, denn sie wechseln andauernd den Besitzer. Am längsten halten sie sich bei denen auf, denen sie nichts nutzen, denn solange man sie hat, nutzen sie nichts, und wenn sie etwas nutzen, das heißt, wenn man sie für etwas Brauchbares hergibt, dann hat man sie eben nicht mehr.

Solche Reichtümer schaffen bloß trügerisches Glück und wahrhaftiges Leid.

Jenes aber, was man nicht verliert, wenn man es hergibt, ist der eigentliche Wert, der treueste Begleiter."

„Und was ist das?“, fiel Blasius ungeduldig ein.

„Es ist die Erkenntnis. Das ist das Einzige, was sich jedes Mal vermehrt, wenn es geschenkt wird. Die Erkenntnis geht nie verloren, sie wird nur gewonnen. Wer sie gibt, der schenkt, spendet das Teuerste. Nur sie ist das eigentlich kostbare Geschenk, die anderen Güter sind mehr oder weniger Scheingeschenke, die man irgendwann verlieren muss, spätestens jedoch im Augenblick des Hinscheidens.“

„Und die Seligen?“ Fragte Blasius, der seine erste Frage nicht vergessen hatte.

„Es sind jene, die den eigentlichen Reichtum besitzen, die nichts verlieren können, da sie alles Kostbare ungewollt immer mit sich nehmen, die sich daher um nichts kümmern müssen.“

„Soll das heißen, dass die Seligen auch im Jenseits als Glückliche leben?“, fragte Blasius, denn er hatte das Gefühl, noch nicht alles genau zu verstehen, was ihm sein Vater zu erklären versuchte.

„Nur jene, lieber Blasius, die in diesem kurzen, merkwürdigen menschlichen Dasein selig werden, bleiben auch selig für immer.

Wer hier nicht selig wird, der wird es auch nicht nach dem Hinscheiden. Nur wer bereits hier im Jenseits lebt, der lebt im Jenseits für immer, der braucht nicht auf das Jenseits dort zu warten. Wer auf das Jenseits wartet, der wird nie zugelassen, muss draußen bleiben. Der Selige nimmt alles mit sich hinüber vor dem Hinscheiden, genauer gesagt im Augenblick, wenn er die Erkenntnis erlangt. Sein ewiges Heim, seine ewige Heimat baut er dort von hier aus. Kein Stäubchen geht für ihn verloren. Der gewöhnlich Reiche, der Scheinreiche verliert alles, was er angehäuft hat, weil er für das Viele lebt und das Eine nie spürt, davon nichts weiß. Er verliert im Augenblick des Hinscheidens das Viele, das er zeit seines Lebens in der Erscheinung angesammelt hat, immer wähnend, es sei sein Besitz. Das Viele ist für ihn sein Alles, und eben dieses Alles verliert er. Mit seinem Verschwinden verschwinden auch sein Reich und sein Reichtum. Und weil er dann nicht ist, bleibt die Pforte zum Jenseits geschlossen, denn es gibt niemanden, der anklopfen sollte. Die Bedingung, dass die Pforte geöffnet wird, ist, dass jemand anklopft. Seligkeit, lieber Blasius, ist jener Reichtum, den man nicht sieht, sondern nur in sich spürt, der jedoch allein gilt."

Etienne Pascal hatte seine Darlegung beendet, und einen Augenblick dauerte die Stille, die beide brauchten.

„Ich danke dir, lieber Vater, für die herrliche Erläuterung, du bist doch der beste Lehrer. Jetzt habe ich das Gefühl, manches besser zu begreifen. Durch dich lebt die Mutter in uns Kindern, durch den Sinn dieser Worte lebt sie überall und für immer. Erst jetzt leuchtet mir ein, was die Erkenntnis eigentlich vermag: Sie bewahrt vor dem Untergang, ohne ihn zu verhindern."

„So ist es, lieber Blasius, genau so. Diese unsere Unterhaltung wird dereinst jemanden bewegen, sie festzuhalten, um sie erst recht flügge zu machen. Dann wird dieser Gedanke seine Fittiche ausbreiten und hinausfliegen in alle Welt, dorthin, wo er immer ist, jedoch äußerst selten erkannt wird. Merke es dir, lieber Blasius, merke es dir gut: Auf diesem Gedanken beruht die Welt, ohne ihn vergeht sie bloß."

„Ach, lieber Vater, jetzt verstehe ich es: Verlässt die flügge gewordene Brut das Nest nicht, so sterben das Nest und die Brut."

„Ja, lieber Blasius, was an der Zeit ist, soll geschehen, und es geschieht auch. Stirbt die Brut, stirbt alles bis zur Brut und alles nach der Brut."

„Und was an der Zeit ist, erfährt man erst, nachdem es geschehen ist, aus der Zeit getreten ist, im Nachhinein sozusagen, wenn man nur noch den Rücken der Zeit erblicken kann", fügte Blasius hinzu.

„Wie kommst du mit den Kegelschnitten voran?", fragte Etienne Pascal den Jungen, das Thema wechselnd.

„Gut, sehr gut, ich habe im Kegel eine wahre Schatzkammer, einen Sesam entdeckt."

„Das glaube ich dir gern, der Kegel ist schon eine betörende Form."

„Ja, herrlich! Eine Paarung ist es von Punkt und Kreislinie, ein Abschied von der Schattenwelt der Fläche und zugleich eine Erinnerung daran."

„Komm, erzähl mir mehr davon, das ist doch reizend", bat Etienne Pascal, fast benommen von den betörenden Erklärungen seines Sohnes. Noch nie hatte er so etwas gehört.

„Der Kreis wird zum Körper, wenn sich das Zentrum und die Kreislinie miteinander vermählen. Das Kind ihrer Verschmelzung ist der dadurch entstandene Körper."

Etienne Pascal war ganz Ohr, verstand vieles, jedoch nicht alles, was Blasius erzählte, denn es waren kühne völlig neue, dazu noch seltsam formulierte Ideen. Er liebte geistige Herausforderungen und neue Denkmodelle, sie durften sich jedoch nicht auf die Politik beziehen – dort mochte er keine Veränderung, nichts Neues.

Was ihm Blasius nun erzählte, war für einen wachen Geist und eine lebhafte Fantasie wohl die beste Kost.

„Und wie wird das Kind dieser Verschmelzung geboren?

Erzähl es mir bitte genau“, drängte Etienne Pascal.

Blasius war glücklich, seinen Vater erfreuen zu können, und fuhr mit seiner Darlegung fort.

„Wenn der Punkt im Kreiszentrum die Kreisebene verlässt, eine neue Ebene berührt, dann geschieht es.“

„Sag es bitte noch etwas genauer“, bat Etienne Pascal.

„Wenn also der Punkt im Zentrum des Kreises seine Ebene verlässt, wird er geboren, begründet eine neue Ebene, und durch diese Geburt entsteht ein Körper, eine neue Welt, unsere Welt, die schwingen kann. Und gerade dank dieses Umstands, dass sie schwingen kann, kann sie erleben und erlebt werden.“

Etienne Pascal hörte seinem Sohn mit Entzücken zu. Die Geburt des Punktes aus der Kreisfläche, diese reinste Abstraktion endete eigentlich in der gleichzeitigen Geburt des Körpers, der konkreten Welt, dessen, was unser Leben bis in die kleinste Einzelheit bestimmt und ausmacht. Denn nur der Körper kann schwingen, und alles Erlebbare ist reines Schwingen, und das Erleben selbst ist nichts anderes als Schwingen.

Für seinen mathematisch-naturwissenschaftlichen

Geist war das ein einmaliges Vergnügen. Vor ihm saß ein Junge, sein Sohn, zierlich, blass, ein schmächtiger, zerbrechlicher Körper, dem jedoch eine wahre Flut an kühnsten Gedanken, Früchten schärfster Überlegung, entströmte.

„Schön hast du mir das erklärt. Deine selige Mutter konnte auch so reden. Auch sie konnte die unmöglichsten Ideen und die merkwürdigsten Gedanken sauber in Worte kleiden."

Blasius reagierte auf diese Worte seines Vaters so, dass er einfach mit der Erläuterung fortfuhr.

„In dem Augenblick sind das Zentrum und die Kreislinie des ehemaligen Kreises durch den Körper des Kegels zugleich getrennt und verbunden."

Etienne Pascal erlebte in diesen Augenblicken die schönsten seines Lebens. In seinem jugendlichen Sohn spürte er die Nähe der geliebten Lebensbegleiterin, die ihm zu früh wie auf einen unbegreiflichen Befehl, der aus irgendeinem unergründlichen Reich stammte, weggenommen worden war. Und dieser Junge, das Kind der unsichtbaren Mutter und seines noch wahrnehmbaren Körpers, diese lebendige, sprechende, denkende, fühlende Verbindung zwischen Dort und Hier, saß vor ihm und sprach die kühnsten und eigenartigsten Gedanken aus, die er je vernommen hatte.

„Das tote Bild des toten, leblosen Kreises", fuhr Blasius fort, „der nur eine Möglichkeit kennt und keinen Spielraum zulässt, wird veredelt, wird zu einem merkwürdigen Körper, der einem Horn ähnelt und grundsätzlich drei Zustände kennt: In einem der drei Zustände ist er mehrfach symmetrisch, das heißt durch unendlich viele Ebenen in zwei übereinstimmende Hälften teilbar; in einem anderen Fall ist er nur einfach symmetrisch, das heißt mit einer einzigen Ebene in zwei einander entsprechende, jedoch nicht deckungsgleiche Hälften teilbar; in einem dritten Fall Schließlich lässt er sich durch keine Ebene in zwei einander entsprechende Hälften teilen. Er kennt also alle Zustände der von uns erlebten Welt, in der wir gelegentlich den Eindruck haben, dass unendlich viele Entsprechungen vorhanden sind, manchmal nur eine, manchmal aber gar keine.

Falls er mehrfach symmetrisch ist, so ruht er in sich selbst und wirkt beruhigend."

Diesem Schritt konnte Etienne Pascal nicht folgen, denn was hatte so etwas mit der Ruhe zu tun?

„Warum beruhigend?", fragte er Blasius.

„Dann sind alle Wege hinauf gleich lang beziehungsweise gleich kurz, dann ist alles ausgewogen, in vollkommenem Gleichgewicht. Dann ist die Spitze des Horns auf keine Seite geneigt, keinem Punkt auf der Kreislinie näher als einem anderen. Dann gibt es nichts Bevorzugtes und nichts Benachteiligtes. Dann gibt es nichts, was mehr als etwas anderes reizen könnte. Ein Zustand der Ausgeglichenheit ist es, den nur jemand verkraften kann, der seinen Blick hinauf zu werfen, sich von den greifbaren Dingen abzuheben vermag. Dann sitzt zuoberst, in der Spitze selbst, bildet sie eigentlich, die Prinzessin, jene auf dem Glasberg, und wartet auf den Passenden, um seine Lebensgefährtin zu werden", antwortete der Knabe.

Ein Lächeln der Befriedigung überflog das Gesicht

Etienne Pascals.

„Ach ja, ich weiß es jetzt: Es ist der dritte Bruder, dem es gelingt hinaufzugelangen. Nur seines Rosses Hufe haften an den steilen, glatten Glasflanken; nur er hat die Aussichten, dem schwierigsten und zugleich dem wichtigsten aller Pfade zu folgen."

Etienne Pascal sprach genau das aus, was der Junge ihm mitteilen wollte, erwies sich als Musterschüler seines Musterlehrers, der bis vor kurzem sein eigener Schüler gewesen war und der sich nun, dem Rhythmus der Dinge gemäß, nach vorn begibt und sich anschickt, mit dem fortzufahren, was bereits weit gediehen war. Und weil sein Vater alles gesagt hatte, fügte der Junge lediglich hinzu: „Der Träumer ist es."

Etienne Pascal nickte nur noch mit dem Kopf, um zu bestätigen, dass er alles mitbekommen hatte, was den ruhenden Aspekt des Kegels anbelangt.

„Und wenn er einfach schief ist?", bat er seinen jungen Lehrer um weitere Erklärung.

„Wenn er einfach schief ist", fuhr Blasius begeistert und zufrieden fort, "dann ist er verspielt und durch eine Ebene in zwei spiegelbildlich gleiche Hälften teilbar; dann gibt es von der Prinzessin, die in der Spitze wohnt, daher keinen Raum beansprucht, von dort also, wo alles, buchstäblich alles, zusammenläuft, bis zur Kreislinie, wo alles getrennt sein muss, einen kürzesten und einen längsten Weg. Der längste und der kürzeste Weg liegen in der einzigen Ebene, die den Kegel einfach symmetrisch teilen kann. Dann entspricht jedem Punkt in einer Hälfte ein Punkt in der anderen Hälfte. Die Hälften als Ganzes lassen sich jedoch niemals zur

Deckung bringen, wie die beiden Hände."

Jede neue Ausführung des Jungen steigerte das Interesse Etienne Pascals, denn er fühlte sich immer weiter hinaufgetragen, in die ihm bis anhin unbekannten Bereiche der Gedankenwelt.

„Aha, das ist aber unterhaltsam!", war seine ungewollte Reaktion.

Blasius fühlte sich bestätigt, von jenem anerkannt, von dem er mehr hielt als von sonst jemandem. Er wusste, wie kristallklar die mathematischen Erläuterungen seines Vaters waren, als er von ihm die Rechenkunst lernte, und nun erklärte er seinem brillanten Lehrer Höheres. Der einst glänzende Lehrer war nun ein ebenso glänzender Schüler.

„Und zwischen diesen beiden äußersten Möglichkeiten des Weges von der Kreislinie an einem Ende des Kegels und dem Punkt am anderen", fuhr Blasius fort, „gibt es unendlich viele Möglichkeiten, unendlich viele Wege, und jede Zwischenmöglichkeit ist doppelt belegt, also doppelte Unendlichkeit an Möglichkeiten sozusagen."

„Die beharrende Doppelheit!", fiel Etienne Pascal begeistert ein.

„Unser in zwei aufgespaltetes Welterleben, zwischen den beiden Pfaden, dem längsten und dem kürzesten, unsere Art zu sein", fügte Blasius hinzu.

„Und wenn er doppelt schief ist?" fragte Etienne Pascal weiter.

„Ist er jedoch doppelt schief, dann ist er vollkommen asymmetrisch, der Kreis wird zur Ellipse auseinander gezogen. Die Neigungsrichtung der Spitze deckt sich in dem Fall weder mit der Richtung der langen noch mit jener der kurzen Ellipsenachse, und dann gibt es keine Möglichkeit, ihn in zwei gleiche Hälften zu teilen; dann ist der jeweils kürzeste Weg von einem beliebigen Punkt auf der Ellipse bis zum Punkt in der Spitze einmalig. Das ist zugleich das einfachste Bild unserer auf dem Verstand beruhenden Weltvorstellung, gemäß welcher auch jedes kleinste Element von jedem anderen kleinsten Element notwendig verschieden sein muss. Es ist das Bild einer Welt, die aus Einsamkeiten besteht, von denen jede einen eigenen unwiederholbaren Weg zu jenem Punkt in der Spitze, in dem alle Wege münden, gehen muss", führte Blasius seine Erklärung aus.

„Das ist das jeweils persönliche Gefühl, ein Individuum zu sein", fügte Etienne Pascal hinzu.

„Am Kegel erkennt man also alle Zustände der von uns erlebten Welt", sagte Blasius strahlend.

„Werden die Herrschaften in der Akademie staunen, wenn sie die Arbeit eines Knaben zu lesen bekommen", sagte Etienne Pascal, stolz lächelnd.

„Ich bin glücklich, lieber Vater, dass wir Kinder dir nicht zum Ärgernis sind", sagte Blasius, denn er hielt den Augenblick für geeignet herauszufinden, ob sein Vater die Aufgabe der Kindererziehung, die ihm allein nebst seiner ohnehin anspruchsvollen und aufreibenden Tätigkeit im Staatsdienst auf den Schultern lastete, als unangenehme, unerwünschte Bürde oder aber als zwar sehr anstrengende, jedoch dankbare Bereicherung empfand.

Die Augen Etienne Pascals füllten sich mit Tränen. „Lieber Blasius, sprich bitte nicht so. Seit dem Tode eurer lieben Mutter habe ich es nie leicht gehabt, aber deine

Schwestern und du habt dafür gesorgt, dass ich mitten im Leid trotzdem das höchste Maß an Glück erlebe.

Für dieses Glück bin ich euch jeden Augenblick dankbar."

Der Junge merkte, dass die Augen des Vaters glänzender waren als sonst und dass seine Stimme leicht zitterte. Mit seinen blassen zierlichen Fingern fasste er des Vaters gepflegte Hand. Sie war rein, vornehm, ohne auch die leiseste Spur irgendwelcher groben Arbeit. Noch nie vorher hatte er seines Vaters Hände genau beobachtet, geschweige denn so in seiner Hand gehalten. Er spürte einen leichten Druck und ein sanftes Schütteln. Etienne Pascal schaute seinem Sohn gerade in die Augen, jedoch entschlüpfte kein Wort seinen Lippen. Einen kurzen Augenblick schwiegen beide.

„Dir allein, lieber Vater, gebührt der Dank", sprach er, denn er spürte, dass er etwas sagen musste.

„Wahrscheinlich weder mir noch dir, lieber Blasius", erwiderte Etienne Pascal.

Seine Stimme und die Art, wie er die Hand seines Sohnes hielt, waren voller Andeutungen, forderten auf zum Mutmassen.

Blasius richtete seinen Blick, der bis anhin auf alles und nichts gerichtet gewesen war, auf seines Vaters Gesicht. Erst jetzt glaubte er zu bemerken, dass die Stirn seines Vaters viele, sehr viele Falten hatte. Vor allem fielen ihm die beiden senkrecht zwischen den Augenbrauen verlaufenden auf. Die Augen des Vaters waren mit Tränen gefüllt, und sein Adamsapfel glitt mehrere Male auf und ab.

Da saßen sie, Vater und Sohn, hielten einander die Hand und schauten einander in die Augen. Jenes, was sie verband und zusammenhielt, war für den Vater seine schönste Erinnerung, und der Junge vor ihm, der Unglaubliches verstand und vermochte, war ein Geschenk dieser seiner Erinnerung. Für den Jungen gab es diese Erinnerung nicht, keine emotionale Bindung an jenes, was beim Vater im Mittelpunkt stand. Zwischen ihm und der väterlichen Erinnerung stand der Vater selbst als einzige Verbindung zwischen ihm und der Mutter, deren Kind er war, Fleisch ihres Fleisches, Blut ihres Blutes, die er jedoch nicht kannte. Die Güte und die Eigenschaft seiner Mutter, die er nur aus den Schilderungen seines Vaters kannte, identifizierte er mangels Erinnerung mit denen des Vaters, den er kannte und grenzenlos verehrte.

„Sondern wem gebührt der Dank denn?“, fragte er den Vater.

Während er diese Frage an den Vater richtete, merkte er gleichzeitig im Gesichtsausdruck des Vaters etwas, was besagen wollte, dass man jenes, dem der ganze Dank gebührte, eigentlich nicht in Worte fassen konnte, da jede Bezeichnung partiell und daher ungültig gewesen wäre.

„Ich ahne, lieber Blasius, dass du berufen bist herauszufinden, wem der eigentliche Dank gebührt“, sagte Etienne Pascal nach kurzem Schweigen.

Sein Gesichtsausdruck ähnelte in dem Augenblick dem eines Abwesenden.

„Vater!“, sagte der Junge laut, fast schreiend; in seiner Stimme mischten sich Überraschung und Angst.

Vom Vater kam keine Antwort, denn in demselben Augenblick trat Jacqueline ins Zimmer. Ihr Gesichtsausdruck war ernst, und ihre Stimme klang aufgeregt.

Jacquelines plötzliches Erscheinen unterbrach das seltsame Gespräch zwischen Vater und Sohn. Ihre Hände glitten spontan und schnell auseinander, blieben jedoch auf dem Tisch liegen, sodass es den Anschein hatte, sie hätten immer zwar sehr nah nebeneinander, jedoch immer getrennt gelegen.

„Vater“, sagte Jacqueline, „zwei Herren vom Finanzministerium sind da, sie wollen mit dir sprechen.“

Für einen Augenblick blieb Etienne Pascal ruhig sitzen. Er hatte nämlich keinen Besuch erwartet und überlegte sich, was wohl der Anlass für den unverhofften Besuch sein konnte. Eine dumpfe Ahnung überkam ihn, aber daran hatte er nie gedacht, und auch jetzt versuchte er mit aller Kraft seines Verstandes, die Ahnung zu vertreiben, allein sie kehrte durchs Hintertürchen zurück und beharrte auf ihrem Posten. Eines wusste er: Es war kein angenehmer Besuch.

„Sag ihnen, ich komme gleich“, sagte er, Ruhe vortäuschend.

Jacqueline ging leichten Schrittes hinaus und schloss die Tür hinter sich.

Blasius hatte gemerkt, dass sein Vater über den unerwarteten Besuch gar nicht erfreut war, aber was der Anlass dazu sein mochte, konnte er nicht einmal ahnen.

„Was wollen sie, Vater?“, fragte er etwas schüchtern, und doch spürte er, dass er das Recht dazu hatte, denn nach dem Gespräch mit dem Vater wusste er Bescheid, was er und seine Schwestern dem Vater bedeuteten. Außerdem hatte er das Gefühl, dass es für ihn nun an der Zeit war, einen Teil der Verantwortung und der Last zu übernehmen, die sein Vater allein zu tragen hatte. Bescheid zu wissen, worum es ging, bedeutete bereits den ersten Schritt in diesem Sinne.

„Ich habe gegen die neue Finanzverordnung, das städtische Einkommen betreffend, protestiert – vermute, dass es darum geht", sagte Etienne Pascal, ohne zu überlegen, was er ahnte.

Froh war er, dass Blasius wissen wollte, worum es ging, denn jetzt fühlte er sich stärker, war nicht mehr allein.

Blasius blieb einen Augenblick sprachlos. Dann sagte er ganz leise, fast misstrauisch: „Du hast protestiert?"

Er sagte es so, denn nun stand vor ihm ein anderer Vater, einer, der protestieren kann. In den Augen Etienne Pascals waren keine Tränen mehr zu sehen. In jedem Wort, das er sagte, klang die Überzeugung mit, dass er richtig gehandelt hatte.

„Ja, ich habe protestiert und werde immer gegen alle Neuerungen und Änderungen protestieren."

Blasius hörte zu und traute seinen Ohren nicht: Nur wenige Augenblicke, nur wenige Worte hatten ihm seinen Vater in ein völlig neues Licht gerückt. Er glaubte fast, zwei verschiedene Väter zu haben.

„Aber warum ist die neue Verordnung so schlecht?"

Etienne Pascal stand auf, denn das, was er nun sagen wollte, hatte etwas von einer politischen Rede, fast etwas Aufrührerisches an sich.

„Wenn der Hof sich von der verarmten städtischen Bevölkerung noch mehr Geld holen will, um all den Schmarotzern ein noch ausschweifenderes Leben zu ermöglichen", sprach er mit einer Entschlossenheit, die Blasius bei seinem Vater nicht gekannt hatte, „dann, ja dann sehe ich selbst in der königlichen Familie, deren loyaler Untertan ich selbst bin, Feinde von uns allen."

Blasius stand da wie vom Blitz getroffen. Was sollte er darauf sagen? Vor ihm stand sein ehrwürdiger Vater, ein hoher Beamter des Staates, von dem er sein hohes Gehalt bezog, hoch genug, um sich und seinen Kindern ein teures Anwesen und ein bequemes Leben zu gönnen, und eben der, sein Vater, protestierte, war ein Rebell, scheute sich nicht einmal davor, die königliche Familie als Feinde zu bezeichnen. Das roch nach Revolution, war zu viel.

„Aber, Vater?", fragte Blasius mit leiser, ängstlicher Stimme, als hätte er sich vergewissern wollen, bevor jemand hören konnte, wovon sie sprachen.

„Lieber Blasius, du hast es richtig gehört. Jetzt gehe ich hinunter, will hören, was sie mir zu sagen haben."

Blasius war zwar bestürzt, fürchtete schlimme Folgen, aber gleichzeitig liebte er diesen Zug seines Vaters. Des Vaters Haltung hatte etwas Rebellisches, Abenteuerliches; Außerdem nahm sein Vater die Armen in Schutz, war auf der Seite der Gerechtigkeit; so hatte er mindestens die Worte des Vaters verstanden.

All das war für ihn etwas völlig Neues, etwas, was er unbedingt näher kennen lernen wollte. Er wusste sofort, was er zu tun hatte. Was die beiden Herren vom Finanzministerium seinem Vater zu sagen hatten, musste er anhören, um dann mit seinem rebellischen Vater alles gründlich zu besprechen.

„Nichts darf mir entgehen", dachte er, „ich muss bis

zum Schluss dranbleiben."

Mit diesem Gedanken im Kopf stürzte er aus dem Zimmer und rannte die Treppe hinunter.

* * *

Das Haus, welches Etienne Pascal mit seinen Angehörigen bewohnte, war geräumig. Nebst drei Kinderzimmern sowie je einem eigenen Zimmer für ihn, für Tante Marie, für Louise und einem Gästezimmer gab es noch einen großen Empfangsraum, der mit seinem Arbeitszimmer durch eine Tür verbunden war.

Während der Besuche war diese Tür immer zu. Hinter dieser Tür versteckte sich Blasius und beschloss, dort zu bleiben und unbemerkt dem Gespräch zwischen seinem Vater und den beiden Herren vom Finanzministerium zu lauschen. Kaum hatte er sich hinter der Verbindungstür im Arbeitszimmer seines Vaters postiert, hörte er schon die beiden Besucher eintreten.

Etienne Pascal empfing die beiden Herren mit der üblichen Begrüßung, forderte sie auf, Platz zu nehmen, und fragte sie, womit er ihnen dienen könne.

„Herr Pascal", sprach einer von ihnen, wahrscheinlich auch dem Range nach der ältere, „wir kommen im Auftrag des Finanzministers."

Seine Stimme klang ruhig, sachlich, überlegen, seine Haltung war die eines vollkommenen Staatsbeamten. Er war nicht er selbst, sondern einfach ein bewusster Teil eines gewaltigen Apparates; etwas anderes wollte er gar nicht sein, konnte es gar nicht wollen.

„Des Finanzministers?", erwiderte Etienne Pascal und tat so, als wäre er äußerst überrascht.

„Ja, eigentlich kommen wir vom König, jedoch im Auftrag des Finanzministers", ergänzte der andere Beamte seinen älteren Kollegen.

„Und in welcher Angelegenheit, wenn ich fragen darf?", fragte Etienne Pascal, immer noch Überraschung vortäuschend. Er war besorgt und hatte jeglichen Grund, besorgt zu sein, denn er wusste, dass er mit allem rechnen konnte. Er war zwar selbst ein wichtiger und angesehener Staatsbeamter, kannte daher genau die Spielregeln: Das Staatssystem schuf für seine Mitglieder Privilegien und nahm sie in Schutz, erwartete von ihnen jedoch unbedingte Ergebenheit. Fühlte es sich hingegen von einem von ihnen verraten, so bestrafte es den Verräter besonders streng, was jeweils für alle anderen ein klares Warnsignal sein sollte.

„Ihre Äußerung zur neuesten Finanzverordnung des Ministeriums wurde im Ministerium mit Verärgerung aufgenommen", meldete sich der ältere Beamte wieder.

„So. Ich verstehe, ich verstehe. Kommen Sie jetzt, um mich zu verhaften?", fragte Etienne Pascal weiterhin mit gespielter Ruhe.

„Ja, und nein, Herr Pascal", fügte der jüngere Beamte ergänzend hinzu.

„Wie soll ich das verstehen?", fragte Etienne Pascal fast etwas irritiert.

„Entweder soll ich verhaftet werden, oder ich soll es nicht – etwas dazwischen ist hier nicht denkbar."

„Für Sie nicht, Herr Pascal", erwiderte der ältere Beamte, „aber für den Staat schon, von der Krone gar nicht zu sprechen – dort kennt man noch andere Zwischenstufen der Behandlung von Untertanen."

Er redete sicher, überlegen, souverän, wie jemand redet, der hinter sich eine Macht weiß, deren Vorgehen er für richtig hält und in deren Namen er spricht.

„Ich verstehe es, und was wird nun von mir verlangt?", fragte Etienne Pascal.

„Nichts wird von Ihnen verlangt, Herr Pascal, jedoch wird Ihnen etwas anempfohlen, und wir sind eigens zu Ihnen geschickt worden, es Ihnen mitzuteilen."

„Was?", fragte Etienne Pascal und ließ in dem einen einzigen Wort das Maximum an Selbstvertrauen mitschwingen. Den Ton konnte er sich nun leisten, denn den Worten des jüngeren Beamten konnte er entnehmen, dass ihm weder Todesgefahr noch Haft drohten.

„Wir sind im Auftrag des Ministers eigens gekommen", sprach der ältere Beamte, „um Ihnen mitzuteilen, dass Sie augenblicklich Ihres Amtes als Präsident von *Cour des Aides* von Clermont enthoben sind."

Er sagte es ruhig und sachlich. Weder Wut noch Schadenfreude noch Aufregung noch sonst eine andere Art von Gefühlsbeteiligung war in seinen Worten zu spüren. Anders hätte er wahrscheinlich gesprochen, hätte er Etienne Pascal mitzuteilen gehabt, dass dieser zum Minister befördert worden sei.

Etienne Pascal war wie vom Blitz getroffen und sank schweigend in den Sessel. Zwar war das, was er gehört hatte, niemals so schlimm wie etwa Gefängnis, aber es war schlimm genug, denn es bedeutete Abschied nehmen von allen Vorteilen und Bequemlichkeiten, die ein hoher Beamtenposten im Staatsdienst ermöglichte. Der Verlust betraf nicht so sehr seine Person, denn er wusste, was er wert war, sondern vielmehr die Zukunft seiner drei Kinder, das wichtigste Anliegen in seinem Leben.

„Ist das alles?", fragte er mit gebrochener Stimme.

„Eigentlich schon, jedoch gibt es noch etwas, was wir gemäß dem Wunsch des Ministers unter keinen Umständen vergessen wollen."

„Ich höre zu", sagte Etienne Pascal kaum hörbar.

„Das Ministerium und die Krone wissen Ihre ausgezeichnete Arbeit, Ihre Tüchtigkeit und Ihre moralischen Werte zu schätzen", sagte der jüngere Beamte in einem Ton, der hervorheben sollte, dass Etienne Pascal nicht abgeschrieben war, dass er noch immer für ein Mitglied des Staatssystems gehalten wurde, obwohl er einen schlimmen Fehler begangen hatte, und dass für ihn immer noch eine kleine Tür offen stand, falls er eines Tages reuig und untertänigst um Vergebung bitten sollte.

Etienne Pascal wusste, dass ein solcher Weg zurück, in die Arme des Systems, welches bestraft hat, zwangsläufig vollkommene Schwächung und Demütigung des Reuigen bedeutete und jede Möglichkeit ausschloss, irgendwelche Bedingungen zu stellen.

„Ich fühle mich geehrt", sagte er mit einem Hauch von Ironie, ohne irgendwelche zusätzlichen Folgen zu befürchten, denn was geschehen war, war geschehen.

„Daher raten wir Ihnen, Herr Pascal", fuhr der jüngere Beamte fort, als hätte Etienne Pascal gar keine Bemerkung gemacht, „im Auftrag des Ministeriums, Paris unverzüglich zu verlassen und einen neuen Wohnsitz in Rouen zu suchen."

Damit hatte Etienne Pascal gehört, was er hören sollte. Jetzt wusste er, woran er war, und nun konnte er ohne Hemmung sprechen.

„Die Herren sagten, man wisse meine Verdienste und meine Werte zu schätzen?"

„Die Krone und das Ministerium sind sich darin einig“, fiel der ältere Beamte ein, als hätte er im Namen des Ministeriums und der Krone die Befürchtung auszusprechen gehabt, Etienne Pascal könnte ihnen verloren gehen.

Ob es sich auch wirklich darum handelte oder ob der Beamte lediglich jenes wiederholen wollte, was er kurz zuvor behauptet hatte, um zu zeigen, dass seine Worte und die Obrigkeit, in deren Namen er sprach, ernst zu nehmen waren, war nicht auszumachen.

„Wenn dem wirklich so ist“, fuhr Etienne Pascal im gleichen Ton fort, „warum wird meine Meinung, die neueste Finanzverordnung betreffend, nicht angenommen? Sie ist doch der Ausdruck meiner moralischen Haltung und meines Pflichtgefühls, das ich für meine Mitmenschen empfinde!“

Die Bemerkung Etienne Pascals war gut, aber bei den Beamten war keine Verunsicherung zu spüren.

„Das ist die Denkweise ohne Zwischenstufen, Herr Pascal, ohne Übergänge, mathematische Logik gewissermaßen.“

Zum ersten Mal in seinem Leben bekam Etienne Pascal zu hören, dass die mathematische Logik nicht unbedingt die beste sei.

„Na ja, und was ist schlecht daran? Die Angelegenheit ist sonnenklar!“ Er fühlte sich im Recht, denn er verteidigte nun etwas, was nicht nur gemäß dem so genannten gesunden Menschenverstand richtig war, sondern in vollkommener Übereinstimmung mit reinstem Denken stand und daher als unanfechtbar gelten musste.

„Zweifelsohne, Herr Pascal, zweifelsohne, aber Eindeutigkeit ist eine Tugend der Mathematik, der üblichen, etwas sturen Denkweise. Die Obrigkeit zieht die Mehrdeutigkeit vor, denn sie braucht immer eine vorrätige Auslegungsmöglichkeit, eine freie Bahn sozusagen, für den Fall, dass sie in Bedrängnis gerät."

Der Beamte hatte genau das gesagt, was Etienne Pascal hören wollte, aber er hatte es ohne Hemmung, ohne Schamröte, so offen und so ruhig gesagt, dass der Inhalt des Gesagten völlig unverhofft eher die praktische Notwendigkeit ausdrückte als jenes, was Etienne Pascal hören wollte, nämlich den Unfug. Es entstand eine Situation, in der Etienne Pascal etwas erklären musste, was ob seiner Eindeutigkeit an sich keiner Erklärung und keines Kommentars bedurfte.

„Aber gerade ein solches Vorgehen, meine Herren", erwiderte er, „kann das Bestehen des ganzen Königsreiches gefährden, und das muss man mit allen Mitteln verhindern."

Er kam sich selbst drollig vor, denn er versuchte auf die Beamten einzureden und ihnen klarzumachen, was im Interesse des Beamtenapparates und des Landes stand, als hätten sie all das nicht gewusst; dabei wusste er bestens, dass sie sich einer jeden Einzelheit vollkommen bewusst waren. Er versuchte sozusagen, den Mathematikern klarzumachen, dass die Kugel rund ist.

„Da pflichten wir Ihnen im Namen der Krone und des Ministeriums bei", fiel der jüngere Beamte ein.

„Übrigens, es gibt beliebig viele Orte – fast alle im Königreich sind es –, die nach einer solchen Haltung lechzen."

Etienne Pascal verstand jetzt noch weniger, was für eine Einstellung die beiden eigentlich hatten und wessen Meinung sie vertraten: Sprachen sie im Namen der Krone und des Ministeriums oder waren das ihre eigenen Ansichten? Es war ihm nicht begreiflich, warum Eindeutigkeit und Klarheit nicht überall erwünscht sein sollten.

„Und warum nicht in Paris?", fragte er laut, um etwas mehr Klarheit zu erhalten, denn alles schien ihm völlig unverständlich, absurd.

„Paris ist anders, muss anders bleiben", sagte der ältere Beamte, ruhig und wohlwollend-belehrend.

„In Paris läuft alles zusammen, und hier muss alles gleichzeitig möglich sein. Es ist zugleich das Gehirn und das Herz des Landes. In Paris sollen Theorien und Modelle, Werte und Tugenden bloß formuliert, in der Provinz, das heißt bei der breitesten Bevölkerungsschicht, sollen sie praktisch angewandt werden", fügte der junge Beamte hinzu.

„Die einen sollen also von den Tugenden reden, sollen sie bestimmen und formulieren, die anderen sollen sie einhalten und praktizieren! Was soll das heißen?", sprach Etienne Pascal und schaute die beiden fast rügend an.

„Ihnen, Herr Pascal, schwebt offensichtlich ein problemloser, sozusagen heiler Zustand vor, nicht wahr? Das ist gefährlich, Herr Pascal, sehr gefährlich!", erwiderte der ältere Beamte.

Etienne Pascal spürte, dass der moralische Spieß, den er gegen die beiden Staatsbeamten zu richten versucht hatte, von den beiden umgedreht und nun gegen ihn selbst gerichtet wurde. Er verstand die Welt nicht mehr, denn wie kann man jemandem Vorwürfe machen, der eine problemlose Welt herbeiführen möchte? Und gerade das hörte er aus dem Munde zweier Staatsbeamter, die, wenn man nach ihrer Rolle urteilte, zweifelsohne zu den treusten des ganzen Systems gehören mussten.

„Ein problemloser Zustand soll gefährlich sein? Ein Zustand, wenn alles wie geölt läuft?“, sprach Etienne Pascal, um die beiden Beamten mit klaren, logischen Argumenten zum Einlenken zu bewegen.

„Genau so ist es, Herr Pascal, genau so. Ein Zustand mit Problemen macht zwar das Leben schwer, das wissen wir nur zu gut, ist aber der fruchtbarste Boden, der einzige, auf dem ein gesunder Beamtenstand gedeihen kann. Keine Probleme, keine Stände, das wäre das Schlimmste, was überhaupt geschehen könnte“, belehrte ihn der jüngere Beamte geduldig und mit einer Sicherheit und Selbstverständlichkeit, dass er selbst nun verunsichert wurde. Es war ihm nicht mehr klar, wer nun Unsinn redete, die beiden seriösen, korrekt gekleideten Staatsbeamten oder er selbst, ein ebenso solider, immer korrekt gekleideter Staatsbeamter. Er konnte nicht begreifen, wieso sie und er, da sie ja zu ein und demselben Stand gehörten und schon deswegen genau dieselben Interessen vertreten mussten, so sehr verschiedene Ansichten bezüglich des Beamtenstandes hatten. Er wusste nicht mehr, ob in allem letzten Endes einfach ein Missverständnis vorlag. Aber er wusste, wiederum genau, was er sagte, sowie dass die beiden Staatsbeamten keine geistig Behinderten waren, sondern eher sehr schlaue Leute. Daher konnte er nicht begreifen, dass die beiden so etwas für ihn völlig Absurdes verteidigten.

„Aber ginge es wirklich nicht ohne ...?" versuchte er fast schüchtern eine Klärung des verworrenen Gespräches und eines möglichen Missverständnisses herbeizuführen.

„Herr Pascal", fiel der ältere Beamte gleich ein und ließ ihn seine Frage nicht zu Ende sprechen, „was Sie sagen wollen, ist uns allen bekannt, sehr gut bekannt. Jedoch ohne Probleme gäbe es Sie nicht, Herr Pascal, uns nicht, den König nicht, daher die Verordnung nicht, wir sprächen miteinander nicht, und über uns würde niemand ein einziges Wort vergeuden. Als Krone von allem gäbe es den Wunsch, die Sehnsucht nicht, einen problemlosen Zustand herbeizuführen, für uns alle keinen Wunsch und keinen Grund, da zu sein!"

Was der ältere Beamte nun in einem Zuge gesagt hatte, klang befremdend, dennoch eigenartig überzeugend, und Etienne Pascal fühlte sich geschlagen, einer seltsamen Logik nicht gewachsen. Nicht dass er an der Richtigkeit seiner Lebenseinstellung gezweifelt hätte, nein, das war nicht der Fall, aber eines musste er zugeben: Das System und die Taktik jener, in deren Namen sie sprachen, war so schlau, dass er, ein klar denkender Mathematiker, nicht imstande war, ihre Aussagen anzufechten – sie waren zwar vollkommen sinnwidrig, jedoch unglaublich wirksam.

„Problemschaffende sind demnach also Lebensunterhalter? Weh dem Geschlecht, welches einen problemlosen Zustand erreicht hat! Spreche ich richtig?"

So sprach Etienne Pascal, weil er nicht mehr wusste, wie er seine Ansicht verteidigen sollte.

„Kein Weh, kein Selig kann einem solchen Geschlecht gelten, denn im Augenblick, wenn der Zustand der Problemlosigkeit erreicht sein sollte, müsste jener, der ihn herbeigeführt hat, schon längst verschwunden sein, müsste sich davongemacht haben. Uns alle könnte es nicht mehr geben, denn ein Zustand ohne Probleme wäre zu viel, ließe sich nicht verkraften, tötete ab. Probleme sind die treibende Kraft, Herr Pascal, die Grundvoraussetzung für das Bestehen der Welt."

So belehrte ihn und klärte ihn auf der jüngere Beamte, und er wurde mangels geeigneter und wirksamer Argumente, mit denen er seine Gegner hätte bedrängen können, zunehmend ironischer.

„Und um die Probleme zu meistern, sind wir Beamte da, nicht wahr?", sagte er, getragen von dem letzten Krümchen Hoffnung, die beiden doch noch von ihrer wahnsinnigen und absurden Lebenseinstellung abzukoppeln.

„Jawohl, Herr Pascal, dazu sind wir da, den Zustand mit Problemen zu meistern, somit die Welt zu unterhalten. Leicht ist es nicht, aber mit etwas Entschlossenheit lassen sich die Probleme meistern, nicht lösen, sondern meistern. Ein gesunder Bestand an Problemen soll immer bleiben, nicht zu viele, nicht zu wenige, sondern eben ein gesunder Bestand. Zwar ist der Aufwand, der gelegentlich dazu erforderlich ist, recht groß, vor allem wenn das dumme Aufbegehren des Volkes nicht anders als durch Gewalt erstickt werden kann. Erst in solchen Augenblicken zeigt sich, was treue, tüchtige Beamte wert sind."

So redete der ältere Beamte des Finanzministeriums. Während er sprach, bewegte er sich kaum, sein Gesicht blieb ruhig, kein Funkeln in den Augen, kein Zucken der Wangenmuskeln, keine Falten in der Stirn; selbst der Unterkiefer bewegte sich kaum. Nur seine schmalen Lippen, die zwei dünnen Pinselstrichen ähnelten und, wenn geschlossen, zu einer einzigen dünnen Linie verschmolzen, bewegten sich. Diesen Lippen entschlüpfte, was Etienne Pascal zu hören bekam. Das Übrige des Beamtengesichts schien vom Gesagten nichts zu wissen, war an nichts beteiligt.

*

In seinem Versteck hinter der Tür saß Blasius und hörte dem seltsamen Gespräch zu. Den Worten der beiden Beamten konnte er entnehmen, wer und was die Staatsbeamten waren, sein mussten.

„Nur weil es Probleme gibt", dachte er, „sind die Beamten nötig, sonst wären sie überflüssig."

Zwar vertraten die beiden Besucher eine Meinung, die sich von der seines Vaters grundsätzlich zu unterscheiden schien, aber, merkwürdig genug, hatte er den Eindruck, dass sie doch irgendwie zusammengehörten. Auch waren die drei Stimmen einander so sehr angeglichen, dass er den Eindruck hatte, nur noch seinen Vater zu hören. Das, was seinem Vater vorschwebte, kam ihm, obwohl an sich wünschenswert, doch verdächtig vor.

Wie die beiden Besucher wiederum die Welt sahen,

erschien ihm abscheulich und menschenunwürdig. Vor allem konnte er nicht begreifen, dass ein mit Intelligenz begabtes Wesen sich mit einer so albernen Tätigkeit und Lebensweise zufrieden geben konnte.

Nach einer kurzen Unterbrechung hörte er wiederum seines Vaters Stimme.

„In solchen Augenblicken sind sie, sind wir nötig, wichtig, unerlässlich ..., ja, ja, ja, nur in solchen Augenblicken."

Blasius schaute durch das Schlüsselloch und versuchte die Gesichter der Beamten zu sehen, sah jedoch nur seinen Vater, da der Schlüssel im Schloss steckte und der winzige Spalt nur ein sehr kleines Blickfeld bot. Die beiden Besucher standen außerhalb. Er hatte den Eindruck, dass sich der Vater mit sich selbst unterhielt, denn er schien wegwerfende Handbewegungen zu machen und resignierend den Kopf zu schütteln. Wiederum hörte er seinen Vater langsam und sehr leise sprechen.

„Um ihren Äußerungen Glaubwürdigkeit zu verleihen", murmelte Etienne Pascal vor sich hin, für die Anwesenden völlig unverständlich, „flechten sie unverschämt allerlei philosophische Brocken hinein, die sie irgendwo aufgelesen haben. Dadurch soll alles den paradoxen Anstrich der Weisheit erhalten. Oder haben die beiden letzten Endes doch Recht?"

Es entstand eine kurze Pause.

„Wo kämen wir denn hin, wenn alles in Ordnung wäre?", war wiederum einer der Beamten zu hören.

„Überlegen Sie sich das gründlich, Herr Pascal. Keine Probleme, das will besagen, niemand ist erforderlich, sie zu meistern. Der Beamtenstand würde augenblicklich verschwinden, dadurch auch die wichtigste Säule, das Rückgrat des Staates. Wissen Sie, Herr Pascal, was das zur Folge hätte? Können Sie sich das Schrecklichste vom Schrecklichsten ausmalen?"

So redete der jüngere Beamte, und alles, was er sagte, klang durchdacht, hatte eine eigene Logik, entsprach der Wirklichkeit.

Etienne Pascal, der die Eindeutigkeit und Klarheit überaus liebte, spürte, dass die Worte seiner Besucher grundsätzlich unsinnig waren, wusste jedoch nicht mit Sicherheit, wo der Widerspruch in ihren Gedankengängen steckte. Eine Handfläche hielt er auf der Stirn und schaute auf den Boden.

„Nein, ausmalen kann ich es mir nicht", sagte er aufrichtig, denn wie ließe sich ein Zustand ohne Probleme denken, wenn noch niemand in der Geschichte des Menschengeschlechtes einen solchen Zustand gekannt hat? Das gleiche traf auch auf den Zustand ohne Beamte zu, denn selbst die Menschengruppen ohne ein eigentliches Staatswesen hatten einzelne Mitglieder, die auf Kosten anderer lebten und doch von den anderen für unerlässlich gehalten wurden. Er spürte, dass für einen Menschen, der in einer Welt mit Beamten aufgewachsen war, ein Zustand ohne Beamte undenkbar erscheinen musste. Für einen solchen Zustand genügte die Fantasie Etienne Pascals offensichtlich nicht. Daher hatte er die Frage des jüngeren Beamten verneint.

„Es überrascht uns nicht, Herr Pascal, denn Staatswesen verlangt viel mehr, unendlich viel mehr als die übliche einseitige Denkweise der Mathematik. Es erfordert die Fähigkeit, jederzeit all jene Zustände und Stufen zwischen ja und nein zu berücksichtigen und einzukalkulieren. Es erfordert die Vorsicht und die Rücksicht zugleich. Es gestattet niemals, dass man beim Hochklettern auf der Leiter der Geschichte beide Hände gleichzeitig frei hält. Immer muss man sich mit einer Hand an der Sprosse in Brusthöhe festhalten, während man mit der anderen Hand die nächsthöhere, jene in Stirnhöhe zu greifen sucht. Ebenso muss ein Fuß jederzeit auf einer unteren Sprosse festsitzen, wenn man den anderen Fuß auf eine höhere Sprosse setzen will. Dadurch erreicht man, dass jede nächste Sprosse etwas Neues ist, weil von der vorangehenden getrennt, und zugleich hat jede obere Sprosse etwas von allen unteren in sich, weil sie mit ihnen durch die Holme verbunden ist."

Die lange Predigt des einen Beamten über Vorsicht und Rücksicht, Neuerung und Kontinuität, Holme und Sprossen, Trennung und Verbundenheit brummte Etienne Pascal so stark im Kopf, dass es ihm fast weh tat, und er fragte sich, ob er je ein richtiger Beamter gewesen war. War er es aber nicht, was war er dann? Ein Mathematiker war er nur nebenbei; Außerdem stellte er seine mathematischen Kenntnisse vollends in den Dienst des Staates, war also doch ein Beamter. Und doch hatte er jetzt das Gefühl, dass es mit seinem Beamtensein nicht aufs Glücklichste bestellt war.

„Ich verstehe es jetzt, ich verstehe es sehr gut", sagte er, nachdem einer der beiden Beamten seine Erläuterungen beendet hatte.

Er sagte es, um die merkwürdigen Besucher loszuwerden. An den Tagen davor hatte er nämlich viel gearbeitet, zu viel für die Tage, die nie länger als vierundzwanzig Stunden dauerten, und nun brauchte er etwas Ruhe.

„Wir sind darob sehr erfreut, Herr Pascal", sagte der ältere Beamte in einem Ton, der lediglich ausdrücken sollte, dass sie zufrieden waren, eine ihrer Aufgaben erledigt zu haben.

„Wir raten Ihnen", fuhr er im gleichen Ton fort, „Paris unverzüglich zu verlassen. Das ist der Mittelweg, den man für Sie gewählt hat. Sie in die Bastille zu schicken würde heißen, Ihre bisherigen Verdienste zu verkennen. Ihre Kritik der Regierungspolitik unbestraft weiterwirken zu lassen wäre kein gutes Beispiel für die anderen, weder für die Lebenden noch für die Kommenden. Die Strafen sind da, um zu erziehen, die Erziehung, um Straftaten vorzubeugen und eben dadurch die Strafen zu vermindern."

Er sprach überlegen, beratend, freundlich und grausam zugleich. All das hatte Etienne Pascal den Worten des Beamten entnehmen können.

„Und bis wann muss ich Paris verlassen?", fragte er, wie ein Verurteilter fragt, der wohl weiß, dass er noch billig davongekommen ist.

„Sehen Sie zu, dass das spätestens morgen früh geschieht." Etienne Pascal spürte, dass der freundlich ausgesprochene Rat eigentlich strenger als irgendein Befehl war. Er schwieg.

„Es freut uns, Herr Pascal; wir wünschen Ihnen noch eine gute Reise. Übrigens, Rouen ist keine schlechte Stadt. Außerdem, niemand weiß, dass Sie dorthin gegangen sind. Alle werden glauben, Sie seien bereits in der Bastille. Der Glaube wird zweifelsohne vielen helfen, allerlei schlechten Anwandlungen zu widerstehen. Gute Nacht."

Das war alles, was die Beamten Etienne Pascal mitteilen wollten. Es war keine lange Rede, aber Etienne Pascal sagten die wenigen Worte alles. Obwohl er bereits ein erfahrener, angesehener Staatsbeamter war, fühlte er sich wie ein Schüler in der ersten Klasse der höheren Schule, an der die merkwürdige Kunst der Staatsführung unterrichtet wird. Der ältere Beamte fügte noch ein persönliches „Gute Nacht" hinzu, und gleich darauf begaben sich die beiden Herren aus dem Finanzministerium zum Ausgang. Etienne Pascal stammelte nur noch ein schüchternes „Gute Nacht, meine Herren".

Der Besuch war abgeschlossen. Blasius verließ sein Versteck und trat ins Empfangszimmer. Nichts deutete darauf hin, dass noch vor wenigen Augenblicken in demselben Raum ein höchst seltsames Gespräch zwischen dem Staatssystem und einem seiner Teile geführt worden war, weil der betreffende Teil beschlossen hatte, nicht mehr so zu handeln, wie es das System vorschrieb. Da es sich jedoch um einen tüchtigen Teil handelte, hatte das System offensichtlich beschlossen, den rebellierenden Teil nicht zu vernichten, sondern ihm stattdessen noch eine Gelegenheit zu gewähren, den Weg zurückzufinden.

Der Teil schien die Sprache des Systems verstanden zu haben.

* * *

Aus dem Gespräch mit den beiden Beamten des Finanzministeriums hatte Etienne Pascal viel gelernt. Unzählige Male ließ er sich den Inhalt des Gespräches und die Art der Gedankenverknüpfung der beiden Beamten durch den Kopf gehen, und je mehr er darüber nachdachte, desto mehr Sinn und Zusammenhang entdeckte er in allem, was sie gesagt hatten, obwohl ihm anfänglich eine jede ihrer Äußerungen völlig irrational, ja verwerflich erschienen war.

Damals, als er mit seinen Angehörigen Paris verlassen musste, hatte er die beiden Beamten als zwei böse Boten erlebt, die im Namen eines ungeheuerlichen Systems sprachen und wirkten. Eines hatte er jedoch nicht vergessen, nämlich die Tatsache, dass man ihn nicht einfach in den Kerker gesteckt hatte, was an sich zu erwarten gewesen wäre, denn seine Haltung trug in sich den zersetzenden Keim, die unmittelbare Bedrohung für die staatliche Autorität.

Nun aber, da einige Zeit bereits vergangen war und er mit den Seinen in Rouen Fuß gefasst hatte, erschienen ihm die Erläuterungen der Beamten als etwas, was man einfach unterstützen müsse, sobald man das Wesen des Systems an sich erkannt habe. Die beiden Beamten waren letzten Endes seine Kollegen, arbeiteten sogar im selben Ministerium, aber sie waren damals, das wusste er jetzt genau, viel weiter, viel fortgeschrittener in der hohen Schule der Kunst, die man Staatsführung nennt, als er. Der Staat erschien ihm als Notwendigkeit, also weder gut noch schlecht, sondern einfach unerlässlich, selbst wenn er die grausamste Form annehmen sollte. Die Menschen als Individuen hatten für ihn nun einen einzigen Zweck, dem Staatssystem zu dienen, welches aus ihnen jenes machte, was sie eigentlich waren: mit etwas mehr Verstand ausgestattete Herdentiere, die ohne eine sauber gegliederte Rangordnung innerhalb des staatlichen Gefüges gar nicht überleben könnten, eben gar nicht wären. War das nicht ein ausreichender Beweis dafür, dass der Staat als Organisationsform der menschlichen Gesellschaft nie aufhören werde, notwendig zu sein, dass die Menschen nie imstande sein würden, auf ihn zu verzichten, solange die einen fähig, die anderen unfähig waren? Nur – so dachte er – nur falls die Menschen eines Tages Mittel und Wege finden sollten, die Fähigkeitsunterschiede abzuschaffen, werde der Staat aufhören, notwendig zu sein.

Der Staat lebte also von den Unterschieden, welche die Menschen trennten, sie jedoch voneinander abhängig machten, indem sie ihnen die entsprechenden Plätze in den Rängen der Gesellschaftsstrukturen zuwiesen. Das war weder gut noch schlecht, sondern es war einfach so. Innerhalb dieser Rangordnung hatte ein jeder etwas Spielraum, einer mehr, der andere weniger. Jene mit dem Platz ganz unten träumten von einem luftigeren irgendwo oben, mit mehr Spielraum und mehr Möglichkeiten, und wurden von Neid, Verlangen und Streben, nach oben zu gelangen, aufgezehrt; jene ganz oben mit dem größten Spielraum taten alles, um jene, die hinaufstrebten, am Vorwärtskommen zu hindern, denn sie bangten um ihre eigenen Vorteile. So wurden auch sie in dem seltsamen Kampf aufgezehrt. Demnach füllten die einen wie die anderen ihr Leben damit aus, dass sie einander das Dasein erschwerten.

So ermöglichte die Rangordnung als das Grundmuster im Körper eines jeden Staatswesens jedem seiner Glieder, ein Ziel zu haben und zu kämpfen, das erträumte Ziel zu erreichen; sie bot also den meisten einen Grund da zu sein.

War dem aber so, was hatte man dann gegen den Staat als die Organisationsform der menschlichen Gesellschaft einzuwenden?

Hier endeten Etienne Pascals Gedankenflüge, denn eine klare Antwort vermochte er nicht zu geben.

Manchmal hatte er den Eindruck, dass dadurch ein genügender Daseinsgrund gegeben war. Manchmal jedoch schien es ihm nicht gerade überzeugend, dass eine solche Art zu sein jenes war, was der Mensch verdiente. Aber auch die Frage, was der Mensch eigentlich verdiente, ließ sich nicht ohne weiteres beantworten. Alle Menschen vor ihm, unzählige Millionen von ihnen, waren in eine Welt hineingeboren und hatten in irgendeiner Gesellschaft gelebt, und eine jede solche Gesellschaft kannte eine Rangordnung. Nun lebte auch er mit allen seinen Zeitgenossen in einer ähnlichen, hierarchisch klar gegliederten Gesellschaft, und die Zukunft versprach nichts anderes. Der Mensch befand sich also noch immer auf der Stufe der Herdentiere, mit dem einzigen Unterschied, dass er neue, den Tieren unbekannte Mittel besaß, die es ihm ermöglichten, die Rangordnung als das Grundmuster der gesellschaftlichen Struktur aufrechtzuerhalten. Die körperliche Kraft war nicht mehr entscheidend wie bei den Tieren, die reine Intelligenz auch nicht, sondern eine ganz bestimmte Denkweise.

Bis zu diesem Punkt schien ihm alles klar und nachvollziehbar zu sein, aber was war das Wesen dieser bestimmten Denkweise, die in der menschlichen Gesellschaft den Erfolgreichen die begehrten Plätze in den Rängen der Macht zuwies? Darüber war er sich nicht ganz im Klaren, obwohl er gelegentlich den Eindruck hatte, dass es letzten Endes die abscheuliche Fähigkeit war, die anderen nicht zu achten; nicht zu hassen, wohlverstanden, sondern nicht zu achten. Hass lähmte bloß, denn er zerstörte die eigenen Zugpferde. Das Nichtachten ließ sogar echte Freundlichkeit zu, förderte sie sogar, schuf dadurch das nötige Baumaterial. In seinen Überlegungen kam er meistens zum Schluss, dass die Hassenden nur selten den anderen, jedoch immer sich selbst schadeten, die Nichtachtenden dagegen als Erfolgreiche und Verdiente auf dem Buckel der großen Mehrheit wanderten. Dabei traten sie manchmal in die Lücken zwischen den gebückten Körpern der Niederen, erschraken gelegentlich darob, nahmen sich dann aber zusammen und hüpften weiter entschieden und unermüdlich von Buckel zu Buckel der Nichtgeachteten und reichten einander die Fackel des Erfolgs. Vor allem sorgten sie immer dafür, dass die unter ihren Füssen gebückten Gewöhnlichen die großartige, denkwürdige Vergangenheit kennen lernen, in welcher der Erfolgreichen in Ehrfurcht und Dankbarkeit gedacht werde.

*

In Rouen fehlte es Etienne Pascal an nichts. Ein stattliches Haus stand ihm und den Seinen zur Verfügung, und mit seinen soliden Einkünften konnte er sich und allen, die mit ihm unter demselben Dach lebten, ein bequemes Dasein gönnen. Der Präsident des Finanzamtes von Rouen war er zwar nicht, aber auf seine finanzielle Lage hatte das so gut wie gar keinen Einfluss. Wie einst in Clermont war er nun in Rouen der mathematisch mit Abstand fähigste Beamte. Hinzu kam, dass sein erfinderischer Sohn, um dem heiß geliebten Vater die Arbeit zu erleichtern, eine Rechenmaschine konstruiert hatte, etwas, was er persönlich für eine seiner größten Errungenschaften hielt. Damit niemand auf den Gedanken komme, die Maschine nachzubauen und dann das Urheberrecht zu beanspruchen, machte er mehrere einflussreiche Persönlichkeiten mit seiner Erfindung vertraut. Im Gespräch mit seinem Vater, aber auch sonst, wenn er es für angebracht hielt, äußerte Blasius die Überzeugung, seine Erfindung sei zwar technisch zu überbieten und er selber könnte jeden Monat eine verbesserte, schnellere und leistungsfähigere Rechenmaschine bauen, wenn ihm bloß gute Handwerker zur Seite stünden; was an seiner Erfindung jedoch niemals überboten werden könne, meinte er jedes Mal recht deklamatorisch und mit erhobenem Zeigefinger, sei die Idee selbst, mit Geräten zu rechnen. Das werde, meinte er prophetisch, in der Zukunft solche Möglichkeiten schaffen, von denen seine Zeitgenossen nicht träumen könnten. Er sehe eine Zeit kommen, in der seine Erfindung alle, aber wirklich alle Bereiche der zwischenmenschlichen Beziehungen bestimmen werde, sodass dank dieses Umstands die Menschen eines Tages einander nicht mehr benötigen würden. Seine Erfindung sei, meinte er, technisch gesehen, erst der Anfang, als Idee sei sie jedoch das Ende, denn sie werde Schließlich den Menschen ersetzen, ihn nicht nur in einigen, sondern in allen Bereichen überflüssig machen. Nur in einem werde der Mensch noch eine Aufgabe haben: seiner Erfindung zu dienen.

Es verging fast kein Tag, an dem Etienne Pascal sich mit seinem Sohn über solche und ähnliche Fragen nicht unterhielt. Die Erfindung seines Sohnes ermöglichte es ihm, seine Arbeit im Finanzamt von Rouen unvergleichlich schneller als vorher zu erledigen, während die anderen Angestellten in der Kanzlei bleiben mussten und mit den Bergen von Rechnungen kaum fertig wurden. Er ahnte, dass in der Erfindung seines Sohnes eine neue Zeit schlummerte, und es war nur noch die Frage, ob die Welt, in der sie lebten, bereit war, die Tragweite seiner Erfindung wahrzunehmen.

*

Als ihm damals von den beiden Beamten des Finanzministeriums mitgeteilt worden war, dass er Paris unverzüglich zu verlassen hatte, konnte er es kaum verkraften. Nun jedoch fehlte es ihm an nichts, und er hatte keinen Grund zu klagen. Außerdem veranlasste der Umstand, dass er in Rouen kein Präsident war und mehr arbeiten als befehlen musste, seinen Sohn dazu, eine Rechenmaschine zu bauen, die nach der Überzeugung des Erfinders selbst dereinst die ganze Welt grundlegend verändern würde.

Einerseits war er stolz auf die Erfindung seines Sohnes, empfand sie persönlich als große Arbeitserleichterung, anderseits witterte er aber darin etwas, was er kaum in Worte fassen konnte, sondern lediglich als Gefühl und Wunsch in sich trug: Der Welt möge so etwas nie beschert werden.

„Es ist gut, dass wir Paris rechtzeitig verlassen haben“, sagte er einmal im Gespräch mit seinem Sohn, „sonst hätten sie mich eingesperrt – die Bastille ist nicht einfach so da. Man gelangt leicht dorthin, jedoch gelingt der Weg zurück nur sehr selten, und falls, dann meistens zu spät.“

„Aber hätten sie dich wirklich eingesperrt?“, fragte Blasius erstaunt.

„Zweifelsohne“, sagte Etienne Pascal ruhig, „und warum eigentlich nicht?“

„Warum meinst du das?“, wollte Blasius wissen, denn er konnte nicht verstehen, wieso sein Vater darüber ruhig und ohne auch die leiseste Spur von Wut und Aufregung sprechen konnte.

„Weil der Staat, so wie er einmal ist, auf der Hut sein muss.“

Diese Worte Etienne Pascals lösten bei seinem Sohn ein Gefühl der Bestürzung aus.

„Auf der Hut?“, fragte er erstaunt und mit ernstem Gesichtsausdruck.

„Aber vor wem, Vater?“, fügte er gleich eine neue Frage hinzu, ohne auf die erste eine Antwort erhalten zu haben.

„Du bist doch immer ein loyaler Bürger gewesen, ein Freund von Ruhe und Ordnung!“, ergänzte er seine

Frage mit dem Kommentar, als hätte er seinem Vater helfen wollen, eine gebührende Antwort zu finden. Das Gefühl der Ratlosigkeit war in seinen Worten nicht zu überhören.

„Du hast recht, lieber Blasius, ich bin immer loyal gewesen, habe immer Ruhe und Ordnung unterstützt, dadurch eigentlich nur die Privilegierten. Ruhe und Ordnung nutzen nur ihnen, die Unterprivilegierten haben nichts davon. Ohne zu übertreiben kann man sagen, dass Ruhe und Ordnung die Erzfeinde der Armen sind, der beste Garant dafür, dass es so bleiben muss, wie es ist. Daher ist es auch gut verständlich, dass die Unterprivilegierten immer die Gleichberechtigung fordern. Gäbe es ihrer Meinung nach die Gleichberechtigung, hätten sie nichts gegen Ruhe und Ordnung."

Blasius hörte seinem Vater aufmerksam zu. Alles, was er hörte, war ihm verständlich, und dagegen war auch kaum etwas einzuwenden, jedoch vermisste er in den Worten des Vaters eine klare Meinung, wer von den beiden im Recht war, die Privilegierten oder die Unterprivilegierten. Daher bat er den Vater, ihn eben hierüber aufzuklären.

Die Antwort des Vaters sprach weder zugunsten dieser noch jener.

„Beide, die Privilegierten und die Unterprivilegierten, sind im Recht und im Unrecht", sagte er, und nichts in seinen Worten ließ einen Zweifel daran aufkommen, dass er es ernst meinte.

„Wie soll ich das verstehen, Vater?", fragte Blasius nach einer kurzen, von vollkommener Stille erfüllten Pause.

„Die Unterprivilegierten haben recht“, fuhr Etienne Pascal fort, „wenn sie nach Gerechtigkeit schreien, denn sie sind zutiefst überzeugt, dass sie benachteiligt sind; sie möchten es auch gut haben!“

„Das leuchtet mir schon ein“, unterbrach ihn Blasius, denn das, was sein Vater soeben gesagt hatte, war ihm, war allgemein verständlich, bedurfte keiner weiteren Erläuterung. Begreifen konnte er nicht, warum die Privilegierten ebenso Recht hatten, obwohl sie das Gegenteil davon forderten, denn nach gewöhnlicher Logik dürften sie kein Recht haben. Er befürchtete, sein Vater könnte den heiklen Teil seiner Frage umgehen.

„Aber wenn die Privilegierten ...“, fuhr er daher fort, wurde jedoch von seinem Vater unterbrochen, denn Etienne Pascal hatte schon gemerkt, was sein Sohn von ihm erwartete.

„Wenn die Privilegierten Ruhe und Ordnung fordern, dann möchten sie, dass es ihnen auch weiterhin gut geht. Eine Änderung ihrer Lage wäre ihrer Meinung nach für sie nicht gut. Also wollen beide Seiten, dass es ihnen gut geht, eigentlich dasselbe, jedoch meint jede Seite mit gut etwas anderes.“

„Auch das habe ich begriffen, aber ich verstehe noch immer nicht, warum beide Seiten im Unrecht sind.“

Dass beide Seiten im Recht waren, kam Blasius wie ein Gegenstand vor dem Spiegel vor, aber das Abbild dieses Gegenstandes vermochte er in seinen Gedanken nicht in den Spiegel hineinzuprojizieren.

Dort musste alles völlig verkehrt sein und doch stimmen, so sehr stimmen, dass man sich darauf berufen konnte, wenn man im praktischen Leben Entscheidungen treffen wollte. Wie sollte dieses vollkommen verkehrte, jedoch vollkommen überzeugende Spiegelbild aussehen?

Etienne Pascal hatte gemerkt, was er seinem Sohn schuldete. Es ging nicht einfach um eine rein intellektuelle Angelegenheit, die er mit einer geschickt formulierten Antwort hätte abtun können, sondern vielmehr um etwas, was für das künftige Leben seines Sohnes von größter Bedeutung sein durfte. Daher versuchte er die Antwort so einfach und so klar, vor allem aber so überzeugend wie nur möglich auszudrücken.

„Im Unrecht sind die beiden Parteien", sagte er ruhig und besonnen, „weil jede jeweils etwas verlangt, was nur den eigenen Interessen dient, die Interessen der anderen Seite jedoch nicht beachtet."

Der Knabe schien begriffen zu haben, was sein Vater sagen wollte, aber zufrieden war er mit der Antwort nicht, denn er mochte keine Zwischenlösungen, die man in ausweglosen Lagen traf.

„Was ließe sich da machen?", fragte er den Vater, denn er persönlich wusste keine Antwort auf die Frage, die in ihm aufgetaucht war.

„Nicht viel, lieber Blasius, nicht viel", antwortete Etienne Pascal mit ernstem Gesichtsausdruck und schüttelte dabei leicht den Kopf.

Der ernste Gesichtsausdruck des verehrten Vaters, den der Knabe für den Gescheitesten oder mindestens für einen der Gescheitesten und Fähigsten hielt, belehrte ihn, dass selbst die erfahrenen Gescheiten angesichts der Schwierigkeiten, die sich aus dem menschlichen Zusammenleben ergaben, ebenso ratlos sein konnten, nicht weniger ratlos als jemand in seinem Alter. Er merkte, dass alles so sein musste, wie es war, aber anfreunden konnte er sich damit gleichwohl nicht, denn die Menschen mussten doch über ein Instrument in sich verfügen, das sie dazu befähigte, jede Schwierigkeit, welche sich aus der menschlichen Lebensweise ergab, auf eine der Vernunft entsprechende Art und Weise zu lösen. Denn waren die Menschen dessen nicht fähig, so gab es zwischen ihnen und den Tieren zwar einen, jedoch nur graduellen Unterschied, also etwas, was sich noch immer auf derselben Seite des Lebensbuches abspielte, auf der auch alles andere Lebendige zu finden war.

„Und warum nicht?", fragte er den Vater in der Hoffnung, vielleicht doch noch eine Antwort zu erhalten, die ihn auf seiner Suche mindestens ein Stück Weges hätte weiter bringen können.

„Weil es einen unparteiischen Richter nicht gibt, der sagen könnte, was gerecht wäre und was ungerecht", antwortete Etienne Pascal, ohne einen einzigen Augenblick zu überlegen. Das erfreute den Knaben, denn eine so prompte Antwort hatte er nicht erwartet.

„Gibt es wirklich niemanden auf der Welt, der klar sagen kann, was gerecht ist und was ungerecht?"

„An solchen mangelt es auf der Welt gewiss nicht, aber es gibt keinen unter ihnen, den sowohl die Privilegierten als auch die Unterprivilegierten als Richter einsetzen möchten: Entweder passt er den einen oder den anderen oder aber weder den einen noch den anderen.

Jemanden, den beide Seiten gern einsetzen würden, gibt es nicht."

Der Knabe hatte das Gefühl zu begreifen, wie die Dinge lagen: Die Menschen waren grundsätzlich in zwei Lager geschieden, und die Kluft zwischen ihnen war unüberbrückbar. Die einen waren zutiefst davon überzeugt, ausgebeutet und unterdrückt zu werden, eben unterprivilegiert zu sein, und sannen nach, wie sie ihre Lage ändern könnten. Die anderen wussten, dass sie die Ausbeuter und Unterdrücker waren, eben die Privilegierten, und suchten nach Mitteln und Wegen, den bestehenden Zustand aufrechtzuerhalten.

Es war natürlich kaum denkbar, dass bei dem Stand der Dinge überhaupt noch jemand als geeigneter Richter in Frage kommen konnte. Aber vielleicht wusste der Vater auch da eine Antwort.

„Gibt es wirklich niemanden auf der Welt, der für alle klar und zufrieden stellend sagen kann, was gerecht ist und was ungerecht?", wiederholte er daher seine Frage voller Erwartung, in der sich Hoffnung und Zweifel die Waage hielten.

Trotz der außerordentlichen Intelligenz, die den Knaben auszeichnete, war in seiner Frage die kindliche Naivität nicht zu überhören.

„Gewiss gäbe es solche, aber ein Richter vermag lediglich auf das Krumme hinzuweisen, die krummen Dinge gerade zu machen, liegt nicht in den Händen des Richters, sondern es hängt vom guten Willen derer ab, welche die Krümmungen verursachen. Ihre besondere Lebensweise ist die Ursache der Krümmung, und gerade diese ihre Lebensweise ist für sie zugleich ihr Lebensinhalt. Auf die Weise zu verzichten bedeutete für sie zugleich, auf den Inhalt zu verzichten, dem Leben selbst zu entsagen: Kein Richter kann so viel von ihnen verlangen, denn das ist alles, was sie haben", antwortete Etienne Pascal.

„Soll das heißen, Vater, dass die Gerechtigkeit niemals siegen wird?", fragte er, jetzt etwas ruhiger und nüchterner.

„So ist es, lieber Blasius, niemals kann das geschehen, denn jeder sieht die Gerechtigkeit aus seiner eigenen Lage heraus. Es wird zwar Versuche geben, die Gerechtigkeit für alle einzuführen, aber jene, die es vielleicht sehr ernst meinen, müssen zum Schluss unvermeidlich zu Verbrechern werden, zu Schöpfern einer neuen Ungerechtigkeit, einer feineren, delikateren, die unter dem Mäntelchen von allerlei schönen Namen und Formen auf dem Buckel der Mehrheit reitet, Mühsal verursacht und den Samen für die künftigen Leiden aussät."

Etienne Pascal redete ruhig. In seiner Stimme klang etwas Prophetisches mit. Daher war in seinen Worten nicht die leiseste Spur von Bedauern zu spüren, dass dem so war und so sein musste, dass der Mensch niemals eine Gemeinschaft ohne tierische Rangordnung werde errichten können, in der niemand das Bedürfnis verspüre, andere zu unterdrücken und auszubeuten, in der jeder Einzelne das Schicksal eines jeden seiner Mitmenschen als sein eigenes erlebe und sich daher die größte Mühe gebe, einem jeden seiner Artgenossen zu helfen.

„Soll das heißen, Vater, dass es immer so bleiben wird, wie es jetzt ist?", fragte der Knabe den Vater.

Die kurze Freude, getragen von der Erwartung, war aus seinem Gesicht gewichen, und nun schien er eher um Hilfe zu bitten als Fragen zu stellen.

„Grundsätzlich muss es immer gleich bleiben, jedoch wird es in der Ausführung immer anders aussehen: Unterdrücker treiben ihr Unwesen eine Zeitlang, müssen dann aber doch gehen, wie sie gekommen sind; der Unterdrücker und der Unterdrückte werden jedoch nicht verschwinden, solange die Menschen nach den Regeln der tierischen Rangordnung leben."

„Ein trauriges Bild von den Menschen und deren Welt hast du mir, lieber Vater, da gemalt, ein Bild, das keinen Stolz ob des Menschseins aufkommen lässt. Ich habe immer gemeint, der Mensch sei in seinem tiefen Inneren gut, allein die Umstände machten ihn so oder so."

„Ach, lieber Blasius", sprach Etienne Pascal, nun ganz gelöst, aufrichtig, offen, „seltsam, sehr seltsam verhält es sich mit dem so genannten Guten beziehungsweise Schlechten im Menschen."

„Erzähl mir bitte mehr darüber", bat Blasius in der Hoffnung, über das Wesen des Menschen etwas mehr zu erfahren und dann vielleicht doch noch das sinnwidrige Verhalten der edelsten Kreatur Gottes zu begreifen.

„Die so genannten Guten", fuhr Etienne Pascal fort, „wissen um die Verwerflichkeit ihrer Lebensweise, bemühen sich jedoch nicht, ihre Lebensführung zu ändern, sondern entschuldigen ihre abscheulichen Taten damit, dass sie die Verantwortung für alle Schlechtigkeiten, die sie begehen, irgendwelchen

Urahnen der Menschen zuschieben, weil jene angeblich etwas getan haben, was sie nicht hätten tun dürfen. Als Nachkommen von schwer sündigen Ureltern erklären sie sich selbst für grundsätzlich sündig. Ihren himmlischen Herrn der Welt erklären sie für allmächtig, allgütig und allgnädig. Von ihm erwarten sie dann die Vergebung aller Sünden, denn sie haben ihn nicht umsonst mit der unendlichen Güte und ebenso unendlichen Gnade ausgestattet. Und weil er nun einmal ein unendlich guter und unendlich gnädiger Richter ist, hat er keine andere Wahl, als ihnen alles zu vergeben. Der so genannte Gute weiß offensichtlich genau, welcher der sicherste Weg ist, das ewige Heil zu erlangen: Er erklärt sich für ein sündiges Scheusal und seinen himmlischen Herrn für allmächtig, allgütig und allgnädig. Dadurch wird der allgütige, allgnädige himmlische Herr auf eine subtile Art und Weise von seinen sündigen Kreaturen gezielt erpresst, denn als allgütig und allgnädig muss er lieb und gnädig zu ihnen sein und ihnen alles vergeben. Tut er das nicht, verliert er seine Attribute. Das ist die Strategie der so genannten Guten. Ihre Strategie gestattet ihnen, verbrecherisch zu leben und zu tun, was sie wollen, ohne deswegen ein schlechtes Gewissen haben zu müssen."

Der Knabe hörte dem Vater aufmerksam zu, ließ sich kein Wort entgehen, denn das, was er von seinem verehrten Erzeuger zu hören bekam, bedeutete ihm unendlich viel, war der Wegweiser, nach dem er sich richten wollte.

„Wenn ich dich verstehe, lieber Vater, dann müssen auch die Schöpfer und Begründer von Religionen zu den Guten gehören, oder siehst du es doch anders?"

„Genau so ist es, lieber Blasius, sie sind die Pfeiler, an welche die so genannten Guten ihre Kähne binden, um sicher zu sein, dass sie trotz ihrer abscheulichen Lebensführung niemals zur Rechenschaft gezogen würden."

„Und die so genannten Schlechten?", fragte der Knabe voller Neugierde.

„Die so genannten Schlechten machen keinen Unterschied zwischen den so genannten guten und den so genannten schlechten Taten. Auch sie denken nicht daran, ihre abscheuliche Lebensweise zu ändern. Stattdessen entwerfen sie allerlei Denkmodelle, in denen alles in kleinste Elementarteilchen aufgelöst wird. Solche Elementarteilchen können weder gut noch schlecht sein. Und da die Menschen – wie übrigens alles andere auch – aus solchen Teilchen bestehen, können sie nicht schuldig sein."

Mit seiner Erläuterung war Etienne Pascal an einem Punkt angelangt, wo man ihn sozusagen unterbrechen musste, falls man ihm vorher aufmerksam zugehört hätte, denn es ging um Schuld und Unschuld im menschlichen Leben.

Blasius hatte gut zugehört, daher unterbrach er seinen Vater mit der Frage, warum dann niemand schuldig sei.

„Weil das Kleinste allein an sich neutral ist", antwortete Etienne Pascal.

Der Knabe war ganz Auge und Ohr, denn solche Gedanken gingen ihm ans Herz, betrafen jenes, was einen aufgeweckten Geist unmöglich kalt lassen kann –

menschliche Schuld beziehungsweise Unschuld.

„Erläutere das bitte noch ein wenig“, bat er den Vater.

„Erst wenn ein Kleinstes sich mit einem anderen Kleinsten paart, entstehen die Rollen, die sich ergänzen, unsere praktische Welt. Dann spricht man von ungleichnamigen Ladungen, von Polen, von Gegensätzlichkeiten beziehungsweise Ergänzungen, je nachdem, was man sagen möchte.“

Etienne Pascals Worte endeten in einer Allee, zu deren beiden Seiten Bäume wuchsen, viele herrliche, ehrwürdige Bäume, von denen jeder einzelne als der interessanteste hätte bezeichnet werden können. Aus demselben Grunde konnte keiner von ihnen den Anspruch auf Allgemeingültigkeit erheben.

Darob war Blasius nicht glücklich, denn dass viele verschiedene Dinge und Wege gleichzeitig richtig sein konnten, obwohl sie sich dem Verstand als reinste Gegensätze darboten, leuchtete ihm nicht ein; vielmehr erschien ihm ein solcher Gedanke fremd, ja gefährlich.

„Aber, lieber Vater, gibt es denn überhaupt einen Grundsatz, nach dem man sich verhalten, nach dem man leben sollte, um richtig zu handeln, um richtig zu leben?“, fragte Blasius, nach einer zufrieden stellenden Antwort schmachtend, wie jemand, der in der Wüste verzweifelt nach einer Wasserquelle sucht.

„Ja, den gibt es, aber er ist zu hoch“, antwortete Etienne Pascal, ohne zu überlegen.

„Ist es etwas den Menschen bereits Bekanntes?“, fragte Blasius mit einer gewissen Erleichterung, denn, gab es überhaupt einen solchen Grundsatz, dann war er fest entschlossen, danach zu leben, koste es, was es wolle. Schließlich war der Lohn, der nach einem tugendhaften Lebensweg auf den Menschen wartete, so kostbar, dass man kein Opfer und keine Mühe scheuen sollte, um ihn zu verdienen. Das lehrte die heilige Kirche, der er genau wie sein gescheiter Vater angehörte.

Etienne Pascal zögerte nicht mit der Antwort.

„Der Wortlaut", fuhr er ruhig fort, „ist den meisten bekannt, jedoch ist der Inhalt fast allen zu hoch, zu schwer – daher an sich ungeeignet, wertlos!"

Diese Worte hatte Blasius nicht erwartet, denn falls sein Vater so etwas für zu hoch hielt und daher für ungeeignet und wertlos, dann musste es sich um einen Grundsatz handeln, der – obwohl zweifelsohne von einigen besonderen Menschen geprägt –, für die meisten ob seiner Reinheit unmöglich einzuhalten und zu befolgen war, falls man nach der Norm der Mehrheit, eben normal, leben wollte.

Um dem Grundsatz folgen zu können, musste man also unbedingt der üblichen Lebensweise und allen üblichen Werten den Rücken zukehren und einen Lebensweg einschlagen, der bis zum letzten Atemzug Einsamkeit bedeutete.

„Und der Wortlaut des Grundsatzes wäre?", fragte er den Vater; seine jugendliche Stimme zitterte.

„Füge keinem anderen zu, was du nicht möchtest, dass man dir tut", sagte der Vater, indem er jene uralt in Worte gefasste Unterweisung brachte, die so allgemein ist, dass man kaum etwas Abwegigeres tun könnte, als deren Verfasser zu suchen.

„Das ist der Kern der Sittlichkeit“, fügte er hinzu, „der einzige; alles andere ist bloß Heuchelei.“

„Warum ist alles andere Heuchelei?“, fragte Blasius weiter.

„Die Heuchler berufen sich immer auf auswärtige Richter und Autoritäten oder aber auf die unendliche Gnade des von ihnen erfundenen übernatürlichen Wesens, suchen dadurch die Verantwortung von sich zu schieben. Jener Grundsatz verpflichtet jedoch jeden Einzelnen zur Selbstbetrachtung und Selbstbeurteilung, kurzum zu einer Lebensführung nach dem Maßstab, den ein jeder in sich selbst trägt, daher keiner auswärtigen Maßstäbe oder Autoritäten bedarf.“

„Meinst du, Vater, dass die Menschen diesen Grundsatz jemals werden befolgen können?“, fragte Blasius auf eine bejahende Antwort hoffend.

„Deine Frage, lieber Blasius, ist nicht glücklich gestellt, und auf eine solche Frage lässt sich kaum eine glückliche Antwort geben.“

„Und warum ist meine Frage unglücklich gestellt?“, fragte Blasius, denn er begriff nicht, was sein Vater sagen wollte.

„Weil der Begriff ‚Mensch‘ einer genauen Erläuterung bedarf, bevor diese deine Frage gestellt, das heißt beantwortet werden kann, sonst gibt es Missverständnisse.“

„Wie soll ich das verstehen?“, fragte Blasius voller Überraschung, dass eine so einfache und so übliche Frage vage und ungeschickt sein konnte.

„Nur wer diesem Grundsatz folgen kann“, antwortete Etienne Pascal, „ist Mensch. Alle anderen Lebensweisen sind bestenfalls die Vorstufen des Menschen, der Weg dorthin, aber noch kein Ziel."

„Wenn dem so ist, dann gibt es wenige Menschen auf der Welt, obwohl es unzählige Organismen gibt, die sich als Menschen bezeichnen", erwiderte er, indem er die Antwort seines Vaters durch eine eigene Bemerkung ergänzte und zur weiteren Auslegung reizte.

„Genau so ist es, lieber Blasius. In allen, die diesem Grundsatz nicht folgen können, ist das Ewige noch nicht wach, es schlummert noch. Solche sind aber die gewaltige Mehrheit, daher gibt es tausendmal weniger Menschen, als man glaubt."

„Ist das nicht zum Verzweifeln, lieber Vater?", fragte Blasius mit ernster Miene.

„Es ist völlig belanglos, wie viele es gibt", antwortete Etienne Pascal ruhig, „kaum der Rede wert, denn gibt es einen einzigen Menschen, so gibt es den Menschen. Gibt es aber den Menschen, so ist das Verborgene wach und lebendig, und die Welt ist trotz allem heilig, der Ausdruck des ewigen Sinnes."

„Ein einziger Mensch verleiht somit der ganzen Welt einen Sinn?", fragte der Knabe, als hätte er nicht richtig gehört. Eigentlich wollte er etwas Zeit gewinnen, um das soeben Gehörte gänzlich zu verkraften und in seinem jugendlichen Weltbild richtig und gebührlich unterzubringen.

„Genau so ist es: Nur was geschehen kann, geschieht auch. Was aber geschehen kann, erfährt jeder Einzelne im Nachhinein, nachdem es geschehen ist. So erlebt jeder Einzelne das Vergangene als seine Gegenwart. Das ist die Natur der erfahrbaren Welt. Somit ist sich jeder

Einzelne einer eigenen Welt bewusst, die allein in ihm und für ihn allein geschieht. Diese eigene Welt ist für jeden Einzelnen alles, die ganze Welt. Also geschieht in jedem Einzelnen alles, was geschehen kann. Er ist der Ort des Weltgeschehens. Daher ist letzten Endes nur jeder Einzelne, der weiß, dass dem so ist, für alle verantwortlich. Die Unwissenden sind unschuldig."

„Jeder einzelne Wissende ist für alle verantwortlich?", fragte der Knabe noch einmal im gleichen Ton und mit gleicher Absicht, denn was er hörte, war harte Kost, widersprach der alltäglichen Erfahrung und der üblichen Praxis. Galt es doch immer, dass jemand für die Taten eines anderen Unbekannten nicht verantwortlich sein kann.

„Ja, lieber Blasius, jeder, der den Sinn findet, hat ihn für alle gefunden, denn jeder lebt in jedem anderen ein anderes Leben, und diese andere Lebensweise im anderen macht jenen zum anderen. Die anderen sind wir selbst, so ist jeder von uns so viele Male vorhanden, wie viele andere es gibt."

„Soll das, lieber Vater, heißen, dass ich der andere bin und dass der andere mich darstellt, dass ich im anderen lebe, er in mir?"

„Trefflich hast du das gesagt, genau so ist es. In welchem von uns auf dieser Welt das Ewige wach wird, der hat die Verantwortung für alle, in denen das Ewige noch schlummert."

„Aber trägt er nicht in erster Linie die Verantwortung für sich selbst?", fragte der Knabe, noch immer unsicher, ob er die Worte seines Vaters richtig verstanden hatte.

„Jener, in dem das Ewige wach geworden ist, braucht sich um sich selbst nicht zu kümmern, und er tut es auch nicht, denn er ist geborgen, behütet, aufgehoben. Er kümmert sich einzig und allein um den Sinn der Bewohner seines eigenen Hauses, der Variationen seiner selbst, fischt sie aus der Nichtigkeit des reißenden Zeitstromes heraus, errettet somit die Welt, wird zum Messias, ohne es zu wissen."

* * *

Das Gespräch zwischen Etienne Pascal und seinem Sohn wurde plötzlich unterbrochen, als ein junger Mann ins Zimmer stürzte und ohne Begrüßung den Wunsch äußerte, Etienne Pascal zu sprechen. Den Wunsch sprach er so energisch und hastig aus, dass die Worte eher einer Aufforderung, ja einem Befehl ähnelten.

Wieso er ohne Anmeldung das Haus betreten habe, wollte Etienne Pascal vom unerwarteten Besucher wissen.

Louise, die dem Besucher langsam die Treppe hinaufgefolgt war, erschien nun auch und erklärte, sie habe ihm die Eingangstüre geöffnet und ihn wie üblich nach dem Namen gefragt, um ihn anzumelden, er jedoch habe sie nicht beachtet und sei gleich hinaufgerannt. Darauf zog sie sich zurück.

Es war kaum zu übersehen, dass Etienne Pascal verärgert war, denn das Eindringen des unbekannten jungen Mannes in seine Privatsphäre empfand er zumindest als unanständig.

Die Kleidung und Haltung des Besuchers zwang ihn jedoch, mäßig zu reagieren. Der junge Mann trug die eigens dazu vorgesehene Uniform des Dienstboten und stand stramm und gerade da, seinen Hut unter dem linken Arm. In der Rechten hielt er einen Brief, der für Etienne Pascal bestimmt war.

Der Brief trug das Siegel des Kanzlers.

„Was soll das? Was wollen Sie?", fragte Etienne Pascal den Boten. Seine Stimme klang nicht gerade freundlich, jedoch sachlich.

„Ich komme vom Herrn Kanzler persönlich und muss dringend Herrn Etienne Pascal sprechen."

“Ich bin’s, sagen Sie, was Sie wollen.“

Der Bote streckte Etienne Pascal den Brief entgegen.

Blasius seinerseits empfand den unverhofften Besuch und die gespannte Atmosphäre irritierend und fragte den Vater, ob er hinausgehen solle.

„Nein, bleib hier“, sagte Etienne Pascal, denn er wollte seinen Sohn in alles, was er wusste und tat, einweihen.

„Hier ist der Brief für Sie“, sagte der Bote.

„Der Kanzler erwartet umgehend Ihre Antwort.“

Etienne Pascal nahm den Brief aus der Hand des Boten. Er tat es sehr langsam, als hätte er erraten wollen, worum es sich wohl handeln könnte, bevor er ihn öffnete.

Es gab keinen Zweifel daran, dass es sich um etwas außerordentlich Wichtiges und Dringendes handeln musste.

Etienne Pascal schaute sich einen Augenblick das Siegel an, dann öffnete er behutsam den Brief, überflog schnell die Zeilen und bat den Dienstboten, einen Augenblick zu warten, er möchte den Brief in Ruhe lesen.

Seinem Ruf zu kommen folgte Louise ohne die geringste Verzögerung. Etienne Pascal bat sie, sich um den Boten zu kümmern.

*

Etienne Pascal nahm den Brief und las ihn noch einmal durch, diesmal sehr langsam, um nichts zu übersehen oder falsch zu verstehen. Sein Gesicht nahm einen ernsten Ausdruck an. Blasius merkte es und fragte, ohne auf die Worte seines Vaters zu warten, was der Kanzler wolle.

„Der Kanzler ist bedroht und braucht dringend meine Hilfe", sagte Etienne Pascal.

„Der Kanzler ist bedroht?", fragte Blasius überrascht und verwundert.

„Ja, er ist bedroht", sagte Etienne Pascal, „das heißt, wir alle sind bedroht."

„Wir alle?", fragte Blasius im gleichen Ton, und sein Gesicht schien nun auch besorgt zu sein.

„Wen meinst du mit ‚wir alle', Vater?", fragte er daher, denn er konnte es nicht begreifen, wieso sein Vater nun wiederum bedroht sein konnte, da die obersten Stellen offensichtlich daran interessiert waren, dass sein Vater weiterlebe und dem Staat diene.

„Wir und alle wie wir, Leute in geordneten Verhältnissen", antwortete Etienne Pascal ruhig, belehrend.

„Von wem sind wir aber bedroht, Vater?", fragte Blasius, da er noch immer nicht begriff, woher die Bedrohung kommen konnte.

„Von wem? Hm! Von wem?", wiederholte Etienne Pascal die Frage seines jugendlichen Sohnes und wusste nicht, was er antworten sollte, denn die Drohenden waren die Bedrängten.

„Ja, Vater, von wem?", wiederholte Blasius seine Frage, denn er hatte gemerkt, dass sein Vater in Verlegenheit war und daher mit der Antwort zögerte.

„Von denselben, von denen wir abhängen", sagte Etienne Pascal ruhig.

Am liebsten hätte er die Frage nicht beantwortet,

wusste jedoch, dass das unmöglich war, denn Blasius wollte wissen, wie die Dinge lagen, außerdem war er viel zu intelligent, als dass man ihn mit einer naiven Antwort hätte abspeisen können.

„Und wer sind die?“, fragte Blasius nun direkt und gezielt, so dass nur eine eindeutige Antwort genügen konnte.

„Die Canaille ist es, die uns alle bedroht, jene, die immer nach Gleichheit und Gleichberechtigung schreien. Es geht natürlich nicht um Gleichheit – das kann es ja gar nicht geben – sie wollen die Macht! Und sollten sie einmal die Macht ergreifen, wäre sie dann einfach in den Händen anderer, also gäbe es auch dann keine Gleichheit.“

Etienne Pascal erwartete eine Reaktion auf seine Erklärung, sie blieb jedoch aus – Blasius schwieg.

„Was will der Kanzler von dir, Vater?“, fragte er so, als wäre es seine erste Frage.

„Er sucht meine Unterstützung“, antwortete Etienne Pascal.

„Und was hast du vor?“, wollte Blasius wissen.

„Wir dürfen nicht nachgeben, mit der Obrigkeit kann man nicht umgehen wie mit einer Prostituierten. Man muss ihr die gebührende Achtung entgegenbringen“, antwortete Etienne Pascal gelassen und entschieden.

Diese Worte wirkten auf Blasius wie ein Blitzschlag, denn, was er nun hörte, vertrug sich schlecht mit dem Bild, das er sich von seinem Vater gemacht hatte.

„Aber, Vater!“, sagte er laut, schrie fast.

„Ja bitte?“, erwiderte Etienne Pascal ruhig.

Nach den aufgeregten und lauten Worten seines Sohnes klang seine Stimme noch gelassener.

„Kennst du irgend jemanden von denen, die protestieren?“, fragte Blasius voller Überzeugung, dass er mit seiner Haltung den Protestierenden gegenüber im Recht, sein Vater dagegen im Unrecht war. Für Blasius bestand kein Zweifel daran, dass sein Vater mit seiner Haltung sich selbst widersprach.

„Ich brauche niemanden zu kennen, der Einzelne ist nicht wichtig. Eines ist jedoch sicher: Alle Protestierenden sind vom selben Schlag; sie sind alle dieselbe Sorte.“

„Was ist ihnen allen gemeinsam?“, wollte Blasius wissen, denn die Behauptung seines Vaters erschien ihm zu persönlich, unbegründet, unüberlegt.

„Sie alle lehnen die Meinung ab, dass Unordnung der Größte Feind der Menschheit ist“, sagte Etienne Pascal, weiterhin ruhig und belehrend, wie jemand spricht, dessen Lebensauftrag es ist, die Welt vor Chaos zu retten.

„Was wirst du dem Kanzler schreiben?“, versuchte Blasius erneut eine klare Antwort zu erhalten.

„Ich werde ihm gar nichts schreiben“, kam die für Blasius völlig unerwartete Antwort.

„Und warum nicht?“, bedrängte der Knabe seinen Vater, ließ ihm keine Verschnaufpause.

„Statt ihm zu schreiben, gehe ich selber dorthin“, antwortete Etienne Pascal entschlossen.

„Du gehst dorthin? Ist das nicht gefährlich?“, fragte Blasius, jetzt in einem anderen Ton, denn mit der Absicht seines Vaters, dorthin zu gehen, hatte er nicht gerechnet.

„Gefährlich oder nicht, ich muss dorthin, ich muss ihm helfen, ich muss uns helfen, ich muss allen helfen!", erwiderte Etienne Pascal unbeirrt.

„Du musst allen helfen?", fragte Blasius erstaunt, denn er verstand nichts mehr. Dass sein Vater den Privilegierten helfen wollte, konnte er gut begreifen, aber wie sollte er den Armen helfen, wo er doch gegen ihre Forderungen handelte?

„Natürlich will ich, muss ich allen helfen", erwiderte Etienne Pascal und erhob sich von seinem Stuhl. Er wollte aufbrechen.

„Ist deine Absicht, auch den Armen zu helfen, wenn du allen helfen willst?", fragte Blasius, immer noch rein neugierig und an der Sache interessiert, jedoch klang seine Frage so, als wäre sie nicht ohne Vorwurf gewesen.

„Jawohl, auch ihnen will ich helfen, indem ich sie auf ihren Platz verweise und somit von schädlichen Anwandlungen befreie, denn seinen Platz soll man kennen, und man darf nie seine Grenzen zu überschreiten suchen."

Etienne Pascal sprach klar, deklamatorisch, einschärfend, als hätte er den Chorus in einer griechischen Tragödie gespielt. Dann rief er laut Louise, die Dienerin, und verlangte seinen Mantel. Kaum hatte sie zurückgerufen, dass sie sofort komme, erschien sie auch, den Mantel in der Hand, half ihrem Herrn und Arbeitgeber, das edle Kleidungsstück anzulegen, und zog sich wiederum zurück. Etienne Pascal knöpfte den Mantel zu und verließ wortlos den Raum.

Blasius starrte durch das geschlossene Fenster in die Ferne.

Das Zuschlagen der Eingangstür riss ihn aus seiner Entrückung. Sein Vater war weggegangen.

*

Er setzte sich in einen der Sessel, warf den Kopf zurück und schloss die Augen.

„Ich habe Mühe, meinen eigenen Vater zu verstehen“, überlegte er.

„Uns Kindern gegenüber hat er sich immer als unendlich geduldig, umsorgend, mild, zärtlich, verständnisvoll gezeigt. Nun habe ich den Eindruck, er wäre bereit, Todesurteile zu unterschreiben, obwohl ihm jene, gegen die er vorgehen will, nichts angetan haben, niemandem etwas angetan haben. Es sind bloß die Unterdrückten, die Gleichberechtigung fordern. Mein Vater sagt, Gleichheit gebe es nicht. Mag sein, aber Gleichheit und Gleichberechtigung ist nicht dasselbe: Dass alle verschieden sind, hängt nicht vom Menschen ab, macht nicht viel aus, dass sie gleiche Rechte haben dagegen ganz und gar. Begreift er das nicht, oder verstehe ich die ganze Sache völlig falsch? Er selbst hat doch auch protestiert, gegen die Verordnung des Ministeriums und der Krone hat er protestiert. Ebendeswegen musste er sich nach Rouen zurückziehen, um nicht in der Bastille zu enden, um den Rest seiner Tage nicht mit Ratten und Spinnen verbringen zu müssen. Nun duldet er nicht das Protestieren anderer. Wie soll ich das verstehen? Der einzige Unterschied zwischen seinem Protest und dem des gemeinen Volkes, der Canaille, wie er es bezeichnet, ist, dass er gegen die Änderung der

Lage ist, die Volksmenge fordert sie. Er fordert also Ruhe und Ordnung, sie die Linderung ihrer Not. Er selbst hat aber gesagt, beide seien im Unrecht. Dann ist er selbst auch im Unrecht. Aber halt! Er hat auch gesagt, beide hätten Recht, dann hat er doch Recht, aber die anderen auch. Das ist doch keine Erklärung. Es bleibt aber noch eine Erklärungsmöglichkeit: Er weiß, dass die Volksmenge zwar auch recht hat, aber er glaubt, er und die Seinesgleichen hätten mehr recht, da sie gescheiter seien und eine bessere Übersicht der Lage hätten.

Mag das richtig sein, aber was nutzt einem hungernden Unterdrückten die Gescheitheit meines Vaters, der sie dem König und dem gewaltigen Staatsapparat zur Verfügung stellt, sogar dann, wenn er vor ihrem Zorn fliehen muss?

Er hat mir gründliche mathematische Kenntnisse beigebracht, die Kunst, Getrenntes zu verknüpfen und im Zusammenhang zu sehen. Nun ist die Kunst mein Besitz, ich kann sie nicht vergessen, selbst wenn ich es wollte. Zwar bin ich körperlich und geistig sein Sohn, und doch sträubt sich etwas in mir gegen seine Haltung. Ist die Wahrung eines politischen Systems unseres Lebens Zweck und Ziel? Ich habe Mühe, daran zu glauben. Vielleicht werde ich eines Tages einsehen, dass so etwas des Lebens Sinn sein kann, aber jetzt leuchtet es mir nicht ein."

*

In seinen Überlegungen war er dort angelangt, wo es plötzlich eindeutig wurde, dass das menschliche Verhalten mit dem Verstand weder zu erklären noch zu begründen war.

Er öffnete die Augen und lehnte sich nach vorne.

„Ach, in der Mathematik ist alles so klar, so eindeutig; dort gibt es keine Meinungsverschiedenheiten, und falls es welche gibt, dann enden sie schlimmstenfalls in einem lustigen und aufregenden Gespräch. Die Meinungsverschiedenheiten, die sich auf die Gesellschaft beziehen, und jene weltanschaulicher Natur enden bestenfalls in schlechter Laune, schlimmstenfalls im Blutbad. Für mich ist es ein Zeichen und Beweis, dass all die so genannten Geisteswissenschaften nicht viel taugen, und sie taugen nicht, weil sie in der Tat keine Wissenschaften sind, obwohl sie sich gern als solche bezeichnen. Aber eben, auch das kann sich ändern – schließlich befinden wir uns im Gärungsprozess, der Wein ist noch nicht genießbar, es ist noch nicht an der Zeit, und alles Wahre hat seine eigene Stunde, lehnt jede andere ab."

Während er so dies und jenes im Geiste wälzte, schaute er plötzlich auf die Uhr und stellte fest, dass schon viel Zeit verstrichen war, seit sein Vater das Haus verlassen hatte. Der Abend nahte schon, und ein Gefühl der Sorge um seinen Vater beschlich ihn, eine Ahnung, dass ein neuer Abschnitt unmittelbar bevorstand, und einem neuen Abschnitt musste ein Einschnitt, eine Richtungsänderung vorausgehen.

*

Etienne Pascal war ausgezogen, um den Wandel aufzuhalten, den augenblicklichen Zustand für immer zu bewahren.

Hatte das mit seiner mathematischen Denkweise zu tun? Vielleicht, denn in der Mathematik galten feste Gesetze, und wenn Mathematiker Fehler begingen, dann deswegen, weil sie die mathematische Denkweise nicht sauber anwandten, und nicht etwa, weil die mathematische Denkweise falsch wäre.

Auch Blasius liebte Mathematik, sehr sogar, aber er konnte nicht begreifen, warum Menschen nicht nach neuen, geeigneteren Formen des Zusammenlebens suchen sollten.

„Staaten und politische Systeme sind nichts Heiliges, nicht seit Ewigkeit, nicht für immer. Es sind durch Kriege und blutige Streiche geschaffene Gebilde, deren Entstehung viele Unschuldige das Leben gekostet, vielen Rücksichtslosen wiederum Vorrechte und Bequemlichkeit gebracht hat“, überlegte er, einen Gedanken an den anderen anknüpfend, und vergaß für eine kurze Zeit, dass sein Vater nicht zu Hause war, weil er etwas Heikles, ja Gefährliches unternommen hatte.

Was es war, wusste er nicht, aber er spürte, dass es etwas gab, wodurch sich sein Weltbild von dem seines Vaters grundlegend unterschied, obwohl sie beide mathematisch dachten und Klarheit überaus schätzten.

„Ich wollte, ich könnte nur für wenige Augenblicke meinen eigenen Vater in die Lage der von ihm als Canaille bezeichneten Menge der Benachteiligten versetzen, um zu sehen, wie er sich dann verhalten würde. Natürlich dürfte er nicht ahnen, dass mit ihm Versuche gemacht werden“, spann er seine Überlegungen weiter.

Dann merkte er, wie albern das zuletzt Gedachte war, denn es war doch selbstverständlich, dass der Vater in seiner Lage des Benachteiligten nicht wissen dürfte, dass man mit ihm Versuche mache, sonst wäre es eben kein Versuch und der Vater nicht ein Teil der Canaille.

Eine hinwerfende Handbewegung drückte das aus, was er in dem Augenblick empfand. Aber dann setzte sich die Kette seiner Gedanken schon wieder nahtlos fort.

„Ich vermute, dass er dann genauso feurig für Gleichberechtigung kämpfen würde. Ich kann es mir kaum vorstellen, dass er dann gegen eine Änderung der Lage wäre. Ist dem aber so, dann haben wir alle gar keinen Anstand, gar keine Würde, dann sind wir alle Abschaum, vom Menschen noch unendlich weit entfernt."

Seine eigenen Gedanken hatten ihn in eine Schlucht geführt, die immer schmäler wurde, ihre Felswände immer steiler, und die nirgendhin führte.

Er legte beide Hände an die Schläfen und neigte sich nach vorn, so dass er direkt auf den Boden vor sich hinschaute.

„Es ist zum Wahnsinnigwerden", flüsterte er, und dann wurde es wiederum ganz still, denn er sagte nichts mehr. Er hörte auch nicht die Dienerin, die inzwischen das Zimmer betreten hatte.

„Möchten Sie nicht das Abendbrot einnehmen, der Tisch ist gedeckt?", fragte sie. Ihre Stimme war mild und freundlich wie immer. Dass er besorgt war und dass ihn etwas quälte, entging ihr nicht, was es war, konnte sie nicht ahnen.

„Nein, danke, ich habe keinen Hunger, möchte ein wenig allein sein, muss etwas Wichtiges abklären", sagte er entschieden und fügte ganz leise hinzu, doch mit äußerst ernster Miene, „das Wichtigste!"

Louise verließ das Zimmer wortlos und kaum hörbar, wie sie gekommen war.

„Denn, sind diese Dinge nicht klar", fuhr Blasius mit seinen Gedanken fort, wobei er einzelne Wörter hörbar aussprach, „so ist die Mathematik allein bloße Verwirrung, unsinniges Spielchen jenes traurigen Breis in unseren Schädeln, auf den wir so stolz sind."

*

Ein lautes „Herr! Herr!" riss ihn aus seinen Gedanken.

Es war die Stimme der Dienerin.

„Kommen Sie schnell herunter! Schnell!", rief sie.

Ihrer Stimme war zu entnehmen, dass etwas außerordentlich Unangenehmes geschehen sein musste.

Blasius eilte hinunter, den Stimmen entgegen, die immer lauter wurden, wie sie sich dem Zimmer seines Vaters näherten.

Nur wenige Augenblicke, nachdem er sein Zimmer verlassen hatte, kam er zurück, gefolgt von zwei Männern, die auf einer Bahre Etienne Pascal trugen, und der Dienerin.

„Hier, auf dieses Bett, aber vorsichtig", gab er den beiden unbekannten Männern die Anweisungen und deutete auf das Bett seines Vaters.

„Wir machen es schon, sind geübt; dies ist nicht unser erster Fall. Wir sind jeden Tag im Einsatz und haben jeden Tag die Hände voll zu tun, nicht wahr, Orlando?"

So redete einer der beiden Krankenpfleger – das

schienen sie zu sein – zu seinem jüngeren Kollegen, einem schlanken, nervösen Typ mit samtenen grünlichen Augen und lockigem schwarzem Haar.

Das Wort ‚Einsatz' rief in Orlando plötzlich bestimmte Erlebnisse aus seinen jungen Jahren in Erinnerung.

*

Damals bemühte sich Orlando nach besten Kräften zu träumen, allein umsonst, denn ein Träumer war er nicht, und bei der seltsamen Bemühung zu sein, was er nicht sein konnte, tat er sich schwer. Damals träumte er davon, Poet zu werden, und tat alles, was nach seiner Meinung einen Poeten auszeichnete. So trug er eine béretartige Kopfbedeckung und eine Pelerine, da ihn die beiden Kleidungsstücke an Pilger erinnerten und in ihm den Wunsch weckten, gleich wie jene in die ungewisse Ferne zu ziehen und das Heilige aufzusuchen. In die Ferne zog er allerdings nie, weil seine Angst vor dem Ungewissen die Neugierde übertraf. Daher erschien ihm als gesunde Zwischenlösung, zu Hause, im Vertrauten, zu bleiben, sich jedoch wie ein sehnsüchtiger Pelegrinus zu kleiden.

Noch einen geheimen Herzenswunsch hatte er: Er wollte ein richtiges Abenteuer erleben, ein nobler Held sein, der den Armen hilft, nachdem er die Reichen ihres Geldes erleichtert hatte. Dazu schaffte er sich zwei Pistolen und ein Paar Stiefel an, die ihm weit über die Knie hinaufreichten. In seinem Zimmer nutzte er die Augenblicke, wenn ihn niemand stören konnte, um geeignete Abenteuer zu veranstalten. Er zog die Stiefel an, hängte die Pelerine um die Schultern, setzte die Flade auf. Dann entnahm er der Holztruhe, in der er alles aufbewahrte, was ihm lieb und teuer war, die beiden Pistolen, hielt sie fest, während er sie auf die unsichtbaren Reisenden richtete und jene mit entschiedener, todernster Stimme aufforderte, alle Wertsachen abzugeben. Jedes Mal stellte er sich andere Gäste vor, aber niemals fehlte es an einer jungen, hübschen Dame, deren Blicken er jedoch nie erlag, sondern umgekehrt ihr Herz unfehlbar so sehr verwundete, dass sie errötete, während sie ihre teuren Ringe von den Fingern streifte und in den vorgehaltenen Beutel fallen ließ. Es tat ihm gut, dass die hübschen jungen Damen ihn sehnsüchtig anlächelten, spürte jedoch gleichzeitig, dass er nicht nachgeben durfte und dass bis zum Schluss alles unter seiner Kontrolle bleiben musste. An viele vornehme Frauen, die ihm so begegnet waren, erinnerte er sich genau, und sie blieben ihm auch ausnahmslos treu, warteten immer abrufbereit, wenn es ihn danach gelüstete, scheuten jedoch die Wirklichkeit.

*

Eines Tages geschah aber etwas Seltsames. Er hatte sich verkleidet und alles genau vorbereitet, um wie üblich einen Überfall auszuführen, aber keine Kutsche wollte vorbeifahren. Er wartete und strengte sich an, allein umsonst.

Dieser Misserfolg, der ausschließlich auf die fehlende Bereitschaft der reichen Reisenden vorbeizufahren, wenn er auf sie wartete, zurückzuführen war, entflammte in ihm eine Wut, die er bis anhin bei sich nicht gekannt hatte, solange die Reisenden botmäßig waren und genau das taten, was seinem Wunsch und seiner Einbildung entsprach.

Es war offensichtlich, dass sie ihn nicht mehr ernst nahmen, und es blieb ihm nichts anderes übrig, als sie eines Besseren zu belehren und ihnen zu zeigen, dass mit ihm kein Spaß zu treiben war.

Eine Woche nach diesem Misserfolg saß er allein versteckt hinter einem Strauch neben der Landstrasse und wartete mit geladenen Pistolen auf jene, die ihn für einen armen Narren gehalten hatten, dem nichts anderes übrig geblieben war, als in seiner Wohnstube den mutigen Räuber zu spielen.

Nach mehreren Stunden erblickte er endlich, worauf er gewartet hatte. Eine Kutsche, gezogen von zwei prächtigen Apfelschimmeln, kam auf der Landstrasse daher.

Als das Gefährt sich auf etwa dreißig Schritte von ihm entfernt genähert hatte, kam er sicheren Schrittes hervor, beide Pistolen schussbereit vorhaltend, machte dabei mit einer Hand eine Gebärde, die offensichtlich jemandem im Versteck galt und die etwa besagen sollte, der Komplize solle im Versteck bleiben, die Reisenden im Visier behalten und selbstverständlich schießen, falls es erforderlich sein sollte

Als er den Kutscher aufforderte anzuhalten und abzusteigen, versuchte dieser von seiner Feuerwaffe Gebrauch zu machen, wurde aber vom zutiefst innerlich verletzten einstigen Stubenräuber auf der Stelle erschossen. Er stieg auf den Kutschbock, band die Zügel fest und befahl den Reisenden, einer nach dem anderen auszusteigen, sich mit den Händen im Genick einige zehn Schritte von der Kutsche entfernt hinzustellen, ihm den Rücken zuzukehren und in der Stellung zu verweilen, bis er ihnen etwas anderes befehle.

Die Reisenden folgten schweigend seinen Anweisungen, denn sie hatten gesehen, was mit dem Kutscher geschehen war.

In der Kutsche fand er zwei Köfferchen mit Geld und kostbarem Schmuck, außerdem zwei Feuerwaffen.

Nachdem er den Inhalt der beiden Kästchen in einen Lederbeutel geleert und die beiden Pistolen in den Gurt gesteckt hatte, kam er heraus, befahl den Reisenden, sofort wieder einzusteigen, und wies einen der Männer an, auf den Kutschersitz zu steigen und schleunigst die Fahrt fortzusetzen; dabei machte er ihm mit vorgehaltener Pistole klar, dass ihn das gleiche Schicksal wie den Kutscher ereilen werde, falls er auch nur ein wenig zögern sollte.

Orlandos Taufe zum echten Straßenräuber war vollzogen. Dies geschah umso leichter, als die reizende junge Dame unter den Reisenden fehlte.

*

„Genau so ist es!“, erwiderte Orlando, „es muss so sein, wissen Sie, denn jeden Tag versuchen viele, etwas zu erreichen, und jeden Tag versuchen wiederum andere, jene daran zu hindern. So geschieht jeden Tag etwas, was uns ermöglicht, Gutes zu tun, nicht wahr, Rusus?“

sagte Orlando, sich seinem Freund zuwendend. „Dafür sind wir Gott zutiefst dankbar und beten zu ihm jeden Tag, er möge seine unermessliche Gnade auch weiterhin walten lassen, damit uns und allen wie wir die Gelegenheit geboten werde, Gutes zu tun."

*

Rusus, so hieß der ältere der beiden Krankenpfleger, ein stattlicher, beredter Mann mit hervorragendem schauspielerischem Talent und doch ein sehr schüchterner Mensch, nickte bestätigend mit dem Kopf. Ein Träumer war er in seinen jungen Jahren nie, dafür einer, der mit dem Augenblick, in dem er gerade lebte, etwas anfangen konnte. Und er tat es auch, jedoch auf die verkehrteste aller Weisen: Er beschäftigte sich unermüdlich mit der Vergangenheit, denn dort fand er das für ihn passende Reich. Das bedingte, dass seine jetzigen Augenblicke die vergangenen waren. Gläubig war er nicht, dafür sehr religiös, was ihm später ermöglichte, als frommer Verbrecher zu leben und als solcher durch das Spiel der Umstände in das Haus Etienne Pascals zu gelangen.

*

„Es ist tatsächlich so", unterbrach ihn Rusus, „und zum Glück, sage ich, denn gäbe es keine Zusammenstösse und Auseinandersetzungen, frage ich mich, wie wir überhaupt zu einer guten Tat kämen. So aber tun wir etwas Gutes und fühlen uns dadurch der heiligen Lehre verbunden."

„Und wie ist dieser Unfall meines Vaters passiert?", fragte Blasius, etwas irritiert, denn die Worte der Krankenpfleger verursachten bei ihm eine Art Verwirrung, da alles, was die beiden sagten, einerseits sehr religiös klang, anderseits vom Verhöhnen der Religion nicht weit entfernt zu sein schien. Daher versuchte er das Gespräch in eine andere Richtung zu lenken.

„Er hat die Menge angesprochen", sagte Rusus ruhig, „und den Protestierenden mit entschlossenen Worten zu verstehen gegeben, dass sie mit Protesten nichts erreichen konnten und besser täten auseinander zu gehen sowie dass der Staat unter keinen Umständen ein solches Verhalten dulden werde. Er gab ihnen nur eine halbe Stunde Zeit zu verschwinden, sonst werde die Armee Ruhe und Ordnung mit Gewalt wiederherstellen."

„Und was ist dann geschehen?", wollte Blasius wissen.

„Ein Wunder ist geschehen", meldete sich Orlando.

„Was für ein Wunder?", fragte Blasius, durch die seltsamen Erläuterungen der Krankenpfleger immer mehr verblüfft.

„Die Leute gingen auseinander", erklärte Rusus ruhig, schmeichelnd, „und Ihr Vater konnte triumphieren."

„Als er dann das Podium verlassen wollte", fuhr Orlando mit der Erläuterung fort, „stolperte er über den Gehstock des Kanzlers, fiel zu Boden und brach sich das Bein."

„Genau so ist es passiert", sagte Rusus und nickte bestätigend.

„Zum Glück waren wir zur Stelle und konnten sofort eingreifen. Das gebrochene Bein haben wir versorgt, und nun bedarf Ihr Vater lediglich einer sachgemäßen Pflege."

„Ich sehe", sagte Blasius besorgt, wobei er sich mit den Fingerbeeren seiner rechten Hand die Stirn rieb.

„Wäre es ihnen vielleicht möglich, mir geeignete Leute zu empfehlen, die meinen Vater entsprechend pflegen könnten?", fragte Blasius besorgt, denn er wusste nicht, wo er sich geeignete Pfleger hätte holen können.

„Hoffentlich brauchen wir nicht weit zu suchen! Was sagst du dazu, Orlando?", fragte der ältere Pfleger seinen dünnen Kollegen.

„Wir brauchen gar nicht zu suchen", erwiderte jener, und ein kaum bemerkbares, zufriedenes, schelmisches Lächeln überflog sein Gesicht.

„Wir beide würden gern die Aufgabe übernehmen, und wir wissen bestens, was zu tun ist", sagte Rusus mit ruhiger, Vertrauen einflössender Stimme.

„Ich danke Ihnen, meine Herren, für Ihre Bereitschaft und Freundlichkeit", sagte Blasius, offenbar erleichtert, obwohl ihn die beiden Pfleger etwas seltsam anmuteten. Dass sie seinem Vater etwas antun könnten, brauchte er nicht zu befürchten, denn es war offenkundig, dass sie sich bis zu diesem Augenblick sehr korrekt benommen und aufrichtig bemüht hatten.

„Damit ist ein großes Problem gleich gelöst", fügte er noch mit zufriedener Miene hinzu.

Die beiden Pfleger waren nicht weniger zufrieden.

„Falls es Ihnen passt, können Sie gleich hier

bleiben“, wandte sich Blasius an die beiden, und seine Stimme verriet etwas von der Angst, sie könnten es sich doch noch anders überlegen und weggehen, was ihn in eine äußerst schwierige Lage gebracht hätte. Er spürte plötzlich, dass es einen Bereich im praktischen Leben gab, in dem er sich gar nicht bewegen konnte, der aber nicht weniger wichtig zu sein schien als die Welt der mathematischen Probleme. Die Pflege der gebrochenen Glieder des menschlichen Körpers erforderte offenbar ein ganz anderes Können.

„Wir haben einen großen Raum, der Ihnen während Ihres Aufenthaltes in unserem Haus zur Verfügung steht“, sagte er in äußerst freundlichem Ton, und es war nicht zu überhören, dass er sich ihre Zustimmung wünschte.

„Der Raum ist gleich neben meines Vaters Schlafzimmer.“

„Das ist ausgezeichnet“, erwiderte Rusus, „denn gerade in diesen ersten Tagen bedarf Ihr Herr Vater intensiver Pflege.“

*

Blasius und die beiden Pfleger wurden sich schnell einig, dass die beiden die Aufgabe der Pflege von Etienne Pascal übernähmen. Es musste sich nur noch die direkt betroffene Seite dazu äußern, Etienne Pascal selbst. Daher wandte sich Blasius an seinen Vater und fragte ihn, ob er auch weiterhin von den beiden Herrn gepflegt werden möchte oder ob man andere Pfleger suchen sollte. Etienne Pascal war erschöpft und sprach sehr langsam, kaum hörbar.

„Ich bin einverstanden, die beiden Herren scheinen von Krankenpflege etwas zu verstehen, das habe ich persönlich erfahren."

"Wenn dem so ist, dann brauchen wir nicht weiter zu suchen, dann ist alles in bester Ordnung", sagte Blasius zufrieden.

„Nur deine Meinung, lieber Vater, kann hier gelten, denn es geht um dich. Ich persönlich bin froh, dass geeignete Pfleger sofort verfügbar sind."

Darauf wandte er sich noch einmal an die beiden Männer und fragte sie, ob noch Ärzte beziehungsweise weitere Pfleger erforderlich wären.

Auf diese Frage reagierte einer der beiden Pfleger, der jüngere, so, dass er seinen älteren Kollegen mit dem Ellbogen schelmisch in die Rippen stieß und ihn fragte, was er dazu meine, als hätte er nicht schon im Voraus gewusst, was sein Kollege sagen werde. Jener machte unwillkürlich die spontane Ausweichbewegung mit dem Oberkörper, obwohl er die Gedanken seines Kollegen genau kannte und keinen richtigen Stoss zu fürchten brauchte, sondern höchstens einen Kitzel.

„Ob wir Hilfe brauchten? Wir beide? Wozu?", war die Reaktion des anderen Pflegers auf die Frage seines Kollegen.

„Was Ärzte können, können wir auch", fuhr er fort, „und was sie nicht können", fügte sein Kollege hinzu, „sind auch wir nicht verpflichtet zu können."

„Das, was man weiß, weiß man", fing der jüngere Pfleger wieder an, „und das, was man nicht weiß, weiß man eben nicht", unterbrach ihn sein älterer Kollege.

„Ärzte können nicht mehr helfen als wir", unternahm der jüngere ein äußerst unglückliches Manöver, um seinen Kollegen zu unterstützen, „aber auch nicht …"

Seinen Satz konnte er nicht zu Ende führen. Sein älterer Kollege hatte den Schluss des unglücklich angefangenen Satzes schon gehört gehabt, bevor jener von seinem geschwätzigen jungen Freund ausgesprochen worden war, und versuchte, die sich anbahnende unheilvolle Wirkung zu verhindern, indem er seinen jüngeren Kollegen durch einen unmerklichen Stoss in die Rippen unterbrach.

„Wir reden zu viel, statt dass wir etwas tun!", sagte er in einem Ton, der seine Geschäftigkeit und sein Engagement unterstreichen sollte.

„Gehen wir lieber hinunter unsere Sachen aus der Kutsche holen."

Die Art, wie die beiden Pfleger miteinander und mit ihm redeten, mit all den verstohlenen Blicken und Ellbogenstößen, kam Blasius schon merkwürdig vor, aber er schrieb das ihrer mangelnden Bildung und ihrer Lebensweise zu, kümmerte sich daher nicht weiter darum, solange sie für seinen Vater gute Pfleger waren, und das schienen sie wohl zu sein.

„Selbstverständlich, machen Sie das zuerst. Ihr Zimmer wird gleich eingerichtet", sagte er, denn es war schon recht spät geworden, und er wollte, dass die beiden Pfleger ihr Quartier beziehen, bevor es allzu dunkel werde.

Nachdem die beiden Pfleger hinausgegangen waren, fragte Etienne Pascal seinen Sohn, wie er die beiden Männer finde.

„Was soll ich sagen, lieber Vater, meine Menschenkenntnisse sind noch unbedeutend, aber Gauner scheinen sie mir nicht zu sein, eher etwas ungehobelt."

„Den Eindruck habe ich auch", erwiderte Etienne Pascal.

„Eines scheint aber sicher zu sein: Ihre Arbeit machen sie gut."

Etienne Pascal sagte es, als wollte er die beiden Pfleger, die während der darauf folgenden Wochen, möglicherweise Monate seine persönlichen Schutzengel sein sollten, in Schutz nehmen.

„Das allein ist jetzt für uns von Belang, mehr brauchen wir nicht", erwiderte Blasius, erfreut darob, dass sein Vater zufrieden war und dass er persönlich nicht befinden musste, ob sich die beiden eigneten.

„Etwas ist mir schon im ersten Augenblick aufgefallen", sagte Etienne Pascal, um seinen Sohn, dessen leises Bedenken er glaubte bemerkt zu haben, zu beruhigen.

„Was, Vater?", fragte Blasius neugierig, fast ängstlich, sein Vater könnte plötzlich mit etwas Unangenehmem herausrücken, etwas, was den Verbleib der beiden Pfleger in Frage hätte stellen können. Das hätte seine Folgen gehabt, denn in dem Fall hätte er andere geeignete Pfleger suchen müssen, und alles andere erschien ihm wohl leichter als das.

„Die beiden Herren scheinen sehr religiös zu sein", sagte Etienne Pascal ruhig.

„Wie kommst du darauf, Vater?", wollte Blasius wissen.

„Hm, wieso? Bevor sie mir das gebrochene Bein an eine Schiene fixiert hatten, wiederholten sie andauernd:

‚Süßer Name Jesu, steh uns bei! Süßer Name Jesu, steh uns bei!' – So reden doch nur streng Religiöse."

„Gegen aufrichtige Religiosität habe ich nichts einzuwenden", erwiderte Blasius, erleichtert und froh, dass kein Grund vorlag, die beiden Pfleger fortzuschicken und andere zu suchen.

„Ich auch nicht", fiel Etienne Pascal ein, „falls sie nützt. Aber eben ..."

Seine Gedanken konnte er nicht zu Ende aussprechen, da Blasius ihn unterbrach, denn die Worte seines Vaters deuteten auf etwas Unerwünschtes hin.

„Aber, Vater, warum redest du so? Ich habe den Eindruck ..."

„Der Eindruck ist falsch, liebes Kind", unterbrach ihn Etienne Pascal, „ungläubig bin ich nicht, ganz und gar nicht, aber meine Religiosität ist wahrscheinlich eine andere, hat mit der üblichen nichts zu tun."

„Aber, lieber Vater, es ist doch selbstverständlich, dass jeder Mensch eine andere Religiosität hat, eigentlich eine eigene Religion haben muss, obwohl er formell dieser oder jener oder eben keiner Religion angehört?"

„Genau der Einsicht bin ich auch, und gerade aus demselben Grund habe ich meine Religion, gehöre jedoch keiner an, obwohl alle, die mich kennen, meinen, ich sei Anhänger der öffentlichen Religion."

„Dann ist alles in Ordnung. Ich hatte zuerst den Eindruck, dass du überhaupt gegen die Religion bist", sagte Blasius.

„Nein, gegen die Religion bin ich nicht. Die meisten Menschen brauchen irgendeine Religion, und das wird noch lange so bleiben. Und weil die meisten irgendeine

Religion brauchen, kann sie den Regierenden gute Dienste leisten. Deswegen muss man sie ernst nehmen, auch wenn man sie persönlich nicht ernst nimmt", sagte Etienne Pascal.

„Hast du, Vater, dem Kanzler helfen können?"

„Helfen? Hm, wäre ich nicht rechtzeitig gekommen, hätte ihn die Canaille gehängt, so aufgebracht war der Mob."

„Gehängt hätten sie den Kanzler, sagst du? Das ist doch unglaublich."

„Ja, gehängt, du hast es richtig gehört."

„Aber warum, Vater, das wäre doch die grausamste Art, mit einem Verhassten abzurechnen? Was hat er ihnen angetan?"

„Um die Staatskasse etwas aufzufüllen, hat er fast alle sozialen Ausgaben abgeschafft und die Pflichtabgaben aller Bürger verdoppelt. Das ist es", antwortete Etienne Pascal nüchtern.

„Aber wozu braucht der Staat nun plötzlich so viel Geld? Bis jetzt genügten die üblichen Abgaben, und plötzlich verlangt der Staat das Doppelte! Das verstehe ich nicht!"

„Hm, der Staat braucht immer mehr, als er hat, das ist seine Grundeigenschaft. Je mehr er hat, desto mehr begehrt er. Nicht dass er es wollte, er muss es einfach."

Etienne Pascal sprach ruhig und sehr langsam, um sich nicht allzu sehr anzustrengen. Dabei schaute er gegen die Decke, und seine Arme waren auf der Brust überkreuzt, seine letzten Worte provozierten Blasius zu weiteren Fragen.

„Und warum muss er immer mehr haben?", wollte

er eine Erklärung hören, denn er verstand nicht, dass ein und derselbe Staat immer mehr haben musste, obwohl er früher mit weniger auskommen konnte. Es lag außerdem auf der Hand, dass diejenigen, von denen der Staat immer mehr verlangte, eben daran zugrunde gehen mussten, was unvermeidlich auch den Untergang des Staates bedeutete.

„Weil er ein Moloch ist, ein Monstrum, dessen einziger unschuldiger Zug darin besteht, dass er zutiefst überzeugt ist, unentbehrlich zu sein."

Blasius traute seinen Ohren nicht, denn das, was er nun aus dem Munde seines eigenen Vaters hörte, verwirrte ihn völlig.

„Aber Vater, du nennst den Staat einen Moloch, und doch unterstützt du ihn, indem du die Armen noch mehr zu unterdrücken hilfst! Wie soll ich deine Verhaltensweise verstehen? Vater, ich bin verzweifelt!

Ich weiß, dass du klug und intelligent bist, aber dein Verhalten scheint mir grausam! Kläre mich bitte auf!"

Während Blasius blass und am ganzen Körper zitternd, fast stotternd seine verzweifelten Fragen stellte, stand er, beide Arme aufgestützt, über dem Schreibpult seines Vater gebeugt. Sein Blick war auf nichts Bestimmtes auf dem Schreibpult gerichtet, sondern vielmehr verloren in der großen, angenehm pastellgrünen Fläche, auf der von der Hand seines Vaters unzählige Schriftstücke angefertigt worden waren, die manch einem das ohnehin schwere Dasein noch schwerer gemacht haben mussten.

Nachdem er in dieser Stellung seine verzweifelten Fragen an seinen verehrten Erzeuger gerichtet hatte, blieb er unverrückt und wartete auf die Antwort, die kam aber nicht. Erst jetzt drehte er sich um und schaute gegen das Bett. Sein Vater schlief leise schnarchend.

Teils aus Angst, teils aus Verzweiflung und Ärger ob der unbeantworteten Frage, aber teils auch, weil er sich dessen, was er gerade tat, nicht bewusst war, wandte er sich an seinen hilfsbedürftigen Erzeuger mit einem Hilfe suchenden „Vater! Vater!“.

Eine Antwort musste ausbleiben, denn Etienne Pascal war im untersten Gemach des Traumpalastes, dort, wo der Verstand keinen Zugang hatte. Vor Blasius lag ein hilfloser, unbeweglicher Körper, und jenes, was man üblich als Geist zu bezeichnen pflegt, war woanders, abwesend.

„Ach Gott! An wen soll ich mich wenden?“, flüsterte er schluchzend und hob gleichzeitig das Haupt, sein Blick blieb am Kruzifix an der Wand über seines Vaters Bett haften.

„Nur dort ist eine zufrieden stellende Antwort auf alle Fragen zu finden, ein Ausweg, den kein Verstand kennt“, überlegte er.

Er zog die weiche wollene Decke, mit der sein Vater zugedeckt war, zurecht, drehte sich um und wollte den Raum verlassen. An der Tür begegneten ihm die beiden Pfleger, die soeben das Zimmer des Patienten betreten wollten, ihre Utensilien in den Händen.

„Der Herr ist sehr müde“, sagte der ältere Pfleger. „Ein Knochenbruch macht schwach. Er braucht viel Schlaf und Ruhe, mindestens eine Woche lang. Wir möchten Sie bitten, ihn in dieser Zeit in keinerlei Hinsicht zu beanspruchen. Wir allein sollten uns um ihn kümmern."

Blasius nickte billigend, verließ leise den Raum und zog sich auf sein Zimmer zurück.

* * *

Blasius' Zimmer war sehr einfach eingerichtet. Nebst einem Schreibpult und einem Bett gab es an Gegenständen, die gleich auffielen, wenn man das Zimmer betrat, nur noch einen Kleiderschrank und drei Sessel, einen am Schreibpult und zwei an der Wand der Tür gegenüber. All die Bücher, die er besaß, fanden genügend Platz auf seinem Schreibpult, so wenige waren es. Daneben standen ein Flacon mit Apfelessig, ein einfacher kleiner Kerzenständer sowie ein zierliches Kruzifix, dessen Bälkchen so dünn waren, dass es stark an ein gezeichnetes Koordinatensystem erinnerte und den Betrachter vergessen ließ, dass es sich dabei nicht um ein Bild, sondern um einen Gegenstand handelte. Unter etwa einem Dutzend Bücher, die seine kleine Bibliothek ausmachten, fielen auf eine vollständige Sammlung der Euklidischen Prinzipien, eine in Leder gebundene Bibel und ein Band mit den Essays von Montaigne. Die übrigen waren ausnahmslos Bücher mit den Werken antiker Autoren wie Homer, Sophokles, Vergil und anderer. Sonst war im Zimmer nichts mehr zu sehen, keine Verzierungen, keine Bilder an den Wänden, keine Blumen.

Er war sehr müde, aber das war bei ihm nichts Außergewöhnliches, denn erschöpft fühlte er sich immer, es war sein Grundempfinden. Nun war er aber durch all die Geschehnisse sowie das seltsame Verhalten und die Worte der beiden Pfleger, besonders aber durch die für ihn verwirrenden Äußerungen seines Vaters so sehr aufgeregt und aus der Fassung gebracht, dass er nicht daran dachte, zu Bett zu gehen.

Er setzte sich an das Schreibpult, um noch etwas im

Zusammenhang mit seiner neuen Rechenmaschine genau zu zeichnen und abzuklären, wie sich seine Erfindung noch verbessern ließe.

Noch ein Blatt mit Kegelschnitten lag auf dem Pult, was ihn verwunderte, denn er hatte alle Blätter am Tag davor versorgt, da er darüber nichts mehr zu schreiben hatte. Nun lag ein Blatt da, voll seltsamer Linien und Zeichen und zwang den Autor im wahrsten Sinne des Wortes zum Nachdenken, lenkte ihn von seinem Vorhaben ab.

„Die Kegelschnitte habe ich gründlich studiert", sprach er leise vor sich hin, „und alle Gesetzmäßigkeiten und alles im Zusammenhang damit verallgemeinert formuliert. Dazu gibt es wohl kaum noch etwas zu sagen. Die Herrschaften in der Akademie sind alle begeistert, auch Fermat hat mir gratuliert. Ich habe den Eindruck, dass er sich meines wissenschaftlichen Fortschritts aufrichtig freut. Möglicherweise freuen sich darüber auch einige andere, vielleicht sogar die meisten. Nur einer von den großen Mathematikern, die meine Arbeit kennen, scheint mir neidisch zu sein. Vielleicht habe ich aber bloß den Eindruck, dass dem so ist; das ist natürlich nie ausgeschlossen. Ob er mich beneidet oder nicht, weiß ich nicht mit Sicherheit. Eines weiß ich jedoch bestimmt: Ich beneide ihn! In tiefster Tiefe meines Herzens beneide ich ihn! Er hat mir etwas sehr Wichtiges weggeschnappt, vielleicht das Wichtigste. Sein Koordinatensystem wiegt mehr als alle meine mathematischen Leistungen zusammen."

Sein Blick blieb auf dem dünnarmigen Kruzifix haften. Er nahm den zierlichen metallenen Gegenstand und begann ihn langsam in den Händen zu drehen und von allen Seiten zu betrachten.

Der Körper des Gekreuzigten war außerordentlich dünn und von den beiden senkrecht zueinander stehenden Bälkchen nicht getrennt, sondern mit ihnen zu einem einzigen Stück verschmolzen, ähnelte eher einem Relief als einem selbständigen Körper. Man bemerkte den Gekreuzigten fast nicht, da er lediglich eine schwache Verdickung der Bälkchen ausmachte. Für einen flüchtigen Blick war es nur ein Kreuz.

„Hier steckt das Geheimnis von allem, und er hat es als Erster gemerkt. Kein Wunder, er ist das Denken selbst. So klar kann er denken, dass er nur das Denken selbst nicht wegzudenken vermag. Alle anderen, ich natürlich inbegriffen, hängen noch am plumpen Dinglichen, an der Erscheinung. Er bewegt sich reibungslos in einer Welt, in welcher er des Dinglichen nicht bedarf. Es ist etwas für uns Unbegreifliches. Als ich mich neulich mit ihm in der Akademie über den atmosphärischen Druck unterhielt, sagte er noch einmal ganz deutlich und entschieden, die Natur dulde den leeren Raum nicht, obwohl er mein Experiment auf dem Puy de Dôme genau kannte.

Ist er so dumm und so stur, dass er es nicht begreift? Kaum. Er ist erzschlau, und wenn er etwas behauptet, dann hat das bestimmt noch einen anderen Grund, eine zusätzliche Dimension, die er in erster Linie meint, die uns aber zu hoch ist. Toricelli und ich denken an die Resultate der Experimente. Die Natur scheint jedoch viel weiter, unendlich viel weiter zu gehen."

Ein Ausdruck von Trauer und Ohnmacht überflog sein Gesicht. Eine kurze Weile schwieg er, und eine eigenartige Stille füllte den Raum – nichts rührte sich. Er hörte sein eigenes Herz schlagen und das Blut durch die Schlagadern rauschen. Er hatte den Eindruck, die Gegenstände in seinem Zimmer hätten ihm zugehört und waren nun mit seinem Inneren vertraut. Was er dachte und empfand, erschien ihm nicht mehr als bloß seine persönliche Angelegenheit, sondern als etwas, was plötzlich allen gehörte, auch den zeiträumlich Entferntesten.

„Nun dämmert es mir", fuhr er fort, „was er gemeint hat. Verdünnungen beziehungsweise Verdichtungen sind nichts anderes als zwei unserer vielen Erlebnisse der Naturzustände. Die Natur kennt und lässt alle nur denkbaren Stufen der Verdichtung und Verdünnung zu, scheut jedoch die absolute Leere. Er hat Recht, denn die absolute Leere und die absolute Dichte sind nur unsere Modellvorstellungen, Kreationen des menschlichen Verstandes. Und weil sie bloß Denkmodelle sind, sind sie auch durch nichts zu erreichen. Denn erreichte man das Äußerste, verschwände alles, was dem Äußersten vorausgeht; und weil auf das Äußerste nichts mehr folgen kann, verschwände auch die ganze Welt, daher auch das Äußerste. Eben deswegen haben diese äußersten Vorstellungen keinen Platz in der Natur, bleiben lediglich Kinder unserer Gedankenspiele."

Er legte das Kruzifix behutsam auf das Pult, lehnte sich nach vorn und ließ, auf beide Ellbogen aufgestützt, sein Haupt auf beiden Handflächen ruhen. So saß er und schwieg. Er fühlte sich geschlagen, elend.

„Für die Öffentlichkeit und für alle wissenschaftlichen Kreise triumphiere ich", dachte er.

„Im Stillen weiß Cartesius, dass seine tiefe Einsicht kein anderer teilen kann. Er ist zwar allein mit seiner Anschauung, aber er bedarf der Gleichgesinnten nicht. Jetzt verspüre ich die zarte Hoffnung, dass er nicht mehr der Einzige ist, der begreift, warum die Natur die absolute Leere nicht kennt. Als er mich während des Gespräches mit seinen großen schwarzen Augen anschaute, hatte ich den Eindruck, er sei ganz woanders, völlig abwesend. Das Gespräch mit mir genügte ihm nicht, er hatte gleichzeitig noch einen anderen Gesprächspartner, einen viel höheren, mit dem er sich rein gedanklich unterhielt und für den er kein einziges Wort zu vergeuden brauchte."

*

Plötzlich wurde er durch das Klopfen an die Tür aus seinen Gedanken gerissen, und alles, was nur einen Augenblick davor den Inhalt seiner Gedanken ausmachte, verschwand, löste sich in nichts auf.

„Herein!", rief er dem unverhofften Besucher entgegen. Die Türe öffnete sich, und er erblickte die beiden Krankenpfleger.

„Kommen Sie herein, meine Herren, kommen Sie nur!"

Er stand auf und ging den beiden Besuchern entgegen, die zwar völlig fremd waren, jedoch zugleich, zumindest vorläufig, im gleichen Haushalt wohnten wie er, dazugehörten.

„Womit kann ich dienen?“, fragte er dienstfertig jene, die gekommen waren, um zu dienen.

„Unser Patient ist wohl versorgt und schläft ruhig“, sagte der ältere Pfleger.

Man merkte, dass er sich wegen der Störung entschuldigen wollte, und was hätte ihm noch gelegener in den Sinn kommen können als der Hinweis, dass es dem Patienten, dem Oberhaupt des Hauses, dem Ernährer und Fürsorger, nun den Umständen entsprechend gut ging und dass sie, seine Pfleger und Hüter, alles Menschenmögliche getan hatten, damit er ruhig schlafen konnte.

„Ich danke Ihnen für die Mühe, meine Herren. Kann ich Ihnen irgendwie behilflich sein?“, erwiderte Blasius in freundlichstem Ton, denn er wollte ihnen zeigen, dass er sich wohl dessen bewusst war, was sie für seinen Vater getan hatten und immer noch taten.

„Es ist noch zu früh, zu Bett zu gehen“, sagte der jüngere Pfleger leise, schüchtern, fast sich entschuldigend, „und wir dachten ...“

„Oh ja, gewiss“, unterbrach ihn Blasius zuvorkommend.

„Ich gehe meistens recht spät zu Bett, gegen zehn Uhr, halb elf vielleicht; manchmal verstreicht sogar die Mitternacht, bevor ich mich zum Schlafen begebe. Es hängt immer davon ab, was ich tue: Manche Dinge halten nämlich wach, andere wiederum schläfern ein. Kommen Sie bitte herein.“

„Was Sie sagen, ist sehr interessant. Bei uns ist es nicht viel anders, obwohl wir jetzt viel früher schlafen gehen könnten, als das vor sechs, sieben Jahren der Fall war.“

„Warum bleiben Sie so lange auf? Die Natur Ihrer Arbeit vielleicht?“, fragte Blasius etwas neugierig, denn er hatte nicht überhört, dass die beiden Herren vor einigen Jahren einen anderen Lebensrhythmus gehabt hatten.

Bevor die beiden Besucher seine Frage beantworten konnten, merkte er, dass sie immer noch standen, und bat sie deshalb, zuerst einmal Platz zu nehmen, damit bei ihnen nicht das Gefühl entstehe, er möchte sie so bald wie möglich fortschicken. Die beiden Pfleger nahmen das Angebot dankbar an und setzten sich. Man konnte sehen, dass sie sich darob sehr freuten. Nicht weniger dankbar nahmen sie das Angebot an, mit Blasius eine Tasse Tee zu trinken.

Nun saßen sie alle drei bequem, und ihre drei Stühle bildeten ein Dreieck, so dass sie sich bequem unterhalten konnten.

„Sind Sie schon lange als Krankenpfleger tätig?“, wollte Blasius wissen.

Ein Gespräch war erforderlich, denn die beiden Männer suchten offensichtlich eines, und wo ließe es sich leichter anfangen als bei der Frage nach Beruf und Tätigkeit?

An den Beruf knüpften sich dann von selbst die Erlebnisse und Erfahrungen, und was sind diese, wenn nicht ein Berichten von der Vergangenheit? Kennt man die Vergangenheit eines Menschen, so glaubt man, ihn selbst zu kennen.

Blasius hatte keine Absicht gehabt, seine Besucher auszufragen, aber irgendwie musste er mit dem Gespräch anfangen.

„Wie lange arbeiten wir schon im Dienste des Klosters als Krankenpfleger?“, fragte der ältere Krankenpfleger seinen Kollegen.

„Seit etwa fünf Jahren“, gab jener zur Antwort.

Nach seiner kurzen Antwort folgte eine ebenso kurze, seltsame Pause, in welcher etwas Unausgesprochenes enthalten zu sein schien.

Vor etwa fünf Jahren musste also etwas geschehen sein, was die beiden Männer als Krankenpfleger in den Dienst eines Klosters gestellt hatte. Nun zählten die beiden zu einer der winzigsten Minderheiten im ganzen Lande. Denn wer arbeitete schon als Krankenpfleger im Dienste eines Klosters? Nur außerordentlich wenige waren dazu bereit. Daher musste der Lebensweg der beiden Pfleger ein besonderer gewesen sein.

„Haben Sie auch vorher etwas mit Krankenpflege zu tun gehabt? Wie sind Sie überhaupt dazu gekommen, Kranke zu pflegen? Das ist doch ein Beruf, der ein vorheriges Studium der Anatomie und manches andere voraussetzt, nicht wahr?“

Blasius hatte, nun recht neugierig geworden, mehrere Fragen nacheinander gestellt und wartete darauf, dass ihm seine Besucher etwas mehr über ihre Vergangenheit erzählen. Der ältere der beiden Pfleger hatte offensichtlich verstanden, dass von ihm ein längerer Bericht erwartet wurde, und war auch bereit, einen zu erstatten.

Nach vorn gebeugt, die Hände zwischen den Knien, strahlte sein ganzer Körper eine Art Reue aus. Zumindest machte es den Anschein. Sein Kollege schwieg, schaute jedoch nicht auf den Boden, sondern blickte zu Blasius.

„Unser“, fing der ältere Pfleger an und wies flüchtig auf seinen Kollegen hin, „Lebensweg ist ein seltsamer gewesen.“

Durch diesen Anfang fühlte sich Blasius in seiner Vermutung bestätigt. Er wollte nun diesen seltsamen Weg genauer kennen lernen.

„Dürfte ich etwas mehr darüber erfahren?“, fragte er daher, und der Ton seiner Worte verriet, dass er an den Berichten der Krankenpfleger aufrichtig interessiert war.

„Was wir Ihnen erzählen werden, ist zwar höchstpersönlich, aber wir beide haben das Bedürfnis, Sie darüber in Kenntnis zu setzen“, fing der ältere Pfleger an und erhob das Haupt, auch seine Hände gebrauchte er fleißig beim Sprechen. Er fühlte sich durch das eindeutig bekundete Interesse des jungen Hausherrn ermutigt, ausführlich zu erzählen. Er und sein jüngerer Kollege hatten das Bedürfnis, ihre Vergangenheit jemandem mitzuteilen, der intellektuell hoch stehend war und daher imstande, sie zu verstehen, statt sie zu verschmähen. Nur einen solchen in Kenntnis zu setzen konnte für die beiden eine Art Beichte bedeuten. Nun hatten sie das Gefühl, einen solchen Zuhörer vor sich zu haben.

„Mein Kollege ist wesentlich jünger als ich“, begann der ältere Pfleger mit seinem Berichten. „Bevor wir beschlossen, Krankenpfleger zu werden, waren wir Straßenräuber gewesen, Verbrecher, ja, gemeinste Verbrecher.“

Durch Blasius‘ ernsten, jedoch milden Gesichtsausdruck und seine Gebärden, die sein tiefes Interesse am Erzählten bekundeten, fühlte sich der Erzähler zum weiteren Erzählen angehalten, und er öffnete sein Herz.

„Wie war das? Erzählen Sie mir bitte ausführlich“, wandte sich Blasius auch mit Worten an seinen Gast, um ihn zum weiteren Erzählen zu ermutigen.

„Zuerst war ich allein“, fuhr der Pfleger fort. „Ich überfiel reiche Reisende, bedrohte sie mit der Feuerwaffe und plünderte sie aus. Und falls irgendjemand gegen mich von seiner Waffe Gebrauch zu machen versuchte, erschoss ich ihn kurzerhand.“

Der Pfleger erzählte seine frühere Lebensgeschichte mit völlig neutralem Gesichtsausdruck. Keine Trauer war ihm anzumerken, obwohl seine Körperhaltung einen ganz anderen Eindruck hinterließ.

Auch keine andere Gemütsregung war seinen Worten zu entnehmen. Blasius hatte den Eindruck, dass der Pfleger deswegen ganz ruhig sprechen konnte, weil er von einer Zeit berichtete, mit der er eigentlich nichts mehr zu tun hatte.

„Das heißt, Sie haben Menschen umgebracht?“, fragte Blasius, denn das, was er nun zu hören bekam, war keine übliche Geschichte, keine übliche Biographie. Vor ihm saß jemand, der in seinem früheren Leben Menschen ausgeplündert und getötet hatte, all das bewusst und absichtlich.

„Mehrere“, antwortete der Pfleger kurz und unmissverständlich.

„Und wie ging es weiter?“, fragte Blasius, denn er wollte hören, wie die verrückte Geschichte überhaupt weitergehen konnte. Weiter nach dem Morden zu fragen hatte keinen Sinn, denn nun wusste er, dass vor ihm ein ehemaliger Wegelagerer saß, jemand, dessen Hände mehrere Male mit

Menschenblut beschmiert worden waren.

„Mit der Zeit wurde es für mich immer schwieriger, allein zu arbeiten", fügte der Erzähler hinzu.

„Warum?", fragte Blasius, an jeder Einzelheit äußerst interessiert.

Der Erzähler seinerseits war bereit, jede Frage zu beantworten und nichts zu verschweigen, er war bereit zu beichten.

„Die Reisenden gingen nicht mehr allein", fuhr er mit seiner Erzählung fort, „sondern immer mehrere zusammen, und alle waren bewaffnet. Sie gleichzeitig mit der Waffe zu bedrohen und auszuplündern war fast nicht mehr möglich. Ich trug mich schon mit dem Gedanken aufzuhören. Dann aber schloss sich mein Kollege mir an."

Hier wandte er sich zu seinem Kompagnon, und dieser bestätigte die Richtigkeit des Gesagten mit leichtem Kopfnicken und entsprechender Gebärde.

„Er hatte vorher auch allein gearbeitet und hatte mit den gleichen Schwierigkeiten zu tun gehabt, dachte auch selbst daran aufzuhören.

Zu zweit ging es dann natürlich viel leichter. Nun bildeten wir ein unzertrennliches, gefährliches Duo. Das Geschäft florierte."

„Und warum haben Sie es aber doch aufgegeben?", unterbrach ihn Blasius, denn hier musste etwas Entscheidendes geschehen sein, etwas, was dem Leben der beiden nun aufopferungsvoll tätigen Männer eine völlig neue Richtung gab, eben einen Wendepunkt darstellte.

An nichts war Blasius so interessiert wie an Wendepunkten. Er war nämlich der Ansicht, dass mit jedem neuen Wendepunkt ein neues Leben beginne, eine neue Geburt geschehe, eine neue Welt ihren Anfang nehme.

„Das kann Ihnen mein Kollege besser schildern", erwiderte Rusus, der ältere Pfleger, und wandte sich dabei zu seinem jüngeren Freund, wobei er ihn mit der entsprechenden Geste zum Erzählen aufforderte.

„Eines Tages war unter den Reisenden auch ein Geistlicher, ein Jesuit, ein kleine unansehnlicher Mann", begann Orlando. „Er gab uns alles, was er hatte, auch seine Anschrift, lud uns ein, ihn zu besuchen, denn er hatte etwas ganz Spezielles für uns, eine Überraschung, sagte er. Wir haben ihn aber nie besucht."

Blasius hörte seinen Gästen ungeduldig zu, zitterte buchstäblich am ganzen Körper, denn er konnte das Ende der Geschichte kaum erwarten, obwohl ihm das Ende wohl bekannt war: Die beiden waren nun Krankenpfleger, seine Gäste, und das war das Ende der Geschichte. Der jetzige Augenblick war es, der alles enthielt, was die beiden und auch er selbst je erlebt hatten. In dem Augenblick floss schließlich alles zusammen, was den beiden Krankenpflegern, ihm und allen Bekannten und Unbekannten schon begegnet war und noch bevorstand.

„Weiter, bitte weiter!", drängte er daher Orlando, den jüngeren Pfleger, er solle mit seiner verrückten Geschichte fortfahren.

„Wir plünderten die Reisenden gründlich aus, schickten sie fort, verstauten schnell die Beute in die Säcke und verschwanden."

„Und dann?", fragte Blasius, als hätte er Angst gehabt,

der Erzähler könnte mit seiner Geschichte aufhören.

„Bald waren wir an einem Ort, den nur wir kannten. Ein gewöhnlicher Mensch hätte keinen Grund gehabt, dorthin zu gehen. Dort hatten wir auch unseren Unterschlupf. Wir waren in Sicherheit, brauchten niemanden und nichts zu fürchten, denn von außen drohte uns keine Gefahr. Aber eben, der Weg des Menschen scheint nicht nur von außen bestimmt zu werden, sondern mindestens so stark von innen, von dort aus, wo er mit dem Ewigen eine Art Anknüpfungspunkt hat. Dort scheinen sich zur gegebenen Stunde unbegreifliche, in alle Ewigkeit vorausbestimmte Schleusen zu öffnen, die das Ewige in das praktische Leben eintreten lassen. Wenn das geschieht, entsteht ein neuer Mensch, und in demselben Augenblick stirbt sein Früheres. Der neue Mensch weiß zwar noch vom alten, kennt ihn hingegen persönlich nicht mehr, denn zwischen den beiden liegt der Wendepunkt, und daher sind die beiden einander fremd."

Es entstand eine kurze Pause; Blasius brauchte sie, denn die letzten Worte des jüngeren Krankenpflegers verrieten, dass sein Gast den Sinn des Wendepunktes erkannt, persönlich erlebt hatte, etwas, was nur wenigen vorbehalten blieb, bleiben musste.

„Dann merkte ich, dass in mir etwas geschehen war, eine Art Bekehrung", fuhr Orlando fort.

„Ich spürte, dass ich nicht mehr so leben wollte wie bis dahin. Als ich dann meinem Kollegen", dabei zeigte er auf Rusus, den älteren Krankenpfleger, „mitteilte, was in mir vor sich ging, schaute er gegen den Himmel und dankte Gott von ganzem Herzen für die unendliche

Gnade. Und Gnade war das Geschehene in der Tat, mit nichts verdient, reinstes Geschenk. Erst dann wandte er sich zu mir und teilte mir mit, dass er genau dasselbe verspürte. Wir gingen unverzüglich zu unserem Versteck, wo wir die Beute gelassen hatten, nahmen das Geld und die kostbaren Gegenstände aus Gold, Edelsteinen und Perlen und überbrachten alles noch am selben Tag der Vorsteherin eines Waisenhauses. Wir waren verkleidet, so dass sie unsere Gesichter nicht zu sehen bekam. Das, was wir Ihnen, Herr, jetzt erzählen, hat noch kein anderer gehört. Sie sind der erste Eingeweihte. Sie können uns anzeigen und unser Tod ist gewiss, Sie können uns schonen. Wir sind in Ihrer Hand."

Der Erzähler verstummte.

Blasius stellte keine Fragen mehr, wozu auch, denn alles war klar: Vor ihm, unter dem Dach seines Vaterhauses, befanden sich zwei Menschen, die nach dem geltenden Recht ohne Wenn und Aber hätten hingerichtet werden müssen. Menschen, die unzählige Tote auf ihrem Gewissen hatten. Gleichzeitig waren es Menschen, die offenbar eine Art Bekehrung, einen so tiefen inneren Wandel erfahren hatten und nun ihr neues Leben in den Dienst der anderen stellten.

Hätte man streng nach dem Gesetz handeln wollen, so hätte man sie beim Gericht anzeigen müssen, damit sie rechtmäßig abgeurteilt würden, wie jeder Bürger für eine ähnliche Tat abgeurteilt wird. Nun waren sie aber neue Menschen, die ganz anders dachten und lebten. Wollte man sie jetzt für die früheren Taten verurteilen, täte man ihnen bestimmt unrecht, denn man täte es mit der Absicht, dadurch jene früheren Wegelagerer zu bestrafen, und die gab es nicht mehr, sie waren schon seit fünf Jahren tot. Die Strafe hätte nun jene getroffen, die sich um Pflegebedürftige bemühten und keine Zahlung dafür verlangten. Solche Gedanken gingen Blasius durch den Kopf.

*

Er drehte sich auf die Seite und starrte auf die milchigen Scheiben eines seiner Zimmerfenster – kein klares Bild zeichnete sich darin ab.

Er schwieg.

„Moses hat es erlebt, Paulus hat es erlebt, Constantinus hat es erlebt, Augustinus hat es erlebt, diese Pfleger haben es erlebt, und zweifelsohne haben es viele andere erlebt. Ich habe bis jetzt kein Glück gehabt, es zu erleben. Was mache ich bloß falsch?“, fragte er sich schweigend.

Im Raume herrschte Totenstille.

„Haben Sie nun eigens deswegen bei mir angeklopft, um mir Ihre Lebensgeschichte zu erzählen?“, wandte er sich den beiden Besuchern zu.

„Herr“, antwortete der ältere Pfleger, „unsere persönliche Bekehrungsgeschichte ist für uns das Kostbarste, was wir haben, was wir kennen. Etwas, was uns noch heiliger und noch kostbarer wäre, möchten wir gar nicht besitzen, denn das, was wir bereits haben, erfüllt uns mit immerwährendem Glück. Für unsere Arbeit als Pfleger wollen wir keinen Lohn; wir fassen es als einen Dienst an unsere Mitmenschen auf und tun es aus Dankbarkeit zu Gott, dass er uns aus den Krallen des

Übels errettet hat."

„Dieses erhabene Gefühl der Dankbarkeit habe ich noch nicht kennen lernen dürfen", dachte Blasius in der kurzen Pause, die sich wiederum eingestellt hatte.

„Als unsere Bekehrung geschah, war ich einundvierzig", fügte der jüngere Krankenpfleger hinzu, „und mein Kollege war sechs Jahre älter. Wir sind glücklich, dass es nicht später geschehen ist, sonst wäre uns nicht viel Zeit übrig geblieben, ein anderes Leben zu führen."

„Aber sind Sie zu mir gekommen, um mir lediglich davon zu erzählen?", fragte Blasius noch einmal.

„Nein, Herr, wir haben beschlossen, Ihnen alles zu sagen, um unsere Herzen zu erleichtern. Wir sind tiefsündige Menschen, die vor unserem Herrn Jesus die Gnade gefunden haben, auf den richtigen Weg geführt zu werden. Verdient haben wir es nicht, im Gegenteil, wir haben die höllische Pein verdient. Aber siehe, Jesus hat sich unser angenommen. Und dieses Glück wollen wir Ihnen mitteilen. Wir Janseniten haben alle Ähnliches erfahren, eine Bekehrung erlebt, und dieses Erlebnis verbindet. Und weil die tiefe Bekehrung die einzige unerschöpfliche Quelle der Glückseligkeit ist, möchten wir gern dieses Glück mit den anderen teilen."

„Ist der Zugang zu Ihrem Kreis für alle möglich?", fragte Blasius, denn in demselben Augenblick tauchte in ihm der Gedanke auf, dem Kreis der Janseniten beizutreten, der das höchste Glück mit allen anderen Menschen teilen möchte.

„Möglich? Ach, Herr, die Größte Freude herrscht bei uns, wenn unsere kleine Gemeinschaft ein neues Mitglied begrüßen darf. So ist es in unserer Zentrale in

Paris, so ist es in der Niederlassung hier in Rouen und überall, wo es Janseniten gibt."

„Für diese Mitteilung bin ich Ihnen zutiefst verpflichtet", sagte Blasius, mit der Antwort offenbar sehr zufrieden.

„Die Zeit ist bereits vorgerückt", sagte er und wies dabei auf die Uhr auf seinem Pult.

„Ich schlage vor, dass wir uns nun zur Nachtruhe begeben, und morgen könnten wir Ihr Vereinshaus hier in Rouen besuchen. Ich kann den morgigen Tag kaum erwarten. Eine gute Nacht wünsche ich Ihnen noch."

Die beiden Krankenpfleger schienen von dem Vorschlag begeistert zu sein, zweifelten kaum daran, dass sie ein neues Mitglied gewonnen hatten, und zwar kein gewöhnliches.

„Wir gehen noch schnell nachsehen, wie unser Patient liegt, und dann werden auch wir uns die nächtliche Ruhe gönnen. Gute Nacht, Herr."

Die beiden Pfleger von Etienne Pascal schlossen geräuschlos die Tür hinter sich.

Der unerwartete Besuch war beendet.

*

Kurz zuvor wusste Blasius so gut wie nichts über die beiden Pfleger seines Vaters, nun aber wusste er mehr über sie als sonst jemand. Vor ihrem Besuch waren Jansenius und Jansenismus für ihn lediglich Wörter, mit denen er keinen bestimmten Inhalt verbinden konnte, nun aber kannte er zwei Menschen, deren Leben von den Ideen des Jansenius bestimmt war und deren merkwürdige Lebensgeschichte auf ihn einen so starken Eindruck gemacht hatte, dass er selbst sich mit dem Gedanken trug, der jansenitischen Bewegung beizutreten.

* * *

Abgesehen von den wenigen Stichen in der rechten Unterleibshälfte hatte Blasius in der Nacht fast keine Beschwerden. Er schlief ruhig und fühlte sich am Morgen darauf wohl. Das Aufstehen bereitete ihm auch keine Schwierigkeiten, sonst hatte er regelmäßig starke Kreuzschmerzen, und es dauerte immer eine Weile, bis er sich aufrichten konnte. All das ließ die beiden Krankenpfleger seines Vaters in seinen Augen noch angenehmer erscheinen. Den Grund für das eigene nicht übliche Wohlbefinden schrieb er ihnen zu.

Nachdem die beiden Krankenpfleger ihren Patienten gewaschen, gefüttert und bequem gelegt hatten, begaben sie sich am nächsten Tag, begleitet von Blasius, zum Vereinshaus der Janseniten, das etwa in zehn Minuten zu Fuß zu erreichen war.

Im Garten des Vereinshauses begegneten sie Herrn Guillebert, einem hageren, etwa fünfzig Jahre alten Herrn, der jeden Morgen sehr früh aufzustehen pflegte und sich nach der kurzen Morgenandacht und dem einfachen Frühstück, das unmittelbar darauf folgte, in den Garten begab, wo er dann auch den größten Teil des Tages verblieb. Er empfing die beiden Pfleger und den unerwarteten Gast freundlich, zeigte ihnen voller Stolz seine Obstbäume, die Bienenvölker und die frisch gesetzten Weinstöcke. All das tat er wortlos.

Blasius lobte alles, was man ihm zeigte, nicht aus bloßer Höflichkeit, sondern spontan, denn er war beeindruckt.

Der ganze Garten wirkte außerordentlich beruhigend; das Einzige, was man hörte, war das Vogelgezwitscher.

Herr Guillebert versuchte den Gast auf vieles aufmerksam zu machen, wobei er stolz mit der Hand auf die Dinge hinwies.

Das Klostergebäude war ein prächtiger Steinbau, ein Schloss mit dicken Mauern und zahlreichen Türmchen. Der Schlosseigentümer, ein betagter Adliger ohne Nachkommenschaft, der sich von der jansenitischen Lehre angesprochen fühlte, hatte es dem Bund zur Verfügung gestellt.

Der Garten war durch sauber gestutzte Hecken vom übrigen, sehr weiten Gelände, welches das Schloss umgab, abgetrennt, was dem ganzen Anwesen den Charakter vornehmer Abgeschiedenheit verlieh.

Durch eine Lücke in den Hecken verließ die kleine Gruppe den Garten und begab sich ins freie Gelände, das ebenso zum Anwesen gehörte. Prächtige Bäume, einige über hundert Jahre alt, reckten sich hoch und majestätisch in den Himmel.

*

Noch nie war Blasius in einem ähnlichen Garten gewesen. Die Wucht der Bäume überwältigte ihn, so dass er fast die ganze Zeit den Blick nach oben gerichtet hielt und die Wipfelspitzen bestaunte. Nicht an lange Spaziergänge gewohnt, fühlte er sich schon nach einer halben Stunde recht müde und schlug seinen Begleitern eine kurze Rast auf den Sitzbänken vor. Den beiden Pflegern und Herrn Guillebert war es etwas peinlich, dass sie nicht selbst auf den Gedanken gekommen waren, und beeilten sich sofort, dem Wunsch ihres

Gastes zu folgen. Alle begaben sich unverzüglich zu den nächstgelegenen Sitzbänken, die in einer Ecke aus Ziersträuchern standen und zur Rast einluden. Die Sitzbänke waren so aufgestellt, dass sie zueinander gewandt sitzen und sich bequem unterhalten konnten.

Blasius war froh, ein wenig ausruhen zu können. Erst nachdem er sich gesetzt hatte, merkte er, wie müde er war, denn seine Beine waren bleischwer.

„Sie sagten, Sie anerkennten nur und ausschließlich die Lehre von Bajus und Jansen, wenn ich Sie richtig verstanden habe“, fuhr Blasius mit dem unterbrochenen Gespräch fort.

„Genau so ist es“, erwiderte einer der Pfleger, der ältere.

„Auch Calvin schätzt Herr Guillebert, unser Oberhaupt, sehr“, fuhr er fort und wies auf Herrn Guillebert, dessen Gesicht ein kaum merkliches Lächeln überflog. Dass man auf ihn hinwies, bedeutete unmissverständlich, dass man von ihm sprach, dass das Gespräch sich wenigstens teilweise um ihn drehte. Er war ganz taub und sprach nicht, wie das bei den meisten tauben Menschen der Fall ist, denn wie soll man seine eigenen Worte kontrollieren, wenn man sie nicht hört? Nur an den Lippen des Sprechenden konnte er gewisse Wörter ablesen, und dann versuchte er, aus einzelnen Brocken den Sinn des Gespräches zusammenzusetzen. Damit war er andauernd beschäftigt und lebte in seiner Welt ohne Geräusche, ohne Klänge, ohne Töne. Die Stille war sein einziger treuer Begleiter, aber weil ihm ihr Gegenteil fehlte, kannte er auch sie nicht. Die Anordnungen im Kloster erteilte er schriftlich und durch Gebärden, und obwohl er mit niemandem redete, stellte keiner seine Führungsfähigkeit in Frage.

Auch diesmal verstand er das Gespräch nicht genau, jedoch wusste er, dass von nichts anderem die Rede sein konnte als von den Religionen. Dass die beiden Pfleger nicht imstande sein würden, alles genau zu erklären, brauchte er nicht zu befürchten. Sie, wie übrigens alle anderen Mitglieder des Jansenitenbundes auch, waren über die Grundsätze der Jansenitenlehre genau informiert und konnten jedem Interessierten tadellose Auskunft geben. außerdem sorgte ihre frühere Lebensgeschichte dafür, dass sie von ihrer Lehre mit besonderer Begeisterung sprachen.

„Und die Jesuiten?“, wollte Blasius wissen.

„Was die Jesuiten lehren“, fuhr der Pfleger fort, „entspricht nicht der Wahrheit.“

„Könnten Sie Ihre Ansicht ein wenig erläutern? Ich wäre Ihnen sehr dankbar dafür?“, wandte sich Blasius an die drei Herren, wobei er mit der entsprechenden Handbewegung auf alle drei gleichzeitig hinwies.

„Die Heilige Schrift lehrt uns“, begann einer der Pfleger in belehrendem Ton, „dass der Mensch gleich am Anfang seines irdischen Daseins, im Garten Eden also, sündigt, schwer sündigt, weil er Gottes Willen missachtet, und dass alles, was später geschieht, unmittelbare Folge dieser ersten, ursprünglichen Sünde ist. Daher wird diese Sünde von Geschlecht zu Geschlecht vererbt. Es ist eine echte Erbsünde, etwas, was wir von unseren Eltern geerbt haben und was wir an unsere Nachkommen weitergeben müssen.“

„Gut, das leuchtet mir ein“, sagte Blasius ruhig,

„aber wo zeigt sich diese Sünde in unserem praktischen Leben?“

„Diese Sünde“, fuhr der Pfleger fort, „bestimmt unseren ganzen Lebensweg, bis in die kleinste Kleinigkeit. Nichts von all dem, was wir denken, fühlen, tun, ist davon ausgenommen. Selbst unsere besten Absichten sind nichts als Sünde.“

„Das ist aber nur die Diagnose der Krankheit, an der wir leiden“, bemerkte Blasius ruhig, „aber was kann man dagegen tun? Könnten Sie eine Therapie vorschlagen?“

„Man kann nichts tun“, gab der Pfleger zur Antwort. „Es ist keine übliche Sünde, die gebüßt, abgelegt, bekämpft werden kann. Es ist die notwendige, unvermeidliche Sünde, die durch nichts abgeschwächt, geschweige denn abgeschafft werden kann.“

Die Stimme des Pflegers klang einhämmernd, prophetisch.

„Und man kann wirklich nichts dagegen tun?“, fragte Blasius enttäuscht.

„Nur eines kann man tun, und das ist, sich in die Hand Gottes zu empfehlen. Gott allein in seiner Weisheit hat in alle Ewigkeit darüber befunden, ob er dereinst seine Gnade walten lassen werde oder nicht. Der Mensch hat nichts zu verlangen, nichts zu erwarten, keine Ansprüche zu stellen.“

Blasius hörte aufmerksam zu, denn was er nun zu hören bekam, war für ihn völlig neu. Vorher hat es immer geheißen, ein aufrichtiges Gebet, die aufrichtige Reue öffneten alle Pforten, würden von Gott mit uneingeschränkter Gewissheit erhört.

„Darf der Mensch mindestens hoffen?“, fragte er den Pfleger.

„Das darf er“, erwiderte der Pfleger, „das kann jedoch nicht im Geringsten seine Aussichten auf Erfolg steigern.“

„Wirklich nicht im Geringsten?“, wollte sich Blasius vergewissern.

„So ist es, Herr, nicht im Geringsten!“

„Auch dann nicht, wenn der Mensch sich aufrichtig bemüht, Gutes zu tun, seinen Mitmenschen zu helfen, wenn er betet, sich streng nach den Vorschriften richtet, die in der Heiligen Schrift festgehalten sind?“, fragte Blasius, denn mit dem Gedanken, dass nichts zu ändern ist, konnte er sich schwer anfreunden.

„Auch dann nicht“, erwiderte der Pfleger entschieden; sein unerbittlicher Gesichtsausdruck erinnerte an das Gesicht einer Statue. „Denn alles menschliche Bemühen“, fuhr er fort, „ist ohne irgendwelche Bedeutung und kann unter keinen Umständen den in alle Ewigkeit vorausbestimmten göttlichen Entscheid beeinflussen.“

„Ich bin Mathematiker“, sagte Blasius ruhig und begründend, „ein Freund von Eindeutigkeit und Klarheit, und daher möchte ich gern noch eine klärende Frage stellen.“

„Eine klärende Frage, jede klärende Frage“, bekräftigte der Pfleger durch Wiederholung seiner Worte, „ist bei uns immer willkommen, denn, was wir vertreten und lehren, duldet keine Unklarheit.“

„Wenn der göttliche Entscheid vorausbestimmt, für immer festgelegt ist und daher durch das menschliche

Tun nicht im Geringsten beeinflusst werden kann – sonst wäre er nicht vorausbestimmt –, dann darf auch böses Tun keinen Einfluss auf die göttliche Fügung haben?"

„So ist es und nicht anders", erwiderte der Pfleger entschieden, obwohl ihn die Frage ob deren Inhalts hätte nachdenklich stimmen sollen.

„Dann ist es hinsichtlich der Wirksamkeit völlig einerlei, ob man sich bemüht, Gutes zu tun, oder ob man sich alle Untaten erlaubt, nicht wahr?", fügte Blasius hinzu.

Es hatte den Anschein, als hätte der Pfleger für einen Augenblick gezögert, etwas zu sagen, denn die Frage, die Blasius an ihn gerichtet hatte, berührte offensichtlich etwas, woran die Janseniten und übrigens auch alle anderen Anhänger der Prädestinationslehre nie gedacht hatten. Die Frage zeigte nämlich deutlich, dass die Vorausbestimmung keinen Anreiz für den Menschen bot, Gutes zu tun, ja sie entband ihn sogar aller Pflichten, da die Bemühung des Menschen keinen Einfluss auf den ewigen Beschluss Gottes haben konnte.

Zwar war die Pause sehr kurz, die der Pfleger benötigte, jedoch schien sie viel länger zu dauern, denn die heikle Frage des Besuchers erheischte eine besonders geschickte Antwort. Sie durfte die Prädestinationslehre nicht in Frage stellen, und zugleich musste sie dem scharfsinnigen Gesprächspartner logisch überzeugend klingen.

„Wir sagen nicht, dass es gleich ist", fuhr der Prediger etwas verlegen fort, täuschte jedoch Sicherheit vor, „sondern bloß, dass das menschliche Tun und Bemühen den in alle Ewigkeit vorausbestimmten göttlichen Entscheid nicht beeinflussen kann."

Die gespielte gelassene Haltung des Pflegers konnte nicht darüber hinwegtäuschen, dass er mit seiner eigenen Antwort unzufrieden war. Denn zwar waren gute Taten und schlechte Taten zweierlei, jedoch hatten sie keine Wirkung auf jene Beschlüsse Gottes, welche die Strafe beziehungsweise die Belohnung im Jenseits betrafen und somit nach der religiösen Vorstellung den Sinn des menschlichen Lebens und die Erlösung bestimmten. Wenn das aber stimmte, war alles, was der Mensch tat, überflüssig, der Mensch selbst war grundsätzlich unnötig.

In jener kurzen Pause suchte der Pfleger eine zufrieden stellende Antwort, denn solche Überlegungen beschlichen sein Herz, und nicht anders erging es seinem Kollegen.

Ihr taubes Oberhaupt hörte nichts und verstand nichts, merkte auch nicht, dass etwas Unverhofftes geschehen war. Der leicht besorgte Gesichtsausdruck der beiden Pfleger war ihm zwar nicht entgangen, jedoch schrieb er das ihrer Müdigkeit zu. Er ahnte jedoch nicht, dass er soeben zwei ergebene Mitglieder verloren hatte. Noch weniger konnte er natürlich ahnen, dass der Verlust durch eine einzige scharfsinnige Frage des Gastes geschehen war. Die beiden Krankenpfleger waren von diesem Augenblick an nur noch formell Mitglieder des Klosters, ihre Gedanken jedoch waren woanders. Die letzte Frage, die ihnen Blasius gestellt hatte, hatte ihnen klar gezeigt, dass die ganze Prädestinationslehre unhaltbar war.

Der Gast selbst, der durch die eindrückliche Lebensgeschichte der beiden Krankenpfleger für die jansenitische Bewegung gewonnen worden war, ahnte selbst nicht, was er durch seine gezielte Frage bewirkt hatte.

Er seinerseits hatte von den Pflegern eine Antwort erhalten, deren Charakter ihm als Mathematiker eigentlich nicht unbekannt war. Ein merkwürdiger Funke war gesprungen zwischen dem rein logischen Bereich der Mathematik und der reinsten Irrationalität der Religion: Die guten Taten und die schlechten Taten waren zwar nicht gleich, bewirkten jedoch dasselbe, denn sie bewirkten nichts, mindestens dort, wo es entscheidend war – vor Gott. Dort waren sie also gleich, obwohl sie verschieden waren, ein Paradox. Dass es etwas Ähnliches in der Mathematik gab, konnte er noch begreifen. Zwar erforderte die Mathematik Klarheit und Eindeutigkeit, aber das Paradoxe war ihr nicht fremd. Es kamen ihm jene Zahlen in den Sinn, von denen es hieß, sie könnten nie aufeinander folgen, da es zwischen zwei beliebigen von ihnen unendlich viele andere Zahlen von derselben Sorte gab; wo man es also auch immer wollte, waren sie unendlich viele. Und dann kam ihm wiederum jene peinliche Frage, ebendiese Zahlen betreffend, in den Sinn: Was ist zahlreicher, all solche Zahlen zusammen oder nur jene Zahlen der betreffenden Sorte, die zwischen zwei beliebigen solchen Zahlen lagen? Manch eine schlaflose Nacht hatte ihm diese Frage bereitet, und nun tauchte sie dort auf, wo er sie nie erwartet hätte – im Gespräch über die Unabänderlichkeit der göttlichen Beschlüsse.

Eine abgründige Beziehung schien zwischen den beiden Welten zu bestehen, denn die Anzahl der Zahlenelemente im Universum solcher Zahlen musste unendlich sein, aber auch die Anzahl der Elemente zwischen zwei beliebigen Gliedern innerhalb dieses Universums war ein gleich großes anderes Universum, gleich groß wie jenes, obwohl nur ein Teil davon.

Die unendliche Anzahl der Elemente zwischen zwei beliebigen Elementen im Universum solcher Zahlen war also nur ein unendlich kleiner Teil des ganzen Universums, musste folglich, logisch gesehen, kleiner als das ganze Universum sein, unendlich kleiner. So war es aber nicht, sondern der Teil war gleich mächtig wie das Ganze, weder größer noch kleiner, sondern gleich groß. Er lehnte den Gedanken ab, dass eine dieser beiden Unendlichkeiten doch größer war als die andere, obwohl eine solche Ansicht von vielen Mathematikern vertreten wurde. Er ging sogar so weit, dass er dachte, jene, die solches behaupteten, verstünden den Sinn der Unendlichkeit gar nicht.

Sie mussten also gleich mächtig sein, obwohl der Verstand seine liebe Mühe hatte, solches anzunehmen.

Identisch waren sie jedoch nicht, wie übrigens die guten und die schlechten Taten.

Die Antwort des Pflegers hatte auf Blasius eine ungeheure Wirkung gehabt, nicht weniger stark als jene, die seine gezielte Frage auf die beiden Krankenpfleger hatte. Sie hatte eine für ihn völlig unerwartete, ihm bis dahin gänzlich unbekannte Seite des menschlichen Tuns enthüllt, die Seite nämlich, dass die so genannten guten und die so genannten schlechten Taten immer gleich waren, obwohl sie grundsätzlich verschiedene Inhalte sein mussten, sowie dass das menschliche Tun unerlässlich war, obwohl es, absolut gesehen, nichts bewirkte.

Ebendiesen Gedanken, diesen ihm nicht ganz neuen Bewohner in seinem Bewusstsein, konnte Blasius nicht ohne weiteres hinnehmen und ihm den Dauerwohnsitz gewähren.

„Entweder verstehen sie mich nicht, oder aber ich verstehe sie nicht“, dachte er für sich und regte sich nicht; desgleichen taten die drei Herren; natürlich tat es jeder von ihnen aus einem anderen Grund. Eine Weile herrschte vollkommene Stille, das Einzige, was sie alle vier in dem Augenblick noch verband.

„Woher wissen Sie aber, dass dem so ist?“, wandte sich Blasius wieder an die Pfleger und fuhr gleich mit einer Bemerkung fort.

„Denn, wenn der Mensch nicht einmal mit Gebet und guten Taten durchkommt und draußen auf Gottes Gnade warten muss, woher bezieht er das Wissen von so hochpersönlichen göttlichen Absichten und Beschlüssen?“

Er spürte, dass die Frage, die er den Pflegern soeben gestellt hatte, gut war, eine gute Antwort erheischte, denn es ging um etwas höchst Interessantes, nämlich um die Möglichkeit der grundsätzlichen Erkenntnis, jener, die immer gelten musste, zeitunabhängig war.

„In der Schrift steht es eindeutig“, erwiderte einer der Pfleger, „dass man das eigene Leben nicht um eine einzige Elle verlängern könne; eine Begründung dafür gibt es nicht.“

Es war keine Erklärung, auch keine Antwort auf

seine Frage.

Die Janseniten nahmen sich also das Recht, in der Art der Heiligen Schrift etwas Beliebiges zu behaupten, ohne es begründen zu müssen. War die Behauptung einmal da, so erhielt sie ihren Körper und ihr Leben, ließ sich unschwer verteidigen, war nicht mehr wegzudenken. Blasius spürte, dass man da mit weiteren Fragen nichts mehr erreichen konnte, denn die Behauptung war Fleisch geworden.

Er ahnte natürlich nicht, dass die beiden Krankenpfleger nichts mehr zu sagen hatten, denn ihre frühere religiöse Überzeugung war mit einem Mal dahin. Das Einzige, was sie noch als Beweis bieten konnten, waren fertige biblische Behauptungen, die logische Beweise weder erforderten noch zuließen.

„Und warum sind Sie gegen die Jesuiten?", fragte er die Pfleger, wobei er das Gespräch in eine andere Richtung zu lenken versuchte.

„Unsere Ansichten sind von den ihrigen grundsätzlich verschieden", erläuterte einer der Pfleger.

„Inwiefern?", fragte Blasius.

„Die Jesuiten", fuhr der Pfleger fort, „behaupten, der Mensch habe einen freien Willen, könne daher frei handeln, daher wiederum willentlich Gutes beziehungsweise Böses tun und dadurch die ewige Glückseligkeit beziehungsweise die ewige Verdammnis verdienen. Je größer die geistigen Fähigkeiten des Einzelnen, behaupten sie, desto größer die Verantwortung, die er vor Gott habe. Nach ihrer Meinung verdiene jeder einzelne sein Heil beziehungsweise sein Verderben.

Dass der Einzelne es verdienen könne, ist uns ein

Gräuel. Die Jesuiten meinen irgendwie, der Mensch sei ein Partner Gottes, habe etwas zu sagen, könne mitentscheiden.

Für uns ist der Mensch lediglich ein Untertan Gottes ohne irgendwelches Mitspracherecht, Gott allein ist der Herr."

„Ich verstehe es: Nach der Meinung der Janseniten hat der Mensch also keinen freien Willen", wollte sich Blasius vergewissern und gleichzeitig etwas mehr darüber hören.

Schon unzählige Male hatte er darüber nachgedacht und nach strenger mathematischer Logik alle Möglichkeiten durchgespielt, aber eine zufrieden stellende Antwort hatte er nicht gefunden. Deswegen hatte er die Frage gestellt, um zu hören, ob diese seltsamen Kerle zufälligerweise etwas Unverhofftes, ihm Unbekanntes zu dieser Frage zu sagen hätten.

„Das ist richtig!", erwiderte einer der Pfleger energisch, „alles ist bis in die letzte Einzelheit vorausbestimmt, in alle Ewigkeit vorausbestimmt. Freier Wille ist eine gottlose Erfindung der Ungläubigen."

Der Pfleger redete sehr deutlich und sehr laut, dabei schaute er mit verzücktem Blick gegen den Himmel, so dass das Weiße seiner Augäpfel von unten sichtbar wurde. Er sprach so, als ob er allen, die anders dachten, vor allem den Jesuiten, von Gott den schlimmsten Fluch erflehte.

Herr Guillebert lächelte zufrieden, denn der verzückte Blick eines seiner Mitglieder besagte, dass dieses dabei war, dem noch Irrenden die ewigen Wahrheiten beizubringen. Er konnte natürlich nicht ahnen, dass dieser ihn erfreuende Blick nicht mehr der Ausdruck der Verzückung war, sondern lediglich eine unmittelbare Folge der Gewohnheit.

Blasius kam der Anblick des emporschauenden Pflegers merkwürdig vor.

„Wenn dem so ist“, sagte er entschieden, um den verzückten Pfleger wieder auf die Erde zu bringen, „dann sind auch die menschlichen Gedanken selbst vorausbestimmt, auch alle menschlichen Eigenschaften, Fähigkeiten, Neigungen, die menschliche Art, die Dinge zu erleben und zu werten ...?“

Blasius erwartete, der verzückte Pfleger werde angesichts der bedrängenden Fragen unsicher werden. Nichts dergleichen geschah jedoch. Dieser senkte den Kopf ein wenig, schaute Blasius in die Augen und sagte ruhig: „So ist es und nicht anders!“

„Dann ist aber die Ursünde unserer Ureltern im Paradies von Gott vorausbestimmt gewesen“, machte Blasius noch einen Anlauf, „daher unser eigenes Versagen auch?“

Kaum hatte Blasius die letzten Worte ausgesprochen, als der Pfleger auf seine Taschenuhr schaute und laut sagte, fast schrie: „Der Patient! Wir müssen sofort zurück!“

Die beiden Pfleger sprangen auf und rannten davon.

Blasius blieb noch eine Weile mit Herrn Guillebert sitzen. Sie schauten sich gegenseitig an. Sprechen miteinander konnten sie nicht. Dann standen sie auf und begaben sich zum Klostergebäude. Dort angekommen, verabschiedete sich Blasius von seinem Wirt, mit dem er kein einziges Wort ausgetauscht hatte, und begab sich langsamen Schrittes nach Hause. Unterwegs begegnete er niemandem und wurde in seinen Gedanken von niemandem gestört.

„Mussten die Pfleger wirklich wegen des Vaters nach Hause eilen, oder konnten sie meine letzte Frage nicht beantworten und sind deswegen davongerannt, um sie nicht beantworten zu müssen? Oder wollten sie Zeit gewinnen, um sich alles genau zu überlegen, denn die Frage ist keine einfache?“, überlegte sich Blasius.

„Eines davon wird schon stimmen. Eine saubere Antwort auf die Fragen, die ich den Pflegern zuletzt gestellt habe, hat noch niemand geliefert. Ich habe sie unzählige Male im Geiste gewälzt, bin mir aber darüber noch immer gleich im Unklaren wie am Anfang.“

* * *

Einige Wochen nach seinem Unfall fühlte sich Etienne Pascal wohl. In der Nacht konnte er gut schlafen, und die Schmerzen in seinem gebrochenen Oberschenkel hatten fast völlig aufgehört.

An einem Abend bat er Louise, Jacqueline und Blasius zu ihm zu schicken, denn er hatte mit ihnen etwas zu besprechen.

Louise hatte keine Mühe, die beiden zu finden: Jacqueline saß in ihrem Zimmer und schrieb an einem langen Gedicht, das sie Mutter Angelique, der Vorsteherin des Klosters Port Royal, widmen wollte. Sie war etwas überrascht, als Louise ihr mitteilte, dass ihr Vater sie sprechen wollte. In der Mitteilung durch die Dienerin und der Einladung auf ihres Vaters Zimmer lag etwas Offizielles, Außergewöhnliches. Nie vorher war einem Gespräch mit ihrem Vater eine solche Einladung vorausgegangen. Zwar hätte man die Mitteilung durch die Dienerin dem Umstand zuschreiben können, dass der Vater sich noch nicht schmerzfrei bewegen konnte und, genau gesprochen, keine andere Möglichkeit hatte, sie zu sich zu rufen. Dennoch hatte sie das Gefühl, dass der Vater ihr etwas Besonderes mitteilen wollte.

Kaum hatte ihr Louise den Wunsch des Vaters mitgeteilt, legte sie die Schreibfeder ab, schloss das Tintenfässchen und begab sich zu ihrem Vater.

Als Louise Blasius mitteilte, dass der Vater ihn sprechen möchte, saß er an seinem Pult und zeichnete am verbesserten Modell seiner ersten Rechenmaschine. Er wollte ohnehin wenige Minuten später seinen Vater aufsuchen und schauen, wie es ihm ging. Nun wurde er aufgefordert, zu ihm zu gehen. Daher empfand er die Einladung als etwas Dringliches.

Er legte das Schreibzeug sofort ab und begab sich hastig zum Zimmer seines Vaters. Jacqueline war nur einen Augenblick vor ihm dort eingetroffen, hatte sich aber noch nicht gesetzt. Sie beide traten näher an das Pult ihres Vaters und blieben einen Schritt davor stehen.

„Wie geht es dir, Vater?", fragte Blasius, um die unangenehme Spannung, die im Raume entstanden war, zu verscheuchen.

„Hast du letzte Nacht gut geschlafen?", fiel Jacqueline ein, bevor Etienne Pascal die Frage seines Sohnes beantworten konnte.

„Ich danke euch, liebe Kinder, ich danke euch für alles, ich habe gut geschlafen und fühle mich wohl, sofern man sich in meiner Lage wohl fühlen kann. Froh bin ich, dass ihr da seid, ihr gebt mir Kraft durchzuhalten; und froh bin ich auch, dass ich die beiden Pfleger hatte. Es sind tüchtige Leute, haben ihre Arbeit gut gemacht."

„Brauchst du irgendetwas, Vater, können wir dir irgendwie behilflich sein?" fragte Jacqueline, obwohl sie spürte, dass der Vater mit ihnen weder über seinen Zustand noch über die Pfleger sprechen wollte.

„Nein, liebe Kinder, ich habe alles, was ich brauche, die beiden Pfleger haben an alles gedacht. Ich wollte nur ein wenig mit euch reden, eigentlich mit dir, liebe Jacquie, aber Blasius sollte auch dabei sein, zu dritt sind wir gescheiter, finden leichter eine Lösung. Setzt euch doch einen Augenblick, damit wir in aller Ruhe miteinander reden können. Es geht meiner Meinung nach um etwas Wichtiges, möglicherweise Entscheidendes."

Blasius und Jacqueline holten zwei Stühle und setzten sich.

„Liebe Jacquie", fing Etienne Pascal mit ruhiger, väterlicher Stimme an, „deinen Entscheid, in das Kloster Port Royal zu treten und der Welt zu entsagen, respektiere ich voll und ganz, möchte dich jedoch bitten, die Ausführung deines Beschlusses um ein Jahr hinauszuschieben. Das ist es, worum ich dich bitten möchte."

In ihrem langen Kleid, das ihr bis an die Knöchel reichte, saß sie züchtig vor ihrem Vater, die Handflächen ihrer zierlichen Hände waren aneinandergedrückt und ruhten in ihrem Schoss, die beiden Knie, deren Rundungen sich durch das Kleid abzeichneten, standen dicht nebeneinander.

„Warum sollte ich, lieber Vater, ein ganzes Jahr auf das höchste Glück verzichten? Versuche mir zu glauben, dass mir alles andere, alles, was mir diese Welt sonst bieten kann, keine Freude bereitet. Genauer gesagt, ist alles andere für mich eine Qual."

Blasius saß schweigend da und hörte dem Gespräch zu. Er wusste nicht, worauf das Ganze hinauslaufen sollte. Sicher war nur, dass sein Vater es für sehr wichtig hielt, Jacqueline von ihrem plötzlichen Entscheid abzubringen.

„Nur eines möchte ich, liebe Jacquie, nur eines", fuhr Etienne Pascal fort, ruhig und mild wie vorher, „dass du dir genügend Zeit nimmst und dir alles in

Ruhe und ohne Eile überlegst, bevor du diesen Schritt unternimmst. Ein solcher Schritt erfordert nämlich eine gewisse Lebensreife, und du bist noch so jung, zu jung meiner Meinung nach.

Kurzum: Ich möchte dir jegliche Enttäuschung ersparen, sonst nichts."

„Ich kenne deine Liebe und deine Fürsorge, lieber Vater", erwiderte Jacqueline ruhig und überzeugend, „aber ich habe mir alles gründlich überlegt und bin geistig vollkommen vorbereitet, mein Leben Gott allein zu widmen und ihm allein zu dienen. Unter der Führung von Mère Angelique kann ich nicht vom rechten Wege abkommen. Jetzt gehe ich schlafen, es ist schon spät."

Blasius kannte seine Schwester gut und verstand genau, was ihre letzten Worte bedeuteten.

„Liebste Jacquie, ich habe dir meine Meinung gesagt, deinen freien Willen und deinen freien Entscheid will ich achten. Euer Glück, liebe Kinder, ist mir wichtiger als alles andere auf dieser Welt", sagte Etienne Pascal ruhig, jedoch war ein Hauch von Trauer, ja Enttäuschung und Verbitterung in seinen Worten nicht zu überhören.

Blasius entging nichts davon. Jacqueline blieb zwar noch einen Augenblick im Zimmer stehen, jedoch hörte sie ihrem Vater nicht mehr zu und entfernte sich, sobald er zu reden aufgehört hatte,

„Jetzt muss ich mich meiner Arbeit zuwenden, ich habe noch manches zu erledigen, und außerdem fühle ich mich nun vor dem Schlaf gar nicht wohl, bin müde wie noch nie zuvor", sagte Etienne Pascal, als hätte er sich entschuldigen wollen.

„Die Folgen des Knochenbruchs sind nicht verschwunden, im Gegenteil, ich spüre sie jeden Tag, sozusagen jede Stunde stärker und stärker. Nun empfinde ich aber einen unangenehmen Druck in der Brust, anders als sonst, ich kriege keine Luft“, sprach Etienne Pascal schwer atmend.

„Sollten wir nicht Ärzte kommen lassen oder wenigstens gute Pfleger?“, fragte Blasius besorgt, gleichzeitig spürte er, dass seine Frage nicht passend war, denn, was seinen Vater bedrückte, ließ sich kaum durch ärztliche Kunst lindern.

„Nein, lieber Blasius, mein Leiden hat nun eine Form angenommen, die von keinem Arzt kuriert werden kann. Jetzt muss ich euch aber fortschicken, meine Arbeit wartet.“

Die letzten Worte des Vaters waren Jacqueline willkommen, denn sie hatte auf einen günstigen Augenblick gewartet, um sich zurückzuziehen.

„Gute Nacht wünsche ich euch beiden“, sagte sie leise, drehte sich um und verließ den Raum.

Blasius blieb absichtlich noch eine Weile mit dem Vater allein, denn er hatte das Gefühl, dass er mit seinem Vater noch gewisse Dinge abklären sollte, bevor es zu spät war.

„Noch einen Augenblick bitte, lieber Vater“, wandte er sich an Etienne Pascal, der schon dabei war, die Schriften auf seinem Pult nach Inhalt und Dringlichkeit zu ordnen.

„Ich höre dir zu, lieber Blasius, was hast du auf dem Herzen?“, erwiderte Etienne Pascal, legte die Blätter, die er in der Hand gehalten hatte, auf das Pult und richtete seinen müden Blick auf Blasius. Seine trüben Augen waren von großen dunklen Ringen umgeben und tief in die Augenhöhlen eingesunken.

Blasius wusste, dass sein Vater vor ihm keine Geheimnisse hatte, denn es gab etwas, was die beiden zueinander zog und miteinander verband; es war etwas, was die säuberlichste Unterscheidung und Trennung erforderte und gleichzeitig kühnste und eigenartigste Verknüpfungen zuließ, wie es das Leben selbst tut. Dieses Etwas war die Mathematik, jene Kunst, die so abstrakt war, dass sie sich auf nichts bezog, und zugleich nach Belieben so konkret sein konnte, um sich auf fast alles beziehen zu können. Er wusste auch, dass jene, die sich in der seltsamen Zahlenkunst auskannten – eine winzige Minderheit übrigens –, zur Meinung neigten, sie seien Erwählte, etwas ganz Besonderes. Er wusste aber auch, dass diese wenigen Auserwählten in der Regel einen traurigen Zug besaßen. Denn das, was sie auszeichnete, konnte sich fast auf alles im Leben beziehen, aber eben doch nicht auf alles, und jenes, worauf sich ihre Kunst nicht beziehen konnte, schien entscheidend zu sein, die Würze des Daseins.

“Ich habe den Eindruck, lieber Vater, dass du besondere Gründe gegen Jacquelines Entscheid hast. Habe ich Recht?“, wandte er sich an seinen Vater.

„Ja und nein, wie man's nimmt“, erwiderte Etienne Pascal.

„Wie soll ich das verstehen?“, wollte Blasius wissen.

„Dagegen bin ich nicht, denn ich bin der Ansicht, dass über solche Dinge jeder Mensch frei entscheiden sollte. Und doch habe ich etwas gegen ihren Entscheid, denn sie ist noch zu jung, um darüber klar urteilen zu können. Ich hoffe, du verstehst, was ich sagen möchte."

„Ja, ich verstehe es, Vater, ich verstehe es genau."

„Das ist aber nicht alles", fügte Etienne Pascal hinzu.

„Was gibt es noch dazu zu sagen?", fragte Blasius neugierig.

„Etwas billigen oder nicht billigen hat irgendwie rechtlichen, rationalen Charakter, aber es gibt noch etwas, was sich dem Rationalen entzieht, und ebendas ist es, was mich traurig stimmt", sprach Etienne Pascal langsam, und während er sprach, war sein Blick auf etwas nicht Vorhandenes gerichtet; seine rechte Hand streichelte seine linke, als wäre diese die Hand eines anderen geliebten Menschen.

„Und was ist das, Vater, was dich traurig macht? Sag es mir bitte, wenn ich es wissen darf", bat Blasius.

„Ich habe deine, das heißt unsere liebe Mutter unendlich geliebt und ihre Liebe für mich jeden Augenblick unseres kurzen gemeinsamen Lebens empfunden, und in euch, unseren Kindern, liebe ich sie unendlich weiter. Daher wäre meine Freude grenzenlos, wenn ihr beide ..."

Blasius sah, dass sich die Augen seines Vaters mit Tränen füllten und dass ihm jenes, was in ihm vor sich ging, die Sprache verschlug.

Er stand auf, näherte sich seinem Vater und nahm dessen Hand; sie war gepflegt, die Haut war blass, fast durchsichtig, die blauen Adern waren gut sichtbar, und der Handrücken war mit zahlreichen hellbraunen Flecken bedeckt.

„Sag mir bitte alles, Vater, bitte", flehte Blasius seinen Vater an.

„Meine Freude wäre grenzenlos“, fuhr Etienne Pascal dort fort, wo er stehen geblieben war, „wenn auch ihr, Jacqueline und du, den Mut aufbringen könntet, Lebenspartner zu suchen und Kinder in die Welt zu setzen, damit jenes weiterlebe, was den Sinn der Welt in sich trägt, denn ohne Körper gibt es kein Gehirn, ohne Gehirn keine Gedanken, keine Phantasie, keine Vorstellungen, weder von ...“

Etienne Pascal ließ die Hand seines Sohnes los und machte eine wegwerfende Handbewegung.

„Ach ja, man soll nicht alles sagen, nicht alles unbedingt ausplappern, das Feinste muss man selbst spüren und nicht warten, dass es gesagt wird, denn, wird es gesagt, so wird sein Kern veräußert, verraten“, sagte Etienne Pascal leise.

Einen Augenblick schwiegen beide.

„Aber, lieber Vater, wenn Jacqueline keinen Drang, keine Lust danach verspürt, Kinder in die Welt zu setzen, dann musst du versuchen, ihre Haltung zu begreifen. Lass sie doch ihren Weg gehen.“

Etienne Pascal schaute seinen Sohn mit dem Blick eines Beleidigten an. Blasius erschrak beinahe. Noch nie hatte er seinen Vater so gesehen. Der sonst immer milde Blick seines Erzeugers hatte plötzlich etwas Feindseliges in sich. Seine mit Tränen gefüllten Augen funkelten. Etienne Pascal wischte sich die Tränen aus den Augen.

„Ich habe es schon getan“, sprach er entschieden, warnend.

„Einen Advokaten in ihrem Namen brauchst du nicht zu spielen. Sie selbst hat mir auch alles klar gesagt. Ich habe den Sinn ihrer Worte gut verstanden. Der

Duft der Wachskerzen im Kloster und die Stimme einer alten Äbtissin lockt sie offensichtlich mehr als das Lächeln eines Kindes. Wenn dem so ist, dann ist ein Gespräch diesbezüglich überflüssig."

Blasius merkte, dass in seinem Vater ein entscheidender Wandel geschehen war. Nie vorher war von ähnlichen Dingen die Rede gewesen. Die Welt schien immer in Ordnung zu sein, auch wenn sie tausend Wunden im Körper trug. Nun aber entpuppte sich alles als Lug und Trug.

„Aber, lieber Vater, was kann sie dafür, das ist weder ihr Wille noch ihr Wunsch, sondern es ist die ewige Vorausbestimmung, unabänderlich, unerschütterlich, durch nichts zu beeinflussen."

So sprach Blasius, sicher, überzeugt, gelassen, als wäre er ein erfahrener Missionar der Jansenitenbewegung.

„Schön redest du, sehr schön!", sprach Etienne Pascal mit zitternder Stimme, voller Verbitterung.

„Bei wem hast du den Unsinn gelernt? Wer hat dich so präpariert? Bist wohl bei Calvin in die Schule gegangen? Oder bei anderen Möchtegernweisen?"

Auf eine Reaktion seines Sohnes wartete er nicht, denn er erwartete nichts mehr. Alles, was man ihm in diesem Augenblick hätte anbieten können, war wertlos. Er wandte sich von Blasius ab und murmelte nur für sich, unbekümmert, ob ihm jemand zuhörte oder nicht, denn er hatte niemanden mehr.

„Was ist aus meinen Kindern geworden, du lieber Himmel! Warum hast du mich so bestraft?"

Blasius stand so nah bei ihm, dass sich ihre Körper

fast berührten. Er verstand, dass sein Vater den Himmel erwähnte und dann die Strafe.

„Das sind höhere Einsichten, lieber Vater, die einzig imstande sind, den Weg zum vollkommenen Glück zu ebnen."

Etienne Pascal rührte sich nicht. Die Worte seines Sohnes fügten ihm neue Schmerzen zu. Alles, was er sagen wollte, war für niemanden mehr bestimmt. Er lispelte Worte vor sich hin, ohne zu wissen, dass er es tat.

„Dies ist mein Ende. Erst jetzt merke ich, dass Fermat nicht übertrieb, als er mir einmal sagte, auch der beste Mathematiker könne hoffnungslos dumm sein. Damals konnte ich ihm nicht beipflichten. Nun überzeugt mich mein eigener Sohn, dass Fermat Recht hatte."

Er drehte sich um und schaute seinen schmächtigen, blassen Sohn an. Sein Blick hatte etwas Verachtendes, Verschmähendes.

„Zum vollkommenen Glück führten solche höheren Einsichten, sagtest du?"

„Ja, lieber Vater, genau so ist es und nicht anders!", erwiderte Blasius ruhig, jedoch war es eine seltsame Ruhe, die in seinen Worten nicht zu überhören war, erinnerte an die Ruhe eines Betäubten, der sich ob seiner Betäubung auf dem richtigen Weg und sicher fühlt.

„Dann darf ich annehmen, dass du jetzt vollkommen glücklich bist? Ich wünsche dir etwas mehr Glück, lieber Blasius, und viel mehr Einsicht, denn daran scheint es dir sehr zu mangeln. Diese höhere Einsicht, wie du die deinige bezeichnest, dünkt mich nicht hoch genug."

Die verbitterte, zitternde Stimme Etienne Pascals hatte keine Wirkung. Blasius schien nun eine endgültige Haltung eingenommen zu haben, welche wiederum von einer Überzeugung zehrte, die ihm offensichtlich teurer war als das Glück seines geliebten Vaters.

„Mag dir, lieber Vater, all das, was ich sage, lächerlich und albern erscheinen“, sprach er ruhig und voller Überzeugung, wie intelligente und kultivierte Anhänger von Religionen zu sprechen pflegen, „aber erst, wenn man annimmt, dass alles vorausbestimmt ist und dass der ewige göttliche Plan durch nichts, aber wirklich nichts abgeändert werden kann, dann, erst dann erhalten die Dinge ihren wahren Wert, und das Kleinste gelangt zu seiner gebührenden Würde, denn dann wird auch das Kleinste wie das Größte zu etwas Unbedingtem in dieser Welt.“

Was Blasius sagte, schien durchdacht, in sich geschlossen, klang überzeugend. Es gab keinen Zweifel daran, dass er sich all das, was er von den Pflegern seines Vaters gehört, noch gründlich überlegt und mit seiner scharfen mathematischen Logik geläutert hatte. Nun lieferte er unanfechtbare Äußerungen, denn jedes Anfechten erfordert logisches Vorgehen. Hier war ein solches Vorgehen nicht möglich, denn alles, was Blasius sagte, war logisch abgedichtet und untermauert.

Das wusste Etienne Pascal gut, und daher suchte er durch irgendeinen Spalt in der Mauer aus Logik in das merkwürdig frisch errichtete Weltbild seines Sohnes einzudringen, um es dann nach Möglichkeit von innen aufzulockern.

„Aber, liebes Kind, siehst du denn nicht ein, dass

eine solche Ansicht den Spielraum des Menschen nicht nur stark einengt, sondern sogar völlig abschafft. Aus dem höchsten Lebendigen, das denken, fühlen, planen, träumen kann, wird ein einfaches Stoffklümpchen, welches nichts zu sagen hat, das Spielzeug eines Despoten."

Offenbar versuchte Etienne Pascal in seinem jungen Sohn das Gefühl des Stolzes zu wecken und ihn für die Ansicht zu begeistern, dass die Menschenwürde ganz zuoberst auf der Wertskala stehe und durch nichts überboten werden könne.

Blasius kannte die Ansicht jedoch; mit zehn Jahren hatte er sich bereits darüber Gedanken gemacht und war zu dem Schluss gekommen, dass die Größe des Menschen allein in der Erkenntnis seiner eigenen Nichtigkeit zu finden sei. Daher hatte er auf die Bemerkung seines Vaters etwas zum Erwidern bereit.

„Aber, lieber Vater, wozu brauche ich einen Spielraum, wenn ich durch die unabänderliche göttliche Vorausbestimmung meinen festen Platz im ewigen Walten habe? Dann brauche ich mich um nichts zu kümmern, dann ist in alle Ewigkeit für alles vorgesorgt!"

*

Der Mensch in Blasius war zur Erkenntnis gelangt, die besagen wollte, dass die Vorstellung vom Menschen als strebendem, sein eigenes Schicksal bestimmendem und eben daher würdevollem Wesen, dass ein solches Menschenbild aufgegeben werden sollte.

War das ein Rückfall in die Zeit der Kapuzen und

der Finsternis, oder war es der Anbruch einer neuen, dem gewöhnlichen Verstand völlig unbegreiflichen Denkweise, die folgen musste, wenn die Logik all ihre Karten ausgespielt hatte?

Wiederum schien es, dass Etienne Pascal in den ruhig vorgetragenen und unerschütterlich klingenden Argumenten seines klugen Sohnes eine schwache Stelle, ein mögliches Hintertürchen entdeckt hatte, welches doch noch einen Zugang gewährte.

„Aber riecht eine solche Einstellung nicht nach Wegschieben jeglicher Verantwortung, nach Verwerfen dessen, was allein den Menschen auszeichnet?"

Mit diesen Worten versuchte er jenen Bereich im Wesen seines Sohnes zu berühren, der zwar mehr als reichlich vorhanden war, jedoch nun im Dienste von etwas stand, was alles verlangte, obwohl es nichts benötigte.

„Ein Absinken ist es", fuhr Etienne Pascal fort, „ein Rückfall ins Tierische, ja ins rein Stoffliche, ein Ablehnen des Bewusstseins, unseres Wesens! Merkst du das nicht, liebes Kind?"

Etienne Pascal musste mit Enttäuschung feststellen, dass auch das viel versprechende Hintertürchen verschlossen war. Drin stand ein seltsamer Engel und hielt den ohnehin vorgeschobenen Riegel fest.

„Nicht wir, lieber Vater, können für uns sorgen, nicht wir allein können uns von jener Sünde befreien, die uns allen seit dem Anbeginn der Schöpfung anhaftet; nur Jesus Christus, unser Erlöser kann es, er allein kann es, und er allein tut es und wird es tun bis zum Jüngsten Tag. Dann kommt die große Entscheidung: Wehe denen, die sich nicht vorbereitet haben, die nicht gegürtet sind mit dem Cingulum der Gewissheit."

Alle guten Absichten, alle Versuche Etienne Pascals, seinen noch jugendlichen Sohn für den Menschen und dessen Anliegen zu gewinnen, schlugen fehl. Er hatte nichts mehr in der Hand, womit er ihn hätte locken können, kein Köder schien genügend gut zu sein.

„Kind, du bist jung, und auf den Schultern der Jungen bleibt die Welt, auch dann, wenn das für die Scheidenden unverständlich, unmöglich, ja hoffnungslos erscheint. Ich wünsche dir eine gute Nacht. Auf mich wartet noch etwas Arbeit, es ist nicht viel, aber auch das will erledigt sein."

*

„Gute Nacht, Vater", sagte Blasius ruhig, und kein Mienenspiel in seinem blassen Antlitz deutete an, dass er etwas bereute. Er drehte sich um und verließ langsamen Schrittes den Raum.

* * *

Etienne Pascal blieb allein in seinem Zimmer, im wahrsten Sinne des Wortes allein. Körperlich war niemand mehr in seinem Zimmer anwesend, und innerlich spürte er, dass seine lieben Kinder, sein ganzer Stolz und seine ganze Freude, sich von ihm entfernt hatten, in eine völlig fremde Welt gegangen waren, vor der ihm graute.

Noch nie vorher hatte er sich so einsam gefühlt. Als die Mutter seiner Kinder, seine geliebte Antoinette, starb, öffnete sich in seinem Herzen eine Wunde, die nie ganz zuheilen wollte. Seine drei Kinder halfen ihm jedoch, durch ihre Anhänglichkeit und ihr sanftes Wesen die Schmerzen zu ertragen. Die herausragenden geistigen Fähigkeiten seines Sohnes nährten bei ihm die Zuversicht, Blasius werde eines Tages das Amt eines königlichen Ministers bekleiden und dank seinem hohen Amt all die ungeheuren Vorteile genießen, die damit verbunden waren.

Jetzt aber waren die Kinder weg, jedes von ihnen weg auf seine eigene Art und Weise.

Gilberte war schon verheiratet, hatte ihre Familie und deswegen kaum noch Zeit für ihren bereits betagten Vater.

Für seine hübsche Gilberte hatte sich Etienne Pascal einen anderen Ehemann gewünscht; von ihrer Wahl war er ganz und gar nicht begeistert. Aber sie hatte wenigstens den natürlichen Weg gewählt und schien in ihrer Ehe zufrieden zu sein.

Seine jüngere Tochter Jacqueline hatte beschlossen, den üblichen, natürlichen Lebensweg aufzugeben und den Rest ihres Lebens im Kloster zu verbringen.

Und Blasius, sein Stolz, schien einer merkwürdigen Lehre verfallen zu sein, die ihn jeglichen Lebenswillens beraubte.

Nichts dergleichen hatte er von seinen Kindern erwartet, und gerade das, worauf er unmöglich hätte vorbereitet sein können, gerade das war eingetroffen.

Nun saß er allein am Schreibtisch in seinem Zimmer und starrte die gegenüberliegende Wand an. Er sah nichts, denn nichts lockte ihn, nichts fesselte seine Aufmerksamkeit. Seine Kindheit, seine Jugend, das Mathematikstudium, die Tätigkeit als Präsident des Steueramtes von Clermont, die Heirat, die Geburt der drei Kinder, der Tod seiner geliebten Lebensgefährtin, die Zeit in Paris, die Übersiedlung nach Rouen, das Heranwachsen der Kinder und nun der Verlust dieser reizenden Kinder, deren Gedeihen der Inhalt und die Kraftquelle seines eigenen Lebens war, die ihm alles bedeuteten, all das war auf einmal weg, bloß eine trübe Erinnerung an etwas, was er möglicherweise lediglich geträumt hatte.

Dass er selbst noch da war, daran zweifelte er nicht, denn er überlegte sich doch alles, dachte nach, und genügte das nicht als Beweis, dass er tatsächlich da war? Descartes mochte er nicht, fand ihn zu radikal, und doch konnte er sich dessen radikalstem Gedanken nicht verschließen, denn was könnte noch mehr überzeugen, dass man auf dieser Welt war, in der Welt war, mit ihr war, als das Denken?

Unzählige Male hatte er versucht, in der originellen Behauptung einen Fehler zu finden, einen schwachen Punkt, aber jedes gedachte Argument gegen Descartes' Behauptung war doch nichts anderes als der beste

Beweis, dass der schlaue Renatus recht hatte.

Er wusste also mit Gewissheit, dass er persönlich da war, aber war da noch etwas, wofür es sich da zu sein lohnte?

Etienne Pascal suchte danach, und wie sich etwas als ausreichender Grund zum Weitermachen, Weiterkämpfen anbot, so wurde es von ihm als leer und lahm entlarvt und verworfen. Er führte einen echten Monolog, denn er wusste nicht, dass er ihn führte. Nur langsame und kaum bemerkbare Lippenbewegungen und nur gelegentlich hörbare Laute waren das Einzige an ihm, was bezeugte, dass er noch zu den Lebenden gerechnet werden musste.

„Der vierte Akt meiner Handlung ist bald zu Ende. Der Turm, den ich errichtet habe, ist zwar hoch genug, denn ich wollte immer hoch stehen, wollte alles überschauen, jedoch stelle ich nun fest, mit Entsetzen und mit Grauen, dass die Höhe selbst meinen Blick nur trübt.

Des Reiches Macht, die Ehre der Krone waren für mich stets der einzige Lebenssinn und ihr Gedeihen mein einziger Gewinn.

In meinem Sohn sah ich bereits den künftigen Finanzminister, von dem sich die Krone gern beraten lässt.

Mit seinesgleichen sah ich die Töchter mir vermählt. Ich sah sie alle in Glück und Reichtum schwelgen, gesegnet reichlich mit kräftigem jungem Leben.

Mich selber sah ich noch rüstig, von Enkelschar stets umgeben.“

Er wusste nicht genau, was er sprach, jedoch hatte er das Gefühl, etwas zu hören, was sich reimte. Er wollte nichts. Die Worte, die er eher bloß dachte als sprach, kamen von irgendwoher und verschwanden irgendwohin. Er kümmerte sich weder um ihre Herkunft noch um ihr Ziel, denn sie verlangten nichts und befahlen nichts, und die einzige Botschaft, die sie überbrachten, waren sie selbst, der Inhalt der Welt, für alle immer derselbe, für jeden Einzelnen jeweils ein anderer.

Etienne Pascal atmete schwer. Seine beiden blassen Hände ruhten leblos auf seinen abgemagerten Schenkeln. Sein müdes Haupt war nach hinten gelehnt und ruhte auf dem oberen weichen Rand der Sessellehne, hing fast etwas darüber.

„Geplant habe ich stets, habe stets berechnet. Nun ist das Ende meines Kahnes Fahrt, und alles ist so verfilzt und verflochten, dass ich es unmöglich entwirren kann.

Den Reim höre ich nicht mehr.

Die Abstände zwischen den einzelnen Versenden sind für mich viel zu groß. Mein Häufchen Verstand ist viel zu grob, ohne Kraft, merke nur tote Klötzchen, dazwischen keinen Saft.

Für mich kann ich nichts mehr erwarten, denn für mich ist bereits alles gekommen, was kommen wollte. Aber überzeugt bin ich, dass mein Sohn in den folgenden Akten schon anders denken wird, denn sein vierter Akt steht ihm erst bevor.

Entweder steigt er in seiner Erkenntnis noch höher empor, so dass ihm seine jetzige völlig lächerlich erscheint, oder aber er fällt noch tiefer in den Abgrund des Unsinns zurück, so dass ihm selbst seine jetzige Erkenntnis als schreckliche Frechheit des verwegenen Verstandes, über Gott und Gottheit zu spekulieren, erscheinen wird.

So oder so wird ihm seine jetzige Denkweise dumm vorkommen.

Denkt er weiterhin wie jetzt, so ist es aus mit ihm und mit allem, was zu ihm gehört hat – dann habe ich ein sinnloses Dasein gehabt."

Das Haupt Etienne Pascals machte leichte nickende Bewegungen, denen außer Verbitterung nichts zu entnehmen war.

„Meine Kutsche ist immer robust, mein Kutscher immer brav und loyal gewesen, habe nie Unmögliches begehrt, nie was gewagt.

Seine Kutsche ist schwach und zerbrechlich, sein Kutscher hingegen ungestüm und tollkühn. Daher bringt die Fahrt, die ihm bevorsteht, unvergleichlich größere Gefahren, als das bei mir der Fall gewesen ist.

Er wird zweifelsohne das Äußerste wagen, und was dem entspringen soll, wird meines Sohnes Kind sein."

Etienne Pascal schüttelte den Kopf, seine Augen waren mit Tränen gefüllt.

„Nein, nein, für mich ist es zu viel, zu schwer. Meines Lebens vierter Akt ist für mich zu überladen gewesen, ein Kampf, ein Ringen mit dem Engel am Fluss, dem ewig-jetzigen, der das Nichtmehr vom Nochnicht trennt."

Seine blasse rechte Hand holte aus der Brusttasche ein weißes Tüchlein, und er wischte sich die Tränen aus den Augen.

„Vielleicht wirst du erfolgreicher, mein Sohn, für mich ist dieser Kampf viel zu wuchtig, ich kann nicht mehr; jetzt hinke ich, meine Hüfte ist in diesem merkwürdigen Kampf verletzt worden, nicht einmal stehen kann ich mehr gerade, geschweige denn rennen.

Nun will ich mir endlich den tiefen Schlaf gönnen, den eigentlichen, der nie aufhören muss, ohne Grenzen und ohne Schranken, in dem alles stimmen muss, denn das Einzige, was dort fehlt, ist das Müssen."

Die Arme Etienne Pascals rutschten leblos hinunter. Sein Haupt neigte sich gegen seine linke Schulter und blieb dort regungslos liegen, denn seine Halsmuskulatur hatte keine Kraft mehr. Nur noch ein leises, kaum bemerkbares Zucken überlief sein Gesicht, dann sank sein Körper im Sessel zusammen, in jener selben bequemen Mulde, in der er die aktivsten Stunden seines strebsamen, von Zwecken bestimmten Lebens verbracht hatte.

Sein vierter Akt war abgeschlossen, der Vorhang war gefallen.

*

Die unsichtbaren Zuhörer und Zuschauer, die seiner Darstellung beiwohnen durften, waren mit dem Dargebotenen zufrieden und schenkten ihm nun einen aufrichtigen, stürmischen Beifall aus Schweigen. Ohne sich dessen bewusst zu sein, sputeten sie sich nun alle, denn es galt, die Kulissen für den nächsten und letzten Akt aufzustellen, damit alles so läuft, wie es laufen soll, damit es auf der Welt an nichts gebricht, weder an grausamer Schönheit noch an abscheulicher Würde.

* * *

Die Bestattung Etienne Pascals erfolgte erst zwei Tage später. Es war ein übliches Begräbnis. außer den wenigen Familienmitgliedern waren nur noch zwei Beamte des Finanzministeriums anwesend.

Die beiden Krankenpfleger Etienne Pascals waren nicht dabei. In Rouen war er ihr letzter Patient gewesen. Nachdem er sich von seinem Beinbruch erholt hatte, als er auf ihre Pflege verzichten konnte, verließen sie die Stadt und beschlossen, weder in ihr früheres Kloster zurückzukehren noch in ein anderes zu gehen.

Jacqueline war bei ihrem Entschluss geblieben, in das Kloster Port Royal einzutreten. Von ihr hörte Blasius kaum mehr etwas. Sie ihrerseits kümmerte sich nicht im Geringsten um die Welt außerhalb der Klostermauer, und ihr kranker Bruder gehörte zu jener Welt, der sie endgültig und für immer entsagt hatte.

Nun wohnte Blasius bei seiner Schwester Gilberte und ihrem Ehemann.

Gilberte kümmerte sich um ihren Bruder, tat für ihn, was sie konnte. Was sie für ihn tat, hätte auch einem sehr heiklen Menschen genügt. Blasius genügte es aber nicht. Seine Essgewohnheiten, seine religiöse Strenge, sein unablässiges Predigen einer Moral, die für Lebende ungeeignet war, seine vollkommene Abneigung gegen alles, was seinen Vorstellungen nicht entsprach, bürdeten ihr zusätzliche Lasten auf, mit denen sie kaum fertig werden konnte.

Das Einzige, was ihre unangenehme Lage doch noch erträglich machte, war der Umstand, dass Blasius den größten Teil seiner Zeit auf seinem Zimmer verbrachte, so dass sie sich lediglich während der Mahlzeiten sahen.

Die meiste Zeit verbrachte Blasius schreibend, was er jedoch schrieb, wusste niemand, auch seine Schwester nicht.

Bereits mit fünfzehn Jahren hatte er begonnen, an unerträglichen Kopfschmerzen zu leiden. Später gesellten sich zu dem Leiden noch höllische Qualen in seinen Eingeweiden.

Dutzende von Ärzten hatten ihre Heilkünste an ihm ausprobiert, aber nichts hatte genutzt.

Das Leben war für ihn viele Jahre lang nichts als ein ununterbrochenes Martyrium, und wie er älter wurde, verschlechterte sich seine auch sonst schreckliche Lage zusehends. Er wurde unablässig von Schmerzen gequält, und als Gequälter quälte er dann alle, die mit ihm lebten.

Gegen Gilbertes Bemühungen und gegen Louisens Tüchtigkeit konnte er zwar nichts einwenden, aber er hatte trotzdem das Gefühl, dass Gilberte sich doch nicht gänzlich ihm widmete. Dass seine Schwester auch noch eine Familie hatte, kümmerte ihn nicht. In seinem Inneren gedieh die kränkliche Pflanze der tierischen Eifersucht, deren Wachstum nicht einmal von seinem außergewöhnlich scharfen Verstand in Schranken gehalten werden konnte.

Dies bewirkte ebenso, dass er Jacqueline ihren Entscheid, ins Kloster zu gehen, nie verzeihen wollte. Darin sah er einfach eine Tat, die gegen seine Person gerichtet war, denn sie hätte seiner Meinung nach zu Hause bleiben und sich ihm allein widmen sollen.

Jacqueline war aber ein äußert unfähiges Geschöpf, keiner Arbeit im praktischen Leben gewachsen, so dass sie sich unmöglich um ihn hätte kümmern können, wäre sie zu Hause geblieben. Es war vielmehr so, dass sich jemand um sie hätte kümmern müssen.

Heimlich wusste er das, aber er behielt sich das Recht vor, es ihr zu verdenken und verbittert zu sein.

*

Eines Abends saß er allein in seinem Zimmer und grübelte, wer weiß schon zum wievielten Mal, über die Möglichkeit eines Weiterlebens im Jenseits nach dem Verlassen der irdischen Existenz. Dabei kam ihm jenes Gespräch zwischen seinem Vater und Jacqueline in den Sinn, in welchem Etienne Pascal seine Tochter freundlich und behutsam zu überreden suchte, ihre Meinung zu ändern und nicht ins Kloster zu gehen.

„Jacqueline hat sich aber nicht umstimmen lassen", dachte er, „sie hat mich immer gern gehabt, das weiß ich. Aber nicht einmal ihre Liebe zu mir, auch nicht meine Krankheit, meine Verzweiflung, nichts, gar nichts hat sie umstimmen können. Der Geruch der Wachskerzen, das Chorgebet, das Bild des Gekreuzigten, die dunkle Stille der Klosterräume bedeuteten ihr offensichtlich viel mehr als der Ruf ihres verzweifelten Bruders, der nun ganz und gar auf die Hilfe anderer angewiesen ist."

Er dachte so, obwohl ihm Jacqueline nicht näher stand als Gilberte, denn er fühlte sich irgendwie beleidigt und verraten.

Es blieb ihm jedoch nichts anderes übrig als den Kopf zu schütteln, obwohl er wusste, dass er keinen Grund dazu hatte.

„Hm, merkwürdig ist all das, sehr merkwürdig“, überlegte er.

„Ich kann ihren Entscheid nicht begreifen. Wäre sie zu Hause geblieben, hätte sie einen kranken Bruder, einen Hilfsbedürftigen, pflegen können. Das böte ihr nun ausgezeichnete Gelegenheit, jemandem in Not zu helfen, in den Stapfen des Samariters zu schreiten“, dachte er. Es kamen ihm die beiden tüchtigen Krankenpfleger seines verstorbenen Vaters in den Sinn, deren Frömmigkeit so vorbildlich war und die gleichzeitig mit voller Hingabe etwas sehr Nützliches taten, dass sie seiner Meinung nach einen jeden tief nachdenkenden Menschen in den Bann ihrer bescheidenen Lebensweise hätten ziehen müssen, denn bei ihm war das geschehen. Dass die beiden bereits über alle Berge waren, wusste er nicht, und erst recht nicht konnte er ahnen, dass die beiden gerade durch seine scharfsinnigen Fragen wiederum einen neuen Wendepunkt erlebt hatten und von all dem, was sie ihm erzählt und womit sie ihn angesteckt hatten, nichts mehr wissen wollten.

„Und trotzdem hätte sie mehr als genügend Zeit zum Beten, zum Meditieren, zum Fasten, Metten zu besuchen.“

So redete er zu sich selbst, gleichzeitig glaubte er, genau zu wissen, warum Jacqueline das Leben in der Klause gewählt hatte.

„Mag sein, dass ich mich irre“, überlegte er weiter, „aber ich kann mich nicht des Eindrucks erwehren, dass ihr Entscheid nicht uneigennützig ist. Jacquies Behauptung, sie möchte nur und ausschließlich Gott dienen und alles andere aufgeben, kommt mir etwas verdächtig vor.

Muss man Gott in einer Gruppe dienen, in der alle meinen, sie alle seien gleicher Gesinnung, dächten gleich, fühlten gleich, oder ginge es nicht genauso gut – wenn nicht sogar besser – beschaulich und unauffällig als Einzelner?

Aber eben, alle Theologen, alle Geistlichen, die für ihren Lebensunterhalt auf den Zusammenhalt der Religionsmitglieder, die so genannte Gemeinde, angewiesen sind, betonen unermüdlich, dass Gott die Gruppengebete besonders schätze und eher zu erhören bereit sei, da die Stimme der Gemeinde stärker töne und das Ohr des Herrn leichter erreiche als das kaum hörbare Winseln eines Einzelnen.

Dass sie solches behaupten, kann ich wohl verstehen, aber warum braucht meine Schwester so etwas?

Eine andere Erklärung habe ich nicht, als dass sie die Nähe anderer Frauen braucht, deren Verstand von etwa gleicher Schärfe ist, um mit ihnen schwatzen zu können. Ein solches Geschwätz kann ich ihr natürlich nicht bieten.

Sehe ich die ganze Sache so, kann ich Jacquie gut verstehen, wenn sie behauptet, dass sie im Kloster vollkommenes Glück genieße.

Es ist zwar nicht leicht, aber auch das muss man achten. Wenn sie dort im Gefühl aufgeht, Gott allein zu dienen, dann hat sie das Richtige gefunden. Für einen Gott, der zu ihrem Auffassungsvermögen passt, ist das wohl der beste Lebenswandel."

Solche Überlegungen öffneten ihm die Augen und verhalfen ihm dazu, all das, was Gilberte und ihr Mann für ihn taten, unvoreingenommen zu sehen und zu begreifen, dass er ihnen nichts vorzuwerfen hatte.

„Es ist doch lieb von Gilberte und ihrem Mann“, überlegte er, „dass sie bereit sind, für mich zu kochen und meinen Haushalt zu besorgen. Das kann ich Gilberte nie vergessen. Sie hat mehr Verständnis für mich und wahrscheinlich für jeden Leidenden überhaupt, denn sie hat einen natürlichen Weg gewählt, hat eine Familie, ist bereit, sich zu gedulden, sich einem anderen zu widmen. Jacquie hat das nicht erlebt, denkt vielleicht deshalb in erster Linie an sich selbst.“

*

Solche und ähnliche Gedanken gingen Blasius durch den Kopf an jenem Abend, als etwas Merkwürdiges geschah, was ihn aus seinen Gedanken riss und daran erinnerte, dass die so genannte menschliche Realität viel mehr enthielt, als er vermutete.

*

Die Nacht war schon vorgerückt. Der Himmel war mit dicken Wolken behangen, und draußen herrschte vollkommene Dunkelheit, erfüllt von ebenso vollkommener Stille, was in den langen Novembernächten in jenem Teil der Welt nicht selten vorkommt.

Alle drei Fenster seines Zimmers standen offen. draußen sah man jedoch weder Lichter noch hörte man Stimmen, und nicht einmal der leiseste Windhauch war zu verspüren.

Umso überraschender war es, dass eines der drei

Fenster plötzlich zugeschlagen wurde.

Der Knall war so wuchtig, dass er erschrocken von seinem Stuhl hochfuhr und eine Weile wie versteinert blieb.

Dann ging er zum Fenster, öffnete es leise, schaute einen Augenblick hinaus und machte es dann behutsam wieder zu.

Durch das unerklärliche Zuschlagen des Fensters war er so sehr benommen, dass er seine Schmerzen nicht mehr spürte, und an Jacqueline und an ihren Entscheid dachte er auch nicht mehr.

Seine angeborene Neigung, allen Dingen auf den Grund zu gehen, der Naturforscher in ihm, wurde durch den Vorfall direkt angesprochen.

„Merkwürdig", sagte er, „merkwürdig, kein Lüftchen regt sich und dann dieses Zuschlagen. Es ist auch ganz eigenartig dunkel da draußen; so dunkel ist es noch nie gewesen. Es erstaunt natürlich nicht, denn um diese Zeit, Ende November, sind die Nächte wesentlich länger, und der Himmel ist meistens bewölkt, so dass kein Sternenlicht durchdringt, und der Mond ist auch sehr selten zu erblicken.

Und doch habe ich das Gefühl, dass diese Nacht eine bedeutungsträchtige, besondere Nacht ist. Die Weisen haben schon immer gewusst, dass gerade die dichteste Dunkelheit die Mutter des hellsten Lichtes ist sowie dass das grellste Licht die tiefste Dunkelheit verursacht, denn es macht blind. Ja, ja, die Extreme bringen sich gegenseitig hervor, indem sie sich berühren. Sie berühren sich eigentlich nicht, sondern kommen sich lediglich so nahe, dass der Funke, der Bote von der jeweils anderen Seite, von einem zum anderen springen kann."

Langsamen Schrittes begab er sich zum Pult und setzte sich.

Sein Blick fiel auf das Kruzifix.

„Wenn ich mir dieses Kruzifix anschaue", überlegte er, „mit seinen langen Armen, dann kommt mir schon wieder Descartes mit seinem Koordinatensystem in den Sinn.

Er, der an Gott wohl anders glaubt als wir alle, scheint der Erste zu sein, der den Sinn des Kreuzes erkannt hat.

Merkwürdig ist das Gebilde. Hinter der einfachen Form ahne ich ungeheure Tiefe, die durch nichts zu übertreffen ist. Viele Anwendungsmöglichkeiten sehe ich dahinter. Ein Baumeister benutzt es für seine Zwecke, so etwa, wenn er einen Dachstuhl errichtet. Ein Seefahrer benutzt es, wenn er die genaue Lage seines Schiffes bestimmen will. Dem Mathematiker erweist es ungeheure Dienste, denn es ermöglicht eine sehr einfache Zuordnung von veränderlichen Werten und eine ruhende Veranschaulichung von fließenden Vorgängen.

Dank dieser seiner Erfindung ist das Mathematikgebäude nun um ein Stockwerk reicher und höher geworden. Es könnte sein, dass sein Koordinatensystem das oberste Stockwerk des Denkens an sich darstellt – berührt es doch jenes, was an sich bloß gedacht, ja bloß erfühlt werden kann."

*

Blasius hielt inne, denn in ihm tauchten plötzlich Fragen ganz anderer Art auf, obwohl auch sie mit dem

Kreuz zusammenhingen.

*

„Warum wurde aber Jesus gekreuzigt? Konnte er nicht anders umgebracht werden?

Es kann natürlich ein Zufall sein. Es kann sein, dass die römische Obrigkeit die Kreuzigung als die üblichste Todesstrafe im Reich angewandt hatte. Die Strafe eignete sich übrigens ganz ausgezeichnet, um die potenziellen Aufwiegler jeglicher Art und somit die Feinde Roms von ihrem Vorhaben abzubringen.

All das ist möglich, und es braucht nichts Besonderes zu besagen, aber feststellen muss man, dass der Weltheiland weder durch Schwert noch durch Speer hingerichtet wurde. Auch wurde er nicht in der Arena vor die wilden Bestien geworfen, sondern eben gekreuzigt.

Die römische Obrigkeit musste doch von den Gefahren gewusst haben, die in allerlei Legenden schlummern, welche sich um Märtyrer und Befreier ranken. Es verblüfft daher, dass sie nicht eine Hinrichtungsart gewählt hatte, bei welcher der Körper des Hingerichteten nicht ganz bleibt, sondern als Form verschwindet, um jeglichem Schwindel vorzubeugen und somit die Entstehung der Legende zu verhindern.

Sie hätte außerdem den Körper des Hingerichteten – auch das war den Römern nicht unbekannt – verbrennen und die Asche in alle Himmelsrichtungen verstreuen können, um eine Bestimmung des Grabortes und somit all dessen, was darauf folgen konnte, zu verunmöglichen.

Warum haben das die damaligen Machthaber nicht getan?

Die Römer waren nicht so naiv. Sie wussten Bescheid, dass Legenden Städte und Staaten errichten, aber ebenso zerstören.

Nein, nein, nein, etwas ganz anderes muss da vorliegen!

Das Kreuz hütet vermutlich das unerschöpfliche Geheimnis der ganzen Welt, ihren Anfang und ihr Ende, ihren ganzen Zusammenhalt.

*

Je höher man in der Erkenntnis fortschreitet, desto tiefere Schichten des im Kreuz schlummernden Geheimnisses legt man frei und desto tiefere neue kündigen sich an. Mit jedem Atemzug wächst die Freude ob des Erkannten und zugleich die Einsicht, dass das noch Unbekannte nicht abgenommen hat, was nicht weniger erfreut, denn das Unbekannte nährt die Sehnsucht und die Phantasie, hält den Verstand wach und gestattet nicht, dass der Brunnen der Herrlichkeit jemals versiege.

Bis jetzt scheint Descartes am tiefsten in das Geheimnis des Kreuzes vorgedrungen zu sein. Aus dem Kreuz hatte er das allgemeingültige Bezugssystem geschaffen, oder ist möglicherweise das Kreuzzeichen immer der eleganteste und einfachste Ausdruck von etwas Allgemeingültigem gewesen, was er als Erster lediglich schriftlich festgehalten und dadurch für alle anderen erkannt hat?

Denkbar ist es natürlich, dass sich unendlich viele andere Bezugssysteme erstellen lassen, aber das ändert nichts an der Sache. Entscheidend ist doch die Idee, ein Bezugssystem einzuführen.

Sollten eines Tages andere Koordinatensysteme erfunden werden, werden sie die Bedeutung des kartesischen Koordinatensystems niemals schmälern, denn sie werden alle als Idee von ihm abgeleitet werden müssen.

So oder so, er ist der Schöpfer, denn das Wesentliche erkennen heißt doch, es aus dem Bereich der Bedeutungslosigkeit befreien. Er ist der Befreier.

Ist es für den Verstand überhaupt möglich, noch weiter in diese Richtung vorzudringen? Kaum, denn das Koordinatensystem bietet das Bezugsystem für alles, womit der Verstand zu tun hat. Daher hat der Verstand kein Bedürfnis, weiterzusuchen. Er ist satt, und satter als satt kann man nicht sein. Eine jede Übersättigung wäre kein Fortschritt, sondern ein Rückfall; es würde dem Verstand den Magen verderben. Alles, was über die vollkommene Sättigung hinausgeht, lässt sich nicht verdauen, wird abgelehnt, verworfen als abscheulicher Unsinn.

Dann gelten ganz andere Gesetze, die des Herzens."

*

Blasius atmete auf. Ein seliges Lächeln strahlte von seinem Antlitz her und erfüllte verschwenderisch den Raum. Etwas war in ihm geschehen. Die bedrohliche Dunkelheit der herbstlichen Nacht und das unerklärliche Zuschlagen des Fensterflügels hatten in ihm etwas ausgelöst, etwas, worauf er sonst nie gekommen wäre. Nun war es da, und er hatte offenbar jeglichen Grund zu Freude.

„Genau so ist es! So und nicht anders!", sprach er laut.

„Wer dank seiner scharfen Überlegung das Koordinatensystem, das universelle Bezugssystem konzipiert, kann unmöglich noch weiter gehen, denn er wird satt und verspürt daher nicht das leiseste Bedürfnis nach anderem. Der Satte sucht keine Speise mehr.

Cartesius kann jetzt nur noch sterben, und das wird bald auch geschehen. Wahrscheinlich bei irgendeiner lächerlichen, völlig nutzlosen Tätigkeit, denn auf seine bisherige Art und Weise geht es nicht weiter. Er ist ausschließlich dem Verstand gefolgt, doch ist nun sein Verstand an dem letzten für ihn erreichbaren Punkt angelangt, ist erschöpft.

Sein außerordentlicher Verstand wird ihm die Gunst von neugierigen Mächtigen gewähren und zweifelsohne gleichzeitig den Neid der kriecherischen Entourage reizen, die dafür sorgen wird, dass er verschwinde."

Blasius nahm das Kruzifix in die Hand und drehte es langsam und behutsam, beschaute es von allen Seiten, als hätte er es fragen wollen, was es für ein Geheimnis in sich berge.

Indem er das tat, hob er das Haupt, als hätte er mit dem Himmel Kontakt gesucht. Sein Blick fiel auf den Kalender an der Wand vor ihm.

„Heute ist der 23. November. Noch sind es 32 Tage bis zur Geburt dessen, der gekreuzigt wurde, ein ganzer

Mondumlauf also und ein siebtel davon. Genau zwischen dem 24. und dem 25. Tag im zwölften Monat kommt er, der Erretter, in die Welt, die sich dauernd nach ihm sehnt und ihn ebenso unfehlbar ablehnt, sogar tötet, um sich dann um so inständiger nach seiner neuen Ankunft zu sehnen."

Er schüttelte den Kopf. Er hatte sich von seinen eigenen Gedanken führen und unterhalten lassen, wusste nicht, wohin sie ihn bringen könnten.

Nun war er dort angelangt, von wo aus betrachtet alles anders aussah. Alles schien ein reiner Widerspruch zu sein, und doch schien ebenso alles mehr Wahrheit zu enthalten als alle logischen Verknüpfungen zusammengenommen.

„Was kann der Verstand da noch helfen? Jedes Jahr wird der Heiland von neuem geboren, jedes Jahr leidet er von neuem, jedes Jahr wird er von neuem gekreuzigt, und jedes Jahr aufersteht er von neuem. Kein Zustand kann übersprungen werden, denn der eine bringt den anderen hervor. So sind in jedem einzelnen Zustand alle anderen enthalten, und zwar so restlos und vollständig, dass es einen einzelnen Zustand gar nicht gibt."

Blasius schaute auf die Uhr, jenes lustige Produkt des menschlichen Verstandes, welches dazu dient, etwas zu teilen und zu messen, was an sich weder teilbar noch messbar war und was sich jedem Versuch des Verstandes hartnäckig widersetzte, wenn sich dieser anschickte, es, sein tollstes Kind, zu fassen.

„Bald ist es zweiundzwanzigeinhalb Uhr. Kein erleuchtetes Fenster in der Stadt reizt mehr das Auge. Alle Kerzen sind erloschen. Die müden Glieder meiner

Mitmenschen, meiner Mitbürger ruhen. Es ist so dunkel draußen, dass wahrscheinlich selbst die Diebe und Wegelagerer in ihren Unterschlüpfen schlummern.

Und ich, schwach, krank, eine Dauerwohnstätte von Leiden und Schmerzen, bin wach!

Wozu denn das? Was will ich? Worauf warte ich?

Meine Kerze ist schon am Ende, noch einige Millimeter hoch, dann wird es auch bei mir dunkel sein. Schmerzen habe ich schon immer gehabt, bin es mir gewohnt sozusagen, würde es gewiss als merkwürdig empfinden, wenn ich plötzlich keine mehr hätte, aber, was ich jetzt verspüre und zu erdulden habe, ist nicht mehr als Schmerz zu bezeichnen, es ist ein Geschwister der höllischen Pein, möglicherweise sogar das ältere der beiden, äußerste Versuchung."

Er setzte sich in den Sessel an seinem Schreibpult, lehnte sich nach vorn, und sein kränklicher Körper nahm unwillkürlich jene Stellung ein, in der er immer verweilte, wenn seine Schmerzen besonders stark waren. Nur der Ellbogen seines linken Armes berührte die Oberfläche des Schreibpultes, und seine Stirn stützte sich auf die Handfläche seiner linken Hand. Seinen rechten Arm hielt er leblos auf seinem rechten Schenkel gestreckt.

„Die Geschichte Hiobs brauche ich nicht zu lesen, um daraus vom äußersten Leid zu erfahren.

Und wie die letzten Tropfen des geschmolzenen Wachses sich im Licht auflösen, so steigert sich meine Qual. Die Schmerzen, die ich sonst ohne Unterlass im ganzen Körper empfinde, spüre ich nicht mehr, denn das, was mir jetzt im Gehirn wütet, duldet keinen anderen Schmerz neben sich, vertreibt ihn, lässt ihn verschwinden.

Die Kerze flattert schon, der Docht ist ausgebrannt, die Flamme erstickt bereits im letzten Tropfen dessen, was brennt. Die Uhr zeigt zehneinhalb, den Anfang der Nachtmitte, der drei Kernstunden, und meines Schmerzes Maß ist voll. Nicht einen Tropfen dessen kann ich mehr verkraften."

* * *

Blasius konnte nichts mehr sehen, denn die Kerze auf seinem Pult war erloschen. Die Dunkelheit in seinem Zimmer war nun mit jener draußen verschmolzen. Er konnte und durfte nichts sehen, denn es gab keine Lichtquellen, und doch sah er plötzlich etwas so Helles, dass, verglichen damit, selbst der hellste Tag dunkel erscheinen musste. Das Gesicht war so überwältigend, dass er nicht schweigen konnte. Er musste es laut sagen, musste es jemandem mitteilen, und er schrie, so laut er nur konnte. Doch geschah all das so leise und undeutlich, dass selbst jemand in der unmittelbaren Nähe nichts hätte verstehen können.

In dem mit vollkommener Dunkelheit erfüllten Raum hörte man lediglich recht laute Geräusche, die einerseits von unregelmäßigen Schlägen mit Armen und Beinen auf den Boden und gegen die Seiten des Schreibpultes, anderseits wiederum von krampfhaften, Angst einflössenden Schreiversuchen stammen mussten. Für das Auge geschah im Raum nichts. Alles, was darin vor sich ging, musste ausschließlich gehört werden.

Wie lange all die Geräusche gedauert hatten, kann man nicht genau sagen, aber was bedeutet schon die Zeit, wenn alles Geschehen aus Gesichten besteht?

Nach einer Weile hörten die dumpfen Schläge am Boden sowie das Zähneknirschen und die krampfhaften, unterdrückten Schreie auf.

Nach einer Stille, die darauf folgte, waren plötzlich wiederum, zwar sehr leise, jedoch ausreichend verständliche Worte zu vernehmen, die sich ausnahmen, als kämen sie von jemandem, der soeben durch ein unbeschreibliches Wunder dem Rachen eines jeden und alles unfehlbar verschlingenden Ungeheuers entrissen worden war.

„Feuer! Feuer! Feuer!“, war zu vernehmen.

Jeder Außenstehende hätte meinen können, im Raume sei Feuer ausgebrochen, jedoch war weder von Feuer noch von Flamme etwas zu spüren. Das Lichterlebnis des Feuers schien allein den Inhalt des Gesichteten bestimmt zu haben.

„Ewiger Gott“, folgte darauf die laute Anrede, erfüllt nicht so sehr von Bitte um Hilfe und Beistand, sondern vielmehr von einer Art Triumph und Genugtuung, endlich doch noch zu den Auserwählten zu zählen, denen sich der wahre Gott in seinem vornehmsten Kleid gezeigt hatte.

„Gott Abrahams, Isaaks, Jakobs! Gott Jesu Christi!”, folgte unmittelbar darauf die genaue Erklärung, wer mit dem ewigen Gott gemeint war.

„Gewissheit! Dein Gott sei mein Gott! Amen!“, unterstrich am Schluss die Unerschütterlichkeit des Gesichteten.

Es blieb jedoch unklar, welche der genannten biblischen Gestalten mit „dein“ gemeint war.

War damit Abraham, der als der erste erwähnte Erzvater des auserwählten Volkes und zugleich der Schöpfer des ewigen, abstrakten, unvorstellbaren Gottes, gemeint?

War es Isaak, jenes ersten Erzvaters begnadeter Sohn, dessen Zeugung der Logik der üblichen menschlichen Erfahrung trotzte und der dem Segen seinen tieferen Sinn verliehen haben soll?

War es Jakob, des ganzen Menschen verborgene Seite?

Oder war es der umstrittene Sprössling, der einerseits – zwar erst nach der Läuterung durch dreimal vierzehn Geschlechter – doch letzten Endes den Lenden jenes ersten Gotteserfinders entstammen musste, anderseits aber unfleischlich gezeugt worden war?

Die Worte lösten sich in der Stille der Nacht auf und befruchteten sie. Nach der Vision war Blasius erschöpft und schlief nun friedlich. Ein Spalt zeigte sich in der bedrückenden Wolkendecke, und ein zarter, blasser Lichtstrahl schlich sich zwar durch das Fenster in sein Zimmer, war jedoch zu schwach und konnte ihn nicht wecken.

Morgens weckte ihn Gilberte nie, denn sie wusste, dass er wegen starker Kopfschmerzen nachts oft nicht schlafen konnte und daher nicht selten bis Mittag im Bett blieb.

So war es auch diesmal. Als er aufwachte, war der Tag schon weit gediehen. Der Schlaf nach dem seltsamen Erlebnis war für ihn ein Labsal, und er fühlte sich den Umständen entsprechend wohl, denn seine Schmerzen hatten etwas nachgelassen. Das Gesicht war ihm noch so frisch in Erinnerung, und er hatte das Gefühl, das Gesehene sei das von ihm im wachsten Zustand Erlebte, seit immer ein Teil von ihm.

Und doch wusste er, dass es ein einmaliges Erlebnis war, etwas ganz Besonderes.

Nun war es ihm bewusst, dass ein neuer Abschnitt seines Lebensweges begonnen hatte. Das Gesicht war eine Art Grenze zwischen seinem früheren Daseinserleben und dem jetzigen. Vor der Vision trug er sich mit dem Gedanken, ein ausführliches Mathematikwerk zu schreiben, denn er glaubte, allein die Mathematik sei imstande, die Zusammenhänge und Geheimnisse der Welt zu erklären. Dann stellte er aber fest, dass er das Verhalten seines eigenen Vaters nicht verstehen konnte, obwohl beide gute Mathematiker waren und alles, was folgerichtig war, überaus liebten.

Nach dem Gesicht dachte er aber nicht mehr daran.

Vor dem Gesicht war die Religion für ihn etwas, was in der Denkweise der Menschen einfach dazugehörte, etwas, was jeweils in bestimmten Teilen der Welt und zu bestimmten Zeiten auf eine von geschichtlichen Begebenheiten abhängige Art und Weise als Ausdruck von Furcht vor unbekannten Mächten, Gottheiten genannt, praktiziert wurde, also ein Konstrukt der Phantasie, an sich unlogisch, für gewöhnliche Menschen zwar sehr nützlich, für jene mit großem Abstraktionsvermögen jedoch unnötig.

Die einzige Ausnahme in dieser Hinsicht war für ihn die christliche Religion, denn alle Formen des religiösen Gefühls, die dem christlichen vorausgegangen waren – das der Hebräer inbegriffen –, hielt er für Vorbereitung auf das höchste religiöse Empfinden, welches der wahre Gott ins menschliche Herz eingepflanzt hatte, nämlich das christliche.

Nun, nach der verklärenden Vision in der dunkelsten der Nächte, wurde die christliche Religion für ihn zum Kern von allem, der Hüter des Lebenssinnes.

Er beschloss, das, was er während der Erscheinung sozusagen ausgesprochen haben musste, da er sich vom Gesichteten so überwältigt gefühlt hatte, auf ein Stück Papier niederzuschreiben und ins Futter seines Mantels, den er am häufigsten trug, einzunähen.

Gilberte hatte ihn schon in seinem Zimmer rumoren hören, wollte ihn jedoch nicht stören, denn sie wusste, dass er es sehr schätzte, wenn man ihn nach Möglichkeit in Ruhe ließ.

Er wiederum wusste, was sie dachte, und brauchte nicht zu befürchten, sie könnte plötzlich die Türe öffnen und ihn bei der Näharbeit ertappen.

Aus der Schublade seines Pultes holte er eine Nähnadel und ein Stück Faden. Mit dem Federmesser trennte er schnell die Futternaht im Brustteil seines Lieblingsmantels, führte behutsam das beschriftete Blatt hinein und nähte das Futter wiederum an.

Dann stand er auf, hielt den Mantel vor sich hin und begutachtete die eigene Arbeit.

„Nicht schlecht für jemanden, der noch nie vorher zu nähen versucht hat", sprach er leise vor sich hin.

„Wenn man nicht weiß, dass etwas drin ist, merkt man nichts. Diesen Mantel werde ich von nun an immer tragen, bis zum letzten Atemzug. Sein Inneres enthält mehr als die ganze Weltphilosophie.

Jetzt bin auch ich ein Auserwählter, einer der wenigen Sterblichen, denen sich der Ewige seit Moses in Form des Feuers gezeigt hat. Bin froh, dass das Gesicht in Form von Feuer geschehen ist, denn die anderen Erscheinungsformen dünken mich nicht ebenbürtig. Feuer ist schon das Edelste und Vornehmste, nähert sich am ehesten dem Eigentlichen."

Er versorgte die Nadel und den Rest des Fadens wiederum in die Schublade, und dann rief er Gilberte. Ein zweites Mal brauchte er sie nicht zu rufen, denn sie erschien schon nach wenigen Augenblicken; bevor sie die Tür öffnete, klopfte sie wie üblich an – das verlangte er von ihr.

Ihre Frage, ob er gut geschlafen habe, überhörte er fast, bejahte sie nur flüchtig und, ohne ihr die Gelegenheit zu bieten, eine andere Frage zu stellen, hob er den Mantel, hielt ihn seiner Schwester vor und forderte sie mit ernster Miene auf, den Mantel weder zu waschen noch zu reinigen, auch nicht auszubessern, was auch immer geschehen möge.

„Wieso? Ich verstehe es nicht. Die Kleider muss man doch gelegentlich reinigen oder waschen", versuchte Gilberte den Grund der merkwürdigen Aufforderung zu verstehen.

„Schon gut", erwiderte Blasius, sichtbar gereizt. „Das weiß ich auch, aber für diesen Mantel gilt das eben nicht!"

Es war offensichtlich, dass er ihr sein Geheimnis nicht anvertrauen wollte.

„Aber warum nicht, lieber Blasi, er ist doch im guten Zustand, wird nicht zerfallen, falls man ihn reinigt oder wäscht. Das muss man doch ab und zu machen, denn Schweißgeruch und Schmutz werden ..."

Blasius ließ sie nicht weiterreden. Er kannte all ihre logischen Begründungen, jedoch benötigte er sie nicht, denn er hatte andere, triftigere Argumente, es nicht zu tun.

„Liebe Berti, darüber wollen wir kein Wort mehr vergeuden. Was du sagen willst, ist mir bekannt, du magst auch Recht haben, aber tu trotzdem so, wie ich es dir sage, und die Sache ist erledigt. Ist das klar?"

Gilberte zuckte mit den Achseln.

„Wie du willst“, sagte sie, „dann habe ich weniger zu tun.

Mach dich aber jetzt bereit, der Beichtpater, den du bestellt hast, soll jeden Augeblick kommen.“

„Ach ja, du hast recht, ich hätte es fast vergessen, gut, dass du mich daran erinnert hast.“

Er ging zum Kleiderschrank und nahm einige Kleidungsstücke heraus, die er anzuziehen beabsichtigte.

Beim Verlassen des Zimmers überlegte sich Gilberte, was ihr Bruder wohl für Gründe haben konnte, von ihr so etwas Sinnwidriges zu verlangen.

„Er wird wohl irgendetwas im Mantel versteckt haben, etwas, was nicht nass werden darf. Irgendein Dokument muss es sein“, dachte sie, obwohl es ihr nicht verständlich war, was für Dokumente er hätte verstecken können.

„Das werde ich schon herausfinden, es muss ans Tageslicht kommen. Nur was bekannt wird, ist einmal verborgen gewesen.“

Dann kam es ihr in den Sinn, dass sie sich zu beeilen hatte, denn Pater Anselme – so hieß der Beichtpater – war möglicherweise bereits unten und wartete, dass jemand die Eingangstüre öffne.

Sie rief Blasius zu, schrie fast, er möge sich beeilen, und rannte dann die Treppe hinunter.

„Schon in Ordnung, bin gleich fertig“, antwortete er ruhig auf ihr Zurufen.

Er hörte ihre kurzen Schritte auf der krachenden Treppe schnell aufeinander folgen, und schon wenige Augenblicke danach hörte er sie mit jemandem reden und langsam die Treppe heraufsteigen.

„Pater Anselme scheint bereits da zu sein“, sprach er leise vor sich hin.

„Die Jesuiten scheinen in nebensächlichen Dingen recht pünktlich zu sein; ich wollte, sie wären so genau, auch wenn es um die entscheidenden Dinge geht. Die Beichte ist etwas Entscheidendes, ich bin gespannt, wie er sie abnimmt. Er ahnt natürlich nicht, dass ich ihn aus lauter Neugierde eingeladen habe, vor allem aber, weil ich noch etwas mehr geeignetes Material für den nächsten Brief an den Provinzial benötige.

Einem Dominikaner habe ich schon gebeichtet, auch einem Franziskaner, und jetzt möchte ich einem Jesuiten beichten, einem von denen, die ich für ungläubig halte.

Die Pünktlichkeit habe ich immer sehr geschätzt, schade, dass ein Jesuit im Besitze von solch einer Tugend ist.

Aber warum tue ich all das? Nur aus purer Neugierde, oder möchte ich etwas abklären? Ganz im Klaren bin ich mir auch nicht. Mache ich mich nicht lustig über ein Sakrament, das ich unendlich verehre?

Pater Anselme wäre nie selbst gekommen, ich habe ihn kommen lassen. Jesuiten bieten sich nicht an, sie kommen nur, wenn man sie einlädt, das sagen alle, und in meinem Fall ist es auch so.

Ich allein trage die Verantwortung für alles, was sich aus diesem Besuch ergeben sollte.“

Während er so mit sich selbst redete, traten Gilberte und Pater Anselme ins Zimmer.

„Brüderchen, ich bringe dir jemanden“, sagte Gilberte lächelnd und stellte ihrem schwächlichen, blassen

Bruder den bestellten Beichtpater vor, einen schmächtigen, schon betagten Mann mit lebhaften Augen und feinen, regelmäßigen Gesichtszügen.

Beim Betreten des Raumes nahm Pater Anselme die Kopfbedeckung ab, schritt auf Blasius zu und schüttelte dessen ihm entgegengestreckte blasse Hand.

Seinen Gastgeber begrüßte Pater Anselme mit einem einfachen „Laudetur". Er sprach mit besonderer Leichtigkeit, jedoch ohne auch die leiseste Spur von Routine. Dabei verbeugte er sich ein wenig, was seinem Gruß einen besonderen Hauch von Besinnung und Anstand verlieh.

„Semper laudetur", erwiderte Blasius freundlich.

„Willkommen, Pater, nehmen Sie bitte Platz."

Pater Anselme bedankte sich und setzte sich in einen der beiden Sessel an der Wand, nachdem er vorher mit einer spontanen, geschickten Handbewegung seine schwarze Soutane an der Vorderseite zusammengerafft hatte. Alles, was er tat, musste irgendwann einmal gezielt gelernt worden sein, jetzt war es aber ein Teil seiner Art. Man merkte, dass er alles so tat, weil er es einfach nicht anders tun konnte.

*

„Herzlichen Dank, Herr Pascal. Es freut mich, Sie besuchen zu dürfen. Vor allem freut es mich, dass Sie beichten möchten, denn im Leben ist es von entscheidender Bedeutung, beichten zu können."

Pater Anselme betonte das Wort „können" so stark, dass es Blasius unmöglich überhören konnte.

Blasius hörte seinem Gast aufmerksam zu. Über die Beichte hatte er sich oft Gedanken gemacht, aber mit einem Geistlichen nie darüber gesprochen. Nun saß vor ihm ein Beichtpater, den er persönlich bestellt hatte und der die Beichte unwillkürlich zum Gesprächsthema machte.

Vor allem fand er die Formulierung seines Gastes eigenartig, denn der Kern der ganzen Aussage, die Pater Anselme gemacht hatte, steckte offensichtlich im Worte „können". Das reizte bei Blasius die Neugierde, unbedingt mehr darüber zu hören.

„Warum meinen Sie, Pater, dass die Beichte im Leben entscheidend ist?", fragte Blasius, denn er war sehr daran interessiert zu erfahren, was Jesuiten dazu meinten. Mit einem von ihnen hatte er nämlich vorher noch nie gesprochen.

„Weil durch die Beichte dem Menschen die Gelegenheit geboten wird, auf die Frage *Wo bist du, Adam?* aufrichtig zu antworten, ohne zu fürchten, mit dem Verlust des Paradieses bestraft zu werden. Im Gegenteil: Die Gelegenheit öffnet die vor dem Menschen fest verschlossene Pforte, zeigt ihm, dass er nicht gehasst wird, dass er trotz allem das Anrecht auf die Lebensfreude hat, wer er auch sein mag.

Man darf aber nie vergessen, dass es nur eine aufrichtige Beichte gibt. Eine unaufrichtige Beichte ist die reinste Negation ihrer selbst, sie verriegelt die bereits verschlossene Pforte, die zum Frieden führt, zusätzlich."

„Ist Ihrer Meinung nach, Pater, die Beichte bei sich selbst ebenso gültig?"

„Sie ist nicht bloß gültig, sie ist sogar die einzige gültige, ohne die alles andere wertlos ist. Sie ist die höchste Form der Beichte, die einzige aufrichtige, jedoch lauert dabei immer die Gefahr, dass man unaufrichtig wird. Die Unaufrichtigkeit zu sich selbst zersetzt die eigene Seele, spaltet den Menschen. Das geschieht auf eine so subtile Art und Weise, dass der bei sich selbst Beichtende sich selbst zu überzeugen sucht, er handle richtig, ergreift sozusagen seine eigene Partei und handelt somit gegen sich selbst.

Bei einem anderen, zu dem man Vertrauen hat, scheint die Beichte aufrichtiger zu sein, denn das Gesagte hören sich gleichzeitig zwei an."

Eine solche Erklärung hatte Blasius noch nie gehört, und von einem Jesuiten hätte er so etwas nie erwartet. Umsonst suchte er in den Worten nach Heuchelei, dabei hatte er ihn eigens dazu bestellt, einige saftige heuchlerische Äußerungen zu hören, um seinen nächsten *Provincial*-Brief noch beißender und verletzender als alle vorherigen gestalten zu können.

„Es ist mir eine Ehre, Pater, mit Ihnen sprechen zu dürfen", sagte Blasius. Seine Stimme klang aufrichtig.

„Darf ich Ihnen ein Glas Wein anbieten?"

„Nur wenn auch Sie eines nehmen", antwortete Pater Anselme ruhig.

Es gab etwas Diplomatisches in seiner Antwort.

„Das darf ich leider nicht, meine Ärzte haben es mir strengstens untersagt", sprach Blasius, sich entschuldigend.

„Dann nehme auch ich keines. Allein trinken möchte ich nicht, auch nicht allein essen und allein leben sowieso nicht."

Pater Anselme hatte drei Dinge erwähnt, die er unbedingt mit den anderen Menschen teilen wollte, und jedes davon erheischte eine Erklärung.

Wie er es genau meinte, wusste Blasius natürlich nicht, aber die Worte seines Gastes beeindruckten ihn so sehr, dass ein spontanes „Großartig!" seinen Lippen entschlüpfte.

„Indem Sie ein Glas Wein ablehnen, schenken Sie mir eine ganze Lebenseinstellung, in ihren Grundzügen natürlich. Es scheint eine hinreißende zu sein, und ich möchte gern Näheres darüber erfahren."

Blasius war Feuer und Flamme für ein Gespräch mit jemandem, der offensichtlich anders reden konnte und redete, als das gewöhnliche Gesprächspartner taten.

„Ich stehe Ihnen gern zur Verfügung, Herr Pascal", sagte Pater Anselme, und ein eigenartiges Lächeln überflog sein Antlitz, ein Lächeln, das nur vollkommener Gelassenheit entspringen kann, wenn diese mit der Fähigkeit gepaart ist, auch über etwas Unwichtiges und Banales zu staunen.

„Was möchten Sie, Pater, unterstreichen, wenn Sie sagen, dass Sie nicht allein trinken, nicht allein essen, nicht allein leben möchten?"

Blasius stellte seinem Gast die Frage, die sich sozusagen aufdrängte, nachdem Pater Anselme genau das behauptet hatte.

„Allein aus dem Fluss der Zeit trinken möchte ich nicht, denn das hieße, alle anderen verdursten lassen. Ich stürbe dann an der Einsamkeit des Herzens, und zweifelsohne wäre niemand in dieser Hinsicht eine Ausnahme.

Bedenken wir, Herr Pascal: Das Ewige bringt das Vergängliche hervor, um nicht einsam zu sein.

Jeder, der während seiner kurzen Fahrt die Einsamkeit vertreibt, unterhält das Ewige, seine eigene Heimat, baut an ihr."

Was Pater Anselme soeben als Erklärung geboten hatte, klang gut, sogar sehr gut, war für Blasius jedoch nicht weniger rätselhaft als das, was dadurch hätte erklärt werden sollen. Und doch genoss er jedes Wort in der seltsamen Antwort des Paters.

„Und warum nicht allein essen?", fragte Blasius neugierig weiter.

„Allein essen hieße allein die Welt in sich aufnehmen – das wäre kein Fest."

„Was ist für Sie ein Fest, Pater?"

„Fest ist immer die Freude an der Freude des Anderen, die Einswerdung der getrennten Freuden. Es ist die Freude an der Fahrt durch die Welt. Die Fahrt setzt aber eine Landschaft voraus. Die Landschaft ihrerseits ist immer gegliedert und verspielt, nie allein, das heißt nie etwas Einzelnes, Ungeteiltes. Sie ist immer das Andere, die zweite Person der Welt, die wir ansprechen und dadurch selbst erst werden können."

Blasius genoss die Worte seines Gastes, jedoch spürte er, dass er deren Inhalt noch mehr genösse, wenn er ihn noch besser erfassen könnte. Ihm jedenfalls erschien er noch etwas zu undurchdringlich, unverständlich. Daher unterbrach er Pater Anselme.

„Könnten Sie bitte etwas genauer erklären, was Sie damit meinen, Pater?"

„Die Fahrt erschafft den, der sie unternimmt, gestaltet ihren Gestalter, so dass er vollkommen frei und zugleich vollkommen abhängig ist."

Die Worte des Gastes schenkten und forderten heraus, dass man noch mehr begehre. Eine jede seiner Ergänzungen gefiel Blasius mehr als die vorangehende, und doch hatte er jedes Mal das Gefühl, den Kern, das Feinste nicht erfasst zu haben.

„Jetzt verstehe ich noch weniger", dachte er für sich.

„Wer bestimmt die Fahrtrichtung unserer Fahrt, Pater?", fragte er seinen Gast.

„Sehen Sie, Herr Pascal, diese Frage stellt sich der Mensch, solange er noch üblich, zeitlich-religiös denkt."

Blasius traute seinen Ohren nicht. Vor ihm saß ein Geistlicher, ein Beichtpater, jemand, der nach allgemeiner Auffassung als der Vertreter jener Religion galt, die für Änderungen und Kompromisse so viel wie nichts übrig hatte, und dieser selbe Geistliche bezeichnete die religiöse Denkweise als üblich, zeitlich, wobei nicht zu überhören war, dass er mit üblich minderwertig meinte. So etwas hatte er nie für möglich gehalten, geschweige denn gehört.

„Warum verbinden Sie die Zeitlichkeit mit der Religion, Pater?", fragte er weiter, denn er wollte, ja musste der Sache auf den Grund gehen; er sah nämlich keinen direkten Zusammenhang zwischen der Religion und der Zeitlichkeit.

„Das braucht man gar nicht zu verbinden", sagte Pater Anselme ruhig, „denn das eine hängt mit dem anderen aufs Engste zusammen; es geht um zwei Variationen von ein und derselben Sache. Übrigens, Religion ist keine christliche Erfindung. Seitdem der Mensch weiß, dass er Mensch ist, das heißt seit dem Anbeginn der Welt, ist der Mensch beides zugleich, religiös und unreligiös: Das Wissen von sich selbst setzt beides voraus. Die so genannten alten Völker hatten Scharen von allerlei Gottheiten, denen sie opferten und von denen sie sich abhängig fühlten. Auch eine Vorstellung hatten sie, dass alles, was geschieht, von übernatürlichen, äußeren Mächten gesteuert und bis in die letzte Kleinigkeit vorausbestimmt werde und dass alles, aber wirklich alles genau so geschehe, wie es eben diese Mächte wollten. Einige gingen so weit, dass sie in der Vorausbestimmung der Welt besonderen Gottheiten genaue Rollen zuteilten, so dass einige von diesen die Länge der Dauer von allem, also den theoretisch-quantitativen Aspekt beschlossen, die anderen die genau festgelegten Masse anbrachten, das heißt das Theoretische wahrnehmbar werden ließen, und wiederum andere die so beschlossene Gliederung praktisch verwirklichten. So gesehen, hat der Mensch nichts zu sagen, denn sein Leben ist, wie alles andere auch, bis in die kleinste Kleinigkeit vorausbestimmt. Diese Ansicht lebt noch immer, ja sie überwiegt sogar.

Gleichzeitig gab es aber zu allen Zeiten einige – allerdings sehr wenige – Menschen, die an keine Vorausbestimmung durch eine außerhalb des Menschen stehende, übernatürliche Macht glaubten. Solche gibt es auch heute, und solche wird es immer geben."

„Und wie sehen Sie, Pater, diese Sache?", unterbrach Blasius seinen Gast, denn er spürte, dass der Augenblick gekommen war herauszufinden, wie die Mitglieder der Societas Jesu die Vorausbestimmung wirklich verstanden.

„Haben Sie nicht den Eindruck, dass Gott alles bis in die winzigste und unbedeutendste Kleinigkeit im Voraus weiß? Und weil Gott allwissend ist", fuhr er mit einer neuen Frage fort, welche den beiden ersten, eher neutralen etwas Farbe und Richtung geben sollte, „muss für ihn alles im Voraus, vor dem Anbeginn der Welt geschehen sein, also bevor es für den Menschen geschieht, nicht wahr, Pater?"

Pater Anselme versuchte ihn nicht zu unterbrechen, denn er spürte, dass Blasius wegen seiner eigenen inneren Unsicherheit das Bedürfnis hatte, viel und laut zu sprechen, um die zarte Ahnung zu übertönen, dass alles, was er für richtig hielt, vielleicht doch noch falsch sein könnte. Er hatte dem Pater zwei Fragen nacheinander gestellt, jedoch klangen sie eher wie Behauptungen, die nichts weniger als uneingeschränkte Zustimmung verlangten.

„Dass für Gott schon alles geschehen ist, vor dem Anbeginn der Welt geschehen ist, ist doch von entscheidender Bedeutung, Pater, nicht wahr?", fuhr Blasius fort.

„Dass Gott alles im Voraus weiß und das für Gott alles im Voraus geschehen ist, kann man wohl nicht als zeitlich bezeichnen, nicht wahr, Pater? Der Mensch in seiner Beschränktheit kann das natürlich nicht begreifen, nicht wahr, Pater?"

Hatte er augenblicklich keine Fragen mehr, oder war es auch ihm selbst seltsam geworden, weitere Fragen zu stellen, ohne auf die früheren eine Antwort erhalten zu haben, war nicht auszumachen, aber Blasius hielt plötzlich inne.

Nur einen kurzen Augenblick dauerte die Stille, die darauf folgte, die jedoch umso schwerer zu sein schien, als unmittelbar davor der Raum von Blasius' schriller und recht lauter Stimme erfüllt gewesen war.

Pater Anselme empfand die jähe Unterbrechung als Zeichen, dass er mit der Erläuterung anfangen konnte.

„Nun, Herr Pascal, ganz so scheint mir die Sache nicht zu sein."

Blasius hörte ihm aufmerksam zu und versuchte ihn nicht zu unterbrechen.

„Solange man nämlich von einem im Voraus spricht", fuhr Pater Anselme fort, „denkt man zeitlich."

Blasius' Blick war auf das ruhige Gesicht des Paters gerichtet, und er hatte den Eindruck, dass bereits die ersten Worte seines Gastes in ihm eine Veränderung bewirkt hatten. Ohne zu blinzeln war er ganz Ohr. Warum jemand zeitlich denkt, wenn er von *im Voraus* redet, konnte er jedoch nicht begreifen.

„Könnte es überhaupt eine ganz andere Denkart als die meinige geben, die gleichzeitig auch richtig ist?", dachte er.

„Wollen Sie sagen, dass Gott nicht allwissend ist, Pater?", richtete er wiederholt dieselbe Frage an Pater Anselme, um einen günstigen Ansatz für die Verteidigung seiner Weltanschauung zu schaffen und gleichzeitig zu erfahren, was sein Gast davon hielt.

„Eigentlich gibt es weder im Voraus noch im Nachhinein, und was wir als unsere zeiträumliche Wirklichkeit, als unsere fließende Realität, als unsere Welt bezeichnen, ist bloß unsere Art und Weise, die Ewigkeit zu erleben", erwiderte Pater Anselme.

Blasius kamen diese Worte des Paters merkwürdig vor, denn wie sollte man sich irgendetwas ohne zeitliche Reihenfolge vorstellen?

„Wollen Sie sagen, Pater, dass Gott nicht als Allwissender die Welt erschaffen hat und dass er daher nicht alles im Voraus wissen muss?“

„Nie würde ich so etwas leugnen, aber auch nie behaupten“, erwiderte Pater Anselme ruhig, „denn woher nähme ich mir die Freiheit, über Gottes Wissen oder Nichtwissen zu urteilen? Ist es nicht eine Lästerung, Gott allerlei Eigenschaften aufzubürden und anzudichten, indem man behauptet, Gott wisse etwas, könne etwas, sei so oder so? Sind solche Mutmaßungen nicht eine Formung, eine Gestaltung, ein Bestimmen, wie Gott zu sein hat, ein Hauen, ein Prägen, ein In-die-Form-zwingen-Wollen?“

Nie vorher hatte Blasius etwas Ähnliches gehört, noch hatte er selbst sich jemals solche Gedanken gemacht. Nicht dass etwa seine eigene Weltanschauung dadurch verunsichert worden wäre, das war noch nicht der Fall, aber die Worte Pater Anselmes forderten heraus, auch ihn, obwohl er sich im Tempel seiner religiösen Vorstellung sehr sicher fühlte.

Nun verlangten die Worte seines Gesprächspartners von ihm, dass er die gewohnte Sicherheit, Unantastbarkeit und Endgültigkeit des eigenen Tempels, des Weltgebäudes, das er – wie es übrigens auch jeder lebendige Organismus tut – ungewollt aus dem Stoff seiner ganzen Lebenserfahrung um sich herum und für sich errichtet hatte und welches jedem bewussten Wesen das Gefühl des Daseins schenkte, aufgebe.

Er spürte das Bedürfnis, noch mehr über die Ansichten des Paters zu hören und ihm noch viele Fragen über dies und jenes zu stellen, nicht zuletzt, um sich nach dem Gespräch in seinem unerschütterlichen Glauben durch andersartige Ansichten noch zusätzlich gestärkt zu fühlen und auf dem richtigen Wege zu wissen.

„Wollen Sie sagen, Pater, dass wir trotz all der herrlichen Zeichen und Beweise sowie Ankündigungen der Propheten, von denen die Heilige Schrift zu berichten weiß, über Gott nichts wissen und daher auch nichts aussagen können?“, drängte er weiter.

„Dass die Heilige Schrift eine Fülle von Herrlichkeiten bringt und bietet, leugne ich nicht, sie bringt wahrscheinlich viel mehr, als wir es alle zusammen sagen können, aber sie teilt einem jeden Leser alles in einer nur für ihn persönlich verständlichen Sprache mit, so dass ein jeder die eigens für ihn bemessene Portion, sein Manna, auf seiner Wanderung durch die Wüste seines irdischen Alltags erhält. Was ein jeder Mensch dabei empfindet, ist allein von Bedeutung, will er es dann beschreiben und einem anderen veranschaulichen, tritt er daneben, denn er bedient sich zwangsläufig der definierenden Wörter und ebenso der abgrenzenden Bilder. Daher ist eine jede Beschreibung, eine jede Charakterisierung Gottes eine einengende und bedrängende und als solche wertlos, denn sie grenzt ab.“

„Was wollen Sie damit sagen, Pater?“, fiel Blasius im gereizten Ton ein.

„Versucht man anderseits Gott für unnahbar zu erklären“, fuhr Pater Anselme ruhig fort, als hätte er

Blasius' nervöse Frage gar nicht gehört, „grenzt man ihn aus, erklärt ihn für etwas, womit weder Verstand noch Intellekt etwas anfangen können und was unvermeidlich draußen, eben außerhalb der menschlichen Sphäre, bleiben muss. Das bedeutet aber, dass der Mensch mit Gott nichts zu tun haben kann. In diesem Fall errichtet man eine unüberwindbare Mauer zwischen Gott und dem Menschen."

Blasius starrte den kleinen dünnen Mann vor sich an, denn er konnte nicht begreifen, wie jemand über so wichtige Dinge so ruhig und sicher reden konnte, als wäre er mit allem, was er gesagt hatte, aufs Engste vertraut gewesen. Eine klärende Zwischenfrage stellte er nicht.

„In jedem Fall", sprach Pater Anselme weiter, „wird Gott zum jämmerlichen Untersuchungsgegenstand von Theologen, die ihrem Versuchskaninchen allerlei Eigenschaften andichten, sich dadurch Doktorate und Titel holen, Berühmtheit erlangen, sich ein bequemes Leben ermöglichen und durch ihr Tun unfehlbar ihren Mitmenschen das Leben erschweren, gelegentlich so sehr, dass jene sich aus Gottesliebe gegenseitig zerfleischen, und nicht selten so geschickt, dass jene ihnen dafür sogar dankbar sind.

Das sind letzten Endes die Ergebnisse der beiden Versuche, die Gottheit zu definieren."

Er betonte das Wort „definieren" so, dass man fast nur noch den zentralen Teil „fin" hörte.

Blasius schwieg, starrte auf den Boden, sah jedoch nichts, denn er hörte mit seinem ganzen Wesen dem Gast zu, und das, wovon Pater Anselme sprach, führte vom Sichtbaren weg.

„Definieren, Herr Pascal", fuhr Pater Anselme fort, „heißt doch, mit einer Grenze ausstatten."

Hier hob Blasius plötzlich das Haupt, als wäre er von jemandem wachgeschüttelt worden.

Die Worte, die Pater Anselme zuletzt ausgesprochen hatte, enthielten etwas Seltsames, etwas, was man einerseits ohne weiteres als Wortklauberei oder mangelnde Seriosität hätte bezeichnen können, anderseits war der abgründige Sinn der verborgenen Bedeutung des sonst so üblichen Wortes nicht ohne weiteres von der Hand zu weisen.

Er spürte, dass die Worte des Paters plötzlich den Weg in einen Bereich einschlugen, der ihm völlig unbekannt war. Er sagte nichts, denn er hatte Angst, dadurch die spannende Fahrt zu unterbrechen.

„Alles Abgegrenzte, Herr Pascal", fuhr Pater Anselme fort, „ist ein Begrenztes, daher bloß ein Splitter. "

„Wovon?", fiel Blasius ein.

Die Kürze seiner Frage und die Art der Betonung zeigten deutlich, dass er seinem Gesprächspartner äußerst aufmerksam zugehört hatte.

„Eine einzige Stimme ist es immer, ein Splitter der Stille. Nur die Stille ist die Quelle aller Stimmen, aller Splitter. Hört man irgendeine Stimme, so hört man die Stille nicht. Hört man alle Stimmen auf einmal, so hört man die Stille, die im bunten Gewand aus Vielheit verborgene Einheit. Einer der zentralen Gedanken der Heiligen Schrift der Hebräer fordert den Menschen besonders eindringlich auf, der *Einheit* aller Stimmen zu lauschen, denn sie alle bilden jene selbe *Einheit aller Kräfte*, welche die Welt erschafft und die dort ‚Elohim' heißt. Nur wer im betäubenden Lärm der Welt die Einheit aller Stimmen hört, wird zum bewussten Schöpfer der Welt, zum ganzen Menschen, zum Vater der Vielheit, unter dessen Dach jedes einzelne Element seinen gebührenden Platz findet."

„Aber wir haben von Gott durch die Heilige Schrift erfahren, durch all die Begebenheiten mit Abraham, Isaak, Jakob, durch die Worte der Propheten, durch die Worte dessen, den die Propheten viele Jahrhunderte vor seiner Fleischwerdung angekündigt hatten", erwiderte Blasius, wobei er sich bemühte, sicher und überlegen zu sprechen, denn er war sich bewusst, dass er sich auf etwas berief, was als unumstößliche Wahrheit galt, gleich für seinen Gast wie für ihn.

„Sie, Pater, ich, wir alle haben daraus die Frohe Botschaft empfangen! Kann man das einfach leugnen?"

„In dem Stil redet man schon seit vielen, vielen Jahrhunderten, und manch einer musste nach grausamen Folterungen sein Leben lassen, weil er etwas davon in Frage gestellt oder bloß schüchtern auf einen Widerspruch in der ganzen Konstruktion hinzuweisen gewagt hatte. Und doch scheint die ganze Angelegenheit ziemlich unklar."

„Was ist unklar?", fiel Blasius ein, als hätte er Angst gehabt, etwas könnte ihm weiterhin unklar bleiben.

„Viele berufen sich auf den Gott Abrahams, Isaaks, Jakobs, auf den sich gemäß der Heiligen Schrift auch Jesus beruft. Sie berufen sich darauf allerdings auf verschiedenste Art und Weise, zu verschiedensten Zwecken und mit so verschiedenen Absichten, dass sie imstande sind, sich gegenseitig aus Gotteseifer und

Gottesliebe in Stücke zu zerreißen. Genau das geschieht soeben in einigen benachbarten Ländern. Dort bestimmen die Machthaber, was für ihre Untertanen der richtige Glaube sein soll. Liegt da nicht ein schlimmes Missverständnis vor? "

„Aber wer hat sich dann Abraham, wer Isaak, wer Jakob mitgeteilt, und zu wem hat Jesus in den Stunden der Verzweiflung im Garten Getsemani kurz vor seinem Tode gebetet, während seine Jünger schliefen?"

Blasius' Fragen enthielten immer noch viel von seiner früheren Sicherheit, aber es war nicht zu überhören, dass er um eine Art Aufklärung bat.

„Ihre Frage, Herr Pascal, müsste man Abraham, Isaak, Jakob und eben Jesus stellen. Vielleicht erhielte man von ihnen eine zufrieden stellende Antwort. Ich persönlich möchte keinen Advokaten spielen, der über sie Auskunft gibt, in ihrem Namen spricht und so wichtige Fragen beantwortet, für die er nicht zuständig sein kann. Das wäre wohl die schlimmste Form der Vermessenheit."

„Aber Pater, denen kann man doch keine Fragen dieser Art stellen!"

„Und warum sollte das nicht möglich sein, Herr Pascal?", fragte Pater Anselme mit ruhiger Stimme.

„Abraham, Isaak, Jakob sind doch tot!", erwiderte Blasius voller Überraschung, denn er begriff nicht, wieso jemand mit Bildung und gründlichen Kenntnissen der Heiligen Schrift so unvernünftige Bemerkungen machen konnte. Stand doch die Befragung der Toten auf der Liste jener Handlungen, welche die heilige christliche Lehre strengstens verbot! Er machte eine

Handbewegung, welche seine Enttäuschung über Pater Anselmes Unfähigkeit, so etwas Selbstverständliches zu begreifen, ausdrücken sollte.

Außerdem glaubte er als Mathematiker nicht an die Möglichkeit einer solchen Befragung.

„In der Tat?", erwiderte Pater Anselme und tat so, als hätte er Blasius' sprechende Handbewegung nicht bemerkt und den Unterton seiner Worte nicht gehört.

„Sicher sind sie tot, in der Heiligen Schrift steht es doch eindeutig und unmissverständlich, dass sie alle gestorben und begraben worden sind."

„Und Jesus?", fragte Pater Anselme fast schelmisch, und ein zartes, fast leicht ironisches Lächeln glitzerte in seinen sanften Augen.

„Jesus ist nicht tot", antwortete Blasius, „aber ihm kann man solche Fragen doch nicht stellen!"

„Aber versuchen Sie mir, Herr Pascal, eine sinnvolle Begründung für Ihre Behauptung zu geben."

„Jesus kann diese Frage nicht beantworten", sagte Blasius etwas zögernd, wie wenn jemand sich in der Dunkelheit mit dem Fuß sehr vorsichtig nach vorn tastet, bevor er den nächsten kleinen Schritt wagt. Seine Stimme klang etwas verwirrt, denn er spürte, dass seine Antwort unmöglich überzeugen konnte – auch er selbst mochte deren Inhalt nicht. Dennoch fiel ihm nichts Besseres ein. In der kurzen Zeitspanne, in der er auf die nächste Bemerkung des Paters wartete, hatte er das Gefühl, etwas äußerst Unbeholfenes, ja Dummes gesagt zu haben. Nichts lag ihm ferner, als seinen Erlöser so zu bezeichnen, wie er es soeben getan hatte. Die Not, in die er sich nun fallen sah, schien ihm unermesslich zu sein, und eine bessere, erlösende Antwort, durch die sein nun fragwürdig gewordener Erlöser wieder der echte, unmissverständliche, absolute, allmächtige werden sollte, kam ihm nicht in den Sinn.

Woher hätte sie aber auch kommen sollen, wenn jener, von dem alles Wesentliche kommen musste, eine der wichtigsten Fragen überhaupt nicht beantworten konnte.

„Er kann es nicht?“, lautete die nächste Frage des Paters. Dabei betonte er besonders jenen Teil der Frage, der Blasius in die größte Bedrängnis gestürzt hatte.

„Nein, das wollte ich nicht sagen“, erwiderte Blasius, ohne einen Augenblick zu zögern, denn er versuchte, so schnell wie nur möglich, ja fast verzweifelt jenen unheilvollen Inhalt seiner früheren Worte zu tilgen, sie sozusagen ungesagt zu machen, aber sie blieben in der Luft hängen: Er hatte seinem Heiland die Allmacht abgesprochen.

So sehr war seine Absicht darauf gerichtet, seinen Fehltritt zu berichtigen, dass ihm irgendeine andere Antwort geeigneter erschien als jene, die er zuerst gegeben hatte. Daher merkte er nicht, was er zuletzt zur Verbesserung und Klärung seiner früheren Äußerung gesagt hatte.

„Er will es nicht?“, lautete nämlich die verbesserte Version seiner Antwort.

Kaum hatte er es jedoch gesagt, merkte er, dass er auch das niemals hätte sagen wollen oder etwa sagen sollen. Auch diese Antwort passte nicht zum Wesen seines Erlösers, da doch der Sinn der Lehre Christi sein musste, den Menschen das ewige Leben zu bescheren, und wie hätte das besser geschehen können, als ihnen klar und unmissverständlich zu sagen, an wen sie sich wenden sollten, um das ewige Leben zu erlangen? Und welchen Sinn, welche Daseinsberechtigung hatte jener, auf den sich die christliche Lehre bezog, falls er nicht sagen konnte oder nicht sagen wollte, obwohl er gemäß der heiligen christlichen Lehre lebendig war, wer der wahre, alleinige Gott war, von dem die Menschen das ewige Leben erhoffen durften?

„Er will es nicht?“, kam schon die nächste fragende Bemerkung des Paters, der trotz seines vorgerückten Alters ein besonders wacher Geist zu sein schien, der genau zuhörte und gezielte Fragen stellte.

„Wieso wissen Sie, Herr Pascal, dass er es nicht kann beziehungsweise nicht will?“, knüpfte er eine zweite Frage an.

Aus Blasius’ sonst recht blassem Gesicht schien nun auch der letzte Tropfen Blut gewichen zu sein, denn auch auf die letzte Frage des Paters hatte er keine vernünftige Antwort zu bieten.

Mit zitternder Hand rieb er sich die verschwitzte Stirn, als hätte er dadurch seinem fieberhaft arbeitenden Gehirn bei der Suche nach einer besseren Erklärung helfen wollen.

„Ich habe schon wieder jene hartnäckigen Kopfschmerzen, die mich jedes Mal befallen, wenn ich intensiv überlegen muss“, sagte er, fast flehentlich um Nachsicht bittend.

„Wir können nicht wissen, warum er es nicht kann beziehungsweise nicht will“, fügte er hinzu in der Hoffnung, durch Umbiegen und Richtungsänderung der Frage die ganze Sache doch noch zu einem leidlichen Ende zu führen.

„Wir waren nicht bei der Frage angelangt", kam die unbeirrbare Bemerkung Pater Anselmes, „warum er es nicht kann oder nicht will, sondern wieso Sie, Herr Pascal, behaupten können, dass er es nicht kann beziehungsweise nicht will."

"Diese Ihre Frage, Pater, kann ich nicht beantworten", erwiderte Blasius umgehend, denn er spürte, dass es ihm gleich unmöglich war, durch andersartige Formulierungen der Sache eine andere, glaubwürdige Richtung zu geben wie für seine eigene Behauptung eine zufrieden stellende Erklärung zu finden.

„Das glaube ich Ihnen gern, Herr Pascal, und das zeigt noch einmal, dass Religionen genau dort gedeihen, wo der Verstand seine liebe Mühe hat, eine zufrieden stellende Erklärung zu bieten, nämlich im Unklaren und im Trüben. Bekanntlich kann man dort besonders erfolgreich fischen, denn dort kann man alles unverbindlich behaupten. Dort braucht sich nichts zu fügen, nichts miteinander zusammenzuhängen, im Gegenteil, je wundersamer etwas klingt, desto geeigneter ist es; ja, Herr Pascal, die Religion lebt vom Absurden.

Sobald jedoch eine saubere Erklärung eines Rätsels vorliegt, schwindet die Religion aus dem nun überschaubaren, vertrauten Bereich – sie übersiedelt in das noch Unbekannte. Daher sind die feurigsten Verteidiger und Fürsprecher von Religionen gerade jene, denen die Einsicht fehlt, das heißt, welche die Erklärungen nicht kennen. Wenn sie sich für die Religion einsetzen, so verteidigen sie ihren eigenen Lebensraum, ihr Revier, nicht anders als alle anderen Lebewesen auch."

Blasius hörte zu und schwieg.

„Wer eine saubere Antwort auf solche Fragen kennt", fuhr Pater Anselme fort, das heißt eine zufrieden stellende Erklärung besitzt, der hat keine religiösen Bedürfnisse."

„Besteht die Möglichkeit, Pater, dass Menschen eines Tages alle Fragen dieser Art restlos beantworten und dass dadurch die Religionen verschwinden?", fragte Blasius nun seinen Gast, wie ein kleines Kind einen Erwachsenen fragt, wenn es eine Erklärung sucht. Er war froh, nicht mehr auf des Paters Fragen antworten zu müssen.

„Dazu braucht es gar nicht zu kommen, denn seit eh und je, seitdem der Mensch weiß, dass er Mensch ist, kennt er im Grunde genommen die Antwort auf solche Fragen. Die Schwierigkeit ergibt sich aus dem Umstand, dass die gewaltige Mehrheit keine Ahnung davon hat, und die Mehrheit sorgt letzten Endes für die allgemeine Stimmung in der Welt. Die wenigsten haben es immer gewusst, die wenigsten wissen es heute, und das wird mit großer Wahrscheinlichkeit auch in Zukunft so sein. Wüssten die meisten, wie die Dinge liegen, gäbe es kein Rätselraten und Mutmassen, keine unverbindlichen Behauptungen, Gott, Himmel und Jenseits betreffend, auch keine Formalitäten und rituellen Handlungen, kurzum keine Religionen, von denen ausnahmslos jede unermüdlich ihren Mitgliedern einschärft, sie sei im Besitze der Wahrheit, daher besser als die anderen."

„Als Rätselraten und Mutmassen bezeichnen Sie,

Pater, die heilige christliche Lehre, die den Menschen den sicheren Erlösungsweg zeigt?", fiel Blasius ein, diesmal wiederum etwas selbstbewusster als vorher.

„Was sie ihnen zeigt, Herr Pascal, weiß ich nicht", erwiderte Pater Anselme ruhig, „aber der Zustand ihrer Anhänger scheint mir alles andere als Erlösung zu sein. Denn wenn die Feurigsten unter ihnen bereit sind, aus Diensteifer zu ihrem Gott die Andersdenkenden auszurotten, dann ist es ein sehr merkwürdiger Erlösungszustand, der durch religiöse Praktiken erhofft wird.

Wir in der Societas Jesu haben für solche Praktiken nichts übrig."

„Aber gerade den Mitgliedern der Societas Jesu wird vorgeworfen, sie seien bereit, alle Mittel einzusetzen, um ihre Zwecke zu erreichen", unterbrach ihn Blasius, froh, eine Angriffsfläche entdeckt zu haben.

„Das ist uns allen in der Societas Jesu wohl bekannt, aber unsere Gegner wissen nicht, welch gewaltiges Missverständnis da vorliegt."

Über den Sieg dieser allgemein verbreiteten Anschuldigung der Societas Jesu sowie über das darin enthaltene Missverständnis wollte Blasius glühend gern mehr erfahren, und das ließ er Pater Anselme auch wissen.

Pater Anselme seinerseits wollte seinem Gastgeber gern den Wunsch erfüllen, gleichzeitig jedoch die Gelegenheit nutzen, den wohl fähigsten unter den Gegnern der Societas Jesu aufzuklären.

Blasius konnte nämlich nicht ahnen, dass man in der Societas Jesu auch ihn für einen der möglichen, ja den wahrscheinlichsten Verfasser jener Schriften hielt, die mit *Lettres à un provincial* betitelt waren und in denen mit höchster sprachlicher Eleganz die Societas Jesu aufs Schärfste kritisiert und als verbrecherisch dargestellt wurde. Wegen der witzigen Schilderung, aber auch nicht zuletzt wegen der Oberflächlichkeit und Ignoranz der Leser waren diese Schriften die begehrteste Lektüre bei denen, die sich für die intellektuelle Elite hielten, und boten in den Salons unerschöpflichen Stoff zur Unterhaltung.

„Wir in der Societas Jesu", fuhr er fort, „haben für hochgestellte Ziele sehr viel übrig, wahrscheinlich mehr als alle anderen, aber alle unsere Ziele werden von uns überhaupt erst dann erwogen, wenn deren Verwirklichung unserem obersten Grundsatz nicht zuwiderläuft.

Dieser unser Grundsatz beruht auf einer für uns grundlegenden Erkenntnis. Ohne diese Erkenntnis ist eine jede Handlung etwas Sinnloses und Ungeheuerliches, einerlei ob es sich dabei um etwas völlig Belangloses, wie etwa eine Fliege aus dem Zimmer jagen oder einen Faden vom Mantel entfernen, oder aber um so genannte große Taten, wie etwa eine Stadt oder einen Staat gründen, handelt. Je größer und wichtiger eine Tat zu sein scheint, desto ungeheuerlicher und sinnloser ist sie unserer Meinung nach, falls sie mit dieser grundlegenden Erkenntnis nicht im Einklang steht."

Die Worte Pater Anselmes hatten Blasius neugierig gemacht, und er war ganz begierig zu erfahren, was das für eine Erkenntnis war, ohne die eine jede Tat etwas Sinnloses sein musste, unabhängig davon, wie groß und wie wichtig sie sonst zu sein schien.

Er hielt eine solche, allem einen Sinn verleihende Erkenntnis für etwas an sich Unmögliches.

„Und was ist diese grundlegende Erkenntnis, von der Sie sprechen, Pater?“, fragte er.

„Solange jemand zeitlich-religiös denkt, kann man es ihm nicht erklären.“

Die Worte des Paters errichteten ein Hindernis, dessen Überwindung eine völlig andere Denkweise erforderte, eine, die seltener zu sein schien als sonst etwas auf der Welt.

Blasius spürte plötzlich, dass er vor einer verschlossenen Tür stand, dass er draußen bleiben musste, dass er ausgeschlossen war, trotz seiner herausragenden Mathematikkenntnisse, trotz seines religiösen Eifers, trotz seiner Intelligenz. Das schmerzte ihn.

„Erklären Sie es, Pater, bitte noch einmal, was Sie mit zeitlich-religiös eigentlich meinen, ich habe das Gefühl, dass ich es noch nicht begriffen habe“, bat er daher freundlich seinen Gast.

„Solange jemand denkt“, fuhr Pater Anselme in freundlichem Ton fort, „dass es einmal in der Vergangenheit einen Noah gab, der die Sintflut überdauerte, einen Abraham, der den wahren Gott erfand, einen Isaak, der aller üblichen Erfahrung zum Trotz von greisen Eltern gezeugt und geboren wurde, einen Jakob, der seinen Vater überlistete und den Segen stahl, dadurch dem Segen den wahren Sinn verlieh, einen Moses, der auf einem Berg aus Gottes Hand das heilige Gesetz für die Menschheit erhielt, einen Jesus, der durch seinen Tod die Menschheit erlöste etc. etc., kann er nicht zur höheren Ehre des Ewigen leben und wirken. Daher ist alles, was er tut – mag sein, was es wolle –, reinste Albernheit. Geht es dabei um eine so genannte kleine Tat, so ist es eine kleine Albernheit, geht es um eine so genannte große Tat, so ist es eine große. Ein solcher könnte nie zur Societas Jesu gehören, selbst wenn Ignatius ihn zu seinem Nachfolger bestimmt hätte, denn die Organisationsformalitäten haben mit dem Wesen der Sache nichts zu tun."

„Sie sprechen vom Leben und Wirken zur höheren Ehre des Ewigen, Pater", unterbrach ihn Blasius, „aber was sind schon die Werke des Menschen? Alles menschliche Tun ist doch ein jämmerliches Zappeln und sich Winden eines armseligen Wurmes."

So sprach Blasius, und sein Gesichtsausdruck verriet seinen Ekel vor dem wahrnehmbaren Schleimigen, das man allgemein und unbestimmt als Leben bezeichnet.

„Die Geringschätzung der menschlichen Taten, Herr Pascal", sprach Pater Anselme leise und langsam, „ist die Vorstufe der Menschenverachtung, denn die menschlichen Taten sind erlebbare und erfahrbare Zeichen dessen, was im Inneren des Menschen vor sich geht. Alle geringschätzigen Äußerungen über das Leben des Menschen als Träger der so genannten Ursünde rechtfertigen dessen Vernichtung zu irgendwelchen so genannten höheren Zwecken, denn in dem Fall vernichtet man lediglich etwas an sich Schädliches, so etwa die wertlose Canaille, nicht wahr, Herr Pascal?"

Die letzten Worte des Paters wirkten auf Blasius wie ein Blitzschlag. Er hatte das Gefühl, dass Pater Anselme die Worte „wertlose Canaille" besonders betont hatte.

Plötzlich kamen ihm die Ereignisse im Zusammenhang mit den Protesten der Armen in Rouen in den Sinn, in denen sein verstorbener Vater eine nicht gerade ehrenhafte Rolle gespielt hatte. Er konnte sich nicht des Eindrucks erwehren, dass Pater Anselme über die Haltung und die Rolle Etienne Pascals Bescheid wusste.

Nach einer kurzen Unterbrechung, die Blasius' Vermutung noch verstärkt hatte, fuhr Pater Anselme fort.

„Nichts ist leichter, als den Menschen für sündig zu erklären. Die Folgen einer solchen Erklärung sind jedoch die schwerwiegendsten. So reden zum Beispiel die mächtigsten Religionen unermüdlich von der dem menschlichen Wesen innewohnenden Sündhaftigkeit, aus der sich letzten Endes alle menschlichen Qualen und Leiden ergäben. Und weil die Menschen grundsätzlich sündig und schlecht seien, dürften sie weder Freiheit noch Gleichberechtigung fordern, denn das Leid und all die Qualen, die sie zu ertragen hätten, seien schließlich die Folge ihrer Bosheit, ihres Ungehorsams ihrem Gott gegenüber.

Das ist die religiöse Denkweise, die zweifelsohne mehr als sonst etwas dafür sorgt, dass die Dinge laufen, wie sie eben laufen. Diese Denkweise ist verantwortlich dafür, dass niemand ein Gewissen oder irgendwelche Verantwortung zu haben braucht."

„Aber die christliche Religion lehrt doch, dass alle Menschen vor Gott gleich sind, und fordert die Reichen auf, für die Armen zu spenden, das wissen Sie doch, Pater!", sprach Blasius mit belehrender Stimme.

„Natürlich fordern alle Religionen die Reichen auf,

für die Armen zu spenden", erwiderte Pater Anselm, „aber ebendiese Aufforderung setzt voraus, fordert eigentlich, dass es immer Arme und Reiche geben soll, damit die Reichen ständig die Gelegenheit haben, etwas Gutes zu tun. Das vergessen jene nur allzu leicht, die allerlei Spenden der Reichen für edle Taten halten."

Blasius schwieg.

„Eine jede jetzige Ungerechtigkeit", fuhr Pater Anselme im gleichen Ton fort, „eine noch so grausame Ausbeutung des einen durch den anderen wird schamlos als verdiente Strafe für die alten, in Urzeiten begangenen Fehler entschuldigt und gerechtfertigt, als jeder jetzt Leidende im Zustand seiner damals lebenden Urahnen war. Daher hat kein leidender Anhänger einer Religion zeit seines Lebens das Anrecht auf eine Besserung seiner Lage. Opfer und Fasten, obwohl Pflichten, seien keine Gewähr dafür, dass man einmal im Diesseits von Armut und Elend erlöst werde. Alle Religionen neigen dazu, ihre Anhänger auf die Zeit nach deren Ableben zu vertrösten. Hier dürfe man nichts erwarten, nichts fordern. Auf ein besseres Dort darf jedoch ein jeder hoffen. Ja, Herr Pascal, wartend und hoffend sinken die Geschlechter.

Und gerade jene Religionen, die besonders emsig und hartnäckig von dem sündhaften Wesen des Menschen reden, sprechen diesem selben Menschen jeglichen freien Willen ab und behaupten, er sei – so wie er ist – von seinem Gott erschaffen worden und alles, was er tue, sei letzten Endes der Wille seines Schöpfers.

Wer ist dann aber verantwortlich für die vom

Menschen begangenen Dummheiten? Der Schöpfer, der den Menschen so gemacht hat, wie er ihn machen wollte, und der genau wissen musste, dass seine Kreatur dereinst versagen werde, oder ist es der Mensch, der bei der Erschaffung seines Wesens gar nicht mitreden konnte?

Wer denkt aber darüber ein wenig nach?“

„Aber gerade die Mitglieder der Societas Jesu, verehrter Pater“, unterbrach Blasius seinen Gast, überzeugt, in dessen Erläuterungen eine schwache Stelle gefunden zu haben, „behaupten, der Mensch habe einen freien Willen, und gleichzeitig vergeben sie allen Sündern sozusagen alle begangenen Sünden. Liegt da nicht ein Widerspruch vor, verehrter Pater?

Denn warum sollte der Mensch sündigen, wenn er einen Verstand und einen freien Willen hat und das Gute vom Bösen klar unterscheiden kann, sich als solcher der Folgen seines Tuns bewusst sein muss?“, fragte Blasius.

„Gerade weil der Mensch einen eigenen Willen haben kann, sagt man auch, dass er sündigen kann. Ohne die Möglichkeit eines eigenen Willens ist die Sünde an sich nicht denkbar. Wer keinen eigenen Willen hat, kann nicht wissen, was er tut, ist somit von jeder Sünde frei, wie ein jedes Tier auch.

Das Elend des Menschen ergibt sich nicht daraus, dass er einen eigenen Willen hat oder nicht hat, sondern aus dem Umstand, dass der fast immer vorhandene eigene Wille nur sehr selten von der Einsicht in die Zusammenhänge der Welt begleitet wird. Das Missverständnis beruht darin, dass fast alle den eigenen Willen mit dem freien Willen verwechseln.

Ohne Einsicht gibt es keinen freien Willen, obwohl der eigene Wille möglicherweise reichlich vorhanden ist.

Wer ohne Einsicht handelt, handelt tierisch, ist daher unschuldig. Wessen Tun jedoch von der Einsicht geleitet wird, der kann Fehltritte machen, jedoch niemals sündigen, denn er kann unmöglich böse Absichten haben, und das ist das Entscheidende, das Einzige, was zählt. Oft hört man natürlich die Behauptung, jemand habe wissentlich eine grausame Tat vollbracht, sei daher aufs Schärfste zu bestrafen. Solche Behauptungen entspringen derselben Unkenntnis, aus der sich jene grausame Tat ergibt. Sie sehen, Herr Pascal, untersucht man die Dinge etwas genauer, merkt man, dass eigentlich niemand sündigt, daher auch niemand schuldig ist."

Blasius schwindelte, denn solche Gedankengänge hatte er vorher nicht gekannt, obwohl er sie hätte kennen müssen. An den Worten des Paters war tatsächlich nichts auszusetzen, denn wie konnte jemand für etwas verantwortlich gemacht werden, was er nicht aus seiner freien Entscheidung tat? Der Wille allein ohne Einsicht war kein freier Wille, sondern bloß der Trieb, jenes, was das Tier auszeichnete. Das Lebendige in dem Zustand ohne Einsicht kannte keine Sünde. Wurde der Wille dagegen von der Einsicht geleitet, so war die Sünde ausgeschlossen.

„Dass man ohne den freien Willen nicht sündigen kann, glaube ich jetzt zu verstehen, aber ich begreife noch immer nicht, warum der Mensch sündigen kann, weil er einen freien Willen hat", sprach Blasius, denn sein eigenes Gehirn war wie gelähmt, verknüpfte kaum noch etwas, wurde mit der Flut des Unerwarteten nicht fertig.

*

„Der Mensch besitzt genau so viel freien Willen, wie viel Einsicht er hat, um seinen eigenen Willen zu gebrauchen. Oft wütet der Mensch jedoch wie eine gefährliche Bestie, so dass der Eindruck entsteht, er habe sehr viel freien Willen, obwohl sehr wenig Einsicht. Dem ist aber nicht so, denn das tierische Wüten ist nicht der Ausdruck des freien Willens, sondern der dem Tier eigenen triebhaften Notwendigkeit. Das Tier weiß nichts von seinem Wesen, daher ist es unschuldig. Vom freien Willen bei einem Wesen kann man erst dann reden, wenn es sich seiner triebhaften Notwendigkeit bewusst ist, wenn es vom Tier in sich weiß. Erst dann kann dieses Wesen seine triebhafte Notwendigkeit in Schranken halten, über ihr stehen. Wenn diese Fähigkeit zum Tier hinzukommt, wird der Mensch geboren, denn erst dann steht das mit dieser Einsicht ausgestattete Wesen über seinem tierischen Aspekt.

Wer jedoch die Bestie in sich verherrlicht und meint, die Bestie in ihm sei edler als die Bestien in den anderen, habe daher mehr bestialische Rechte, dürfe sich mehr Unfug leisten, der begreift nicht, was Bestie, daher auch nicht, was Mensch bedeutet."

„Und was ist die Bestie?", unterbrach ihn Blasius, denn er spürte, dass Pater Anselme darunter etwas verstehen musste, was sich von der üblichen Auffassung unterschied.

„Die Bestie im Menschen ist das Fehlen des Wissens vom Zusammenhang der Welt. Wem die Einsicht in diesen Zusammenhang fehlt, der kann unmöglich mit dem Gedanken ‚*Der andere, das bist du in einem anderen Kleid, Körper genannt, daher in einer schlechthin anderen Lage*' etwas anfangen. Der Körper des Menschen ist die jeweils individuelle Lage, die jeweils eigene konkrete Situation.

Wer vom Zusammenhang der Welt weiß, dem ist der Inhalt dieses Gedankens der wichtigste Wegweiser im merkwürdigen Irrgarten des Daseins", erwiderte Pater Anselme, und sein Gesicht war die Ruhe selbst, strahlte eine Mischung aus Andacht und Trauer aus, als hätte er sagen wollen: „Es wäre bequemer, wenn Erkenntnis und Vernunft ständige Begleiter der Menschen sein könnten, und gut ist es so, wie es ist, da es nur so sein kann."

„Weil die Einsicht fehle, sagten Sie, Pater?", fragte Blasius, um einfach etwas zu fragen, denn augenblicklich war er nicht imstande, eine vernünftige Frage zu stellen.

„Ja, Herr Pascal, da steckt das ganze Elend des Menschen, das ist die Quelle seiner ganzen Misere", antwortete Pater Anselme kurz.

„Und wie steht es in dieser Beziehung bei den Mitgliedern der Societas Jesu?", fragte Blasius.

„Wir achten das persönliche Gefühl eines jeden Einzelnen, das er seinem Gott entgegenbringt, als etwas für alle Außenstehenden grundsätzlich Unbegreifliches und kümmern uns daher nicht darum, was jemand fühlt, mischen uns nicht ein. Wir besprechen solche Fragen, sooft sich die Gelegenheit dazu bietet, und jeder von uns versucht seine Gedanken an denen seines Gesprächspartners zu schärfen, aber niemals versucht jemand von uns, die anderen für seine Ansichten zu gewinnen, denn jeder von uns lernt zuerst, dass jeder Mensch eine eigene innere Welt hat und haben muss. Die eigene innere Welt soll das persönliche Reich eines jeden Einzelnen bleiben, denn für Außenstehende ist es niemals nachvollziehbar."

Blasius schwieg.

„Was an dem Einzelnen für Außenstehende nachvollziehbar ist, sind seine Werke", fügte Pater Anselme hinzu.

Blasius schwieg weiter. Aber was hätte er auch sagen sollen, denn alles, was Pater Anselme gesagt hatte, war so einfach und so überzeugend, dass man nichts in seinen Worten hätte in Frage stellen können.

„Deswegen und nur deswegen kümmern wir Mitglieder der Societas Jesu uns nur und ausschließlich um die Taten des Menschen", fuhr Pater Anselme fort. „Woran der Einzelne glaubt und was er denkt, ist seine persönliche Angelegenheit, geht uns nichts an. Im Gespräch versuchen wir uns gegenseitig zu bereichern und zu beschenken, darum aber, was aus dem Geschenkten bei dem Beschenkten wird, kümmert sich der Schenkende nicht. Was im Innern des Menschen vor sich geht, muss man restlos achten, und man achtet es am besten, indem man es nicht beachtet, und zwar aus Überzeugung, dass man die innersten Regungen eines anderen niemals nachvollziehen kann. Nur wer tief begreifen kann, dass man einen anderen Menschen nie ganz begreifen kann, kann den anderen Menschen, und das heißt zugleich sich selbst, als das Geheimnis aller Geheimnisse achten.

Wir sind eine Gemeinschaft, die sich von dem Gedanken leiten lässt, dass die zwischenmenschlichen

Beziehungen allein nach den erwähnten Grundsätzen geregelt werden sollen."

„Ist das Ihre grundlegende Einsicht?", fragte Blasius, denn die letzten Worte des Paters klangen wie eine Art Abschluss einer Erläuterung.

Ein kaum bemerkbares Lächeln überflog das Gesicht des Paters.

„So etwas", fuhr er fort, „kann niemals die grundlegende Einsicht sein, sondern lediglich die Folge einer Einsicht."

„Und was ist diese Ihre grundlegende Einsicht?", fragte Blasius in einem Ton, in dem etwas wie Beleidigung mitschwang. Er war auf sich selbst wütend, dass ihm das, was Pater Anselme zuletzt erläutert hatte, überhaupt erläutert werden musste.

Den Ton seiner Frage überhörte Pater Anselme nicht, tat jedoch so, als wäre sie ihm auf freundlichste Art gestellt worden.

„Es ist etwas, Herr Pascal, womit die Anhänger von Religionen in der Regel nichts anfangen können.

Es ist die Einsicht, dass Gott und Mensch sich gegenseitig erschaffen und einer durch den anderen gerecht wird. Das heißt: Gott und Mensch sind aufeinander genau abgestimmt, so dass sie in jedem Augenblick voneinander abhängen und einander entsprechen: Im gleichen Maß, wie sich einer ändert, ändert sich der andere.

Deswegen dienen alle Taten des Menschen, die sein eigenes Dasein edler und sinnvoller gestalten, zugleich auch der Erhöhung dessen, was den Menschen von allem anderen unterscheidet, obwohl der Mensch alles andere in sich trägt und erschafft."

„Und das wäre?", fragte Blasius im selben Ton.

„Das ist der Gedanke vom Ewigen, das vom Wandel unberührt bleibt, dem Kind und der Mutter des Bewusstseins."

„Aber, Pater, wollten Sie nicht sagen ...?", fiel Blasius ein, denn er wollte unbedingt sofort eine Erklärung haben, da es dabei um etwas ging, was alle Religionen unmittelbar betrifft, womit sie stehen und fallen.

„Sie haben es richtig gehört, Herr Pascal, *das, nicht der* vom Wandel unberührt bleibt.

Das Aufkommen dieses Gedankens ist zugleich die Geburt des Menschen und die Geburt Gottes."

„Könnten Sie das bitte noch etwas genauer erklären?", bat Blasius Pater Anselme, denn was er hörte, war betörend.

„Jenes, worin der Gedanke vom Ewigen aufkommt, wird zum Menschen", sprach Pater Anselme sehr langsam die seltsamen Worte, „und der Gedanke vom Ewigen selbst wird zu Gott."

Blasius schwieg, ihm schwindelte, denn zum ersten Mal in seinem Leben hörte er eine saubere Erklärung, wie Gott und Mensch als zwei Pole des Ganzen geboren werden.

„Dieser Gedanke und nur dieser ist der Sinngeber. Wo er fehlt, fehlt der Sinn, obwohl das Leben des Einzelnen voller köstlicher Zwecke sein kann."

Pater Anselme machte hier eine kleine Unterbrechung, denn er spürte, dass sein Gastgeber eine brauchte. Dann fuhr er fort, denn Blasius stellte keine Fragen.

„Und weil allerlei Gotteskundler – einerlei, ob so genannte Geistliche oder so genannte Atheisten – diese unsere Einsicht nicht haben können – sie lässt sich nicht erzwingen –, hassen sie uns."

Blasius schwieg. Die letzten Worte des Paters gingen ihn zutiefst an.

„Wird man aber von dem Gefühl getragen, welches diesem Gedanken, dieser Einsicht entspringt, so kann man nichts falsch machen, denn, wie bereits gesagt, eine böse Absicht kann man dann unmöglich haben.

Dann ist eine jede Tat heilig und edel, denn die Absicht ist entscheidend.

Sich von diesem Gedanken leiten zu lassen, ihn als Quelle der Menschwerdung und der Geburt Gottes zu erleben, ist das Ziel der Mitglieder der Societas Jesu.

Es ist dieses und kein anderes Ziel, welches alle Mittel heiligt.

Dies möchte ich besonders betonen, um jene Missverständnisse aus dem Wege zu räumen, die bei so vielen vorhanden sind, bei denen sie ob ihrer natürlichen Intelligenz nicht da sein sollten."

„Sie meinen wohl Zweck, Pater?", fiel Blasius berichtigend ein.

„Nein, Herr Pascal, ich meine Ziel, nicht Zweck."

Blasius starrte Pater Anselme an, denn er konnte den Unterschied zwischen Ziel und Zweck nicht ausmachen.

„Was ist der Unterschied zwischen Ziel und Zweck, Pater?", fragte er, inzwischen wiederum ein braver Schüler geworden.

„Zwecke sind notwendige Elemente einer trockenen,

geistlosen Lebensführung, denn sie enden in sich selbst, führen nicht weiter.

Ziele sind Pforten zu neuen Welten, führen immer über sich selbst hinaus, zu neuen Ufern, denn sie sind nie bloß das, wofür man sie hält, sondern unendlich viel mehr.

Zwecke sind immer lediglich getrennt gedachte Zustände des Staubes, Endstationen eines zerstückelten Lebens.

Ziele sind bewusst gewählte, geeignete Raststätten, an denen man Kräfte sammelt, um nie aufhören zu müssen, sich dem Ewigen zu nähern. Es sind die Augenblicke, in denen man die Früchte des Näherkommens, des Korbans, genießt."

Blasius hörte Pater Anselme zu, ohne zu blinzeln, ohne sich zu bewegen, ohne etwas zu sagen.

Das erste Mal in seinem Leben fühlte er sich in eine ihm völlig unbekannte Landschaft versetzt und hörte Ungeahntes.

„Auch wenn jemand verwerfliche Mittel wählt, um dieses Ziel zu erreichen?", fragte Blasius, denn er kannte jenen Spruch, den Jesuitengegner unermüdlich als den abscheulichen Grundsatz des ihnen verhassten Ordens immer wieder anführten, um die Mitglieder der Societas Jesu verhasst zu machen, und den auch er in seinen neuesten Schriften zu ebendenselben Zwecken verwendet hatte.

„Wer diese Worte so auslegt", antwortete Pater Anselme ruhig, „der hat das Wesen des Ziels, von dem ich soeben gesprochen habe, nicht begriffen. Und weil die meisten den Sinn dieser Worte nicht begreifen, haben wir so viele Gegner, die uns alle am liebsten umbringen würden, wenn sie bloß die Gelegenheit dazu hätten.

Neulich hat ein anonymer Verfasser bestimmte Schriften in Briefform veröffentlicht, in denen er sehr geschickt und witzig die Societas Jesu angreift und verleumdet."

Blasius stockte der Atem, aber er versuchte ruhig zu bleiben und so zu tun, als höre er davon zum ersten Mal. Dass er selbst höchstpersönlich der Verfasser von jenen Schriften war, konnte Pater Anselme unmöglich wissen, davon war er zutiefst überzeugt, denn er hatte niemandem etwas davon erzählt, nicht einmal seinen engsten Freunden.

Er bat daher Pater Anselme, er möge ihm etwas mehr darüber sagen.

„Ich habe die Schriften, das heißt die *Lettres à un provincial*, gelesen und muss gestehen, dass sie sehr geschickt geschrieben sind, schaffen erfolgreich Verwirrung, säen ebenso erfolgreich den Hass auf bestimmte Menschen, die der Autor offensichtlich gar nicht kennt.

Der Autor scheint jemand mit großartiger einseitiger Begabung zu sein, dem jedoch die entscheidende Einsicht fehlt, von der ich soeben gesprochen habe, daher zwangsläufig auch der Sinn für das Ganze.

Aus dem Grund sind die erwähnten Schriften, das heißt Briefe, ein glänzend verfasster Unsinn, das Produkt eines Menschen, der über die Dinge reden möchte, von denen er nichts versteht."

Bei diesen Worten, die er ruhig und ohne die leiseste Spur von Wut oder Bitterkeit sagte, machte er eine milde, kaum merkliche Handbewegung, als hätte er sagen wollen, dass auch derartige Missverständnisse und Reaktionen von Menschen nichts Außergewöhnliches seien und als solche zum menschlichen Dasein gehörten, wie übrigens alles andere, was geschehe.

Indem er das sagte, schaute er Blasius gerade in die Augen, als hätte er seinem Gesprächspartner sagen wollen: „Jetzt wissen Sie, was Ihre Schriften wert sind, Herr Pascal."

Blasius empfand es mindestens so und schwieg.

Er versuchte weiterhin so zu tun, als wäre die ganze Geschichte mit den Schriften *Lettres à un provincial* für ihn etwas völlig Unbekanntes, jedoch gelang es ihm nicht, denn ganz sicher war er nicht mehr, dass Pater Anselme nicht wissen konnte, wer der Verfasser war.

„Dann gibt es für Sie, Pater, keinen Gott?", fragte er in der Absicht, mit einer solchen allgemeinen Frage von den *Lettres* abzukommen.

„Der Gott, den es gibt, ist der Gott der Religionen und deren Anhänger. Es ist das albernste Produkt des Unwissens, daher doch keine Lästerung, obwohl es alle Züge der Lästerung trägt.

Das Unwissen befreit zwar von Schuld, denn dem Unwissenden ist grundsätzlich immer alles verziehen, jedoch schütze es nicht vor der Strafe. Die Strafe, die ich jetzt meine, ist ein sinnloses Leben."

„Aber was nützt diese Ihre Einsicht im Kampf gegen die Sünde?", fragte Blasius etwas abschätzig, denn er fühlte sich durch die Äußerung des Paters über seine *Lettres* zutiefst verletzt. Mit dieser Frage hoffte er, seinen Gesprächspartner in die Enge zu treiben und ihm zu zeigen, dass auch dessen höhere Einsicht im praktischen Leben letzten Endes unbrauchbar sei, denn eine zufrieden stellende Antwort schien ihm unmöglich.

„Sie nützt nicht, Herr Pascal“, erwiderte Pater Anselme ruhig, „sie ist das einzige wirksame Mittel dagegen, aber zu ihr führt ein seltsamer, im Dschungel von Theorien und Ansichten nicht leicht erkennbarer, weil nur äußerst selten betretener Weg. Die Folge davon ist, dass selbst sehr intelligente Menschen oft ihre liebe Mühe haben, sich zu ihr durchzuringen.“

Eine solche Antwort hatte Blasius nicht erwartet. Sie klang gut, strahlte Selbstvertrauen aus, und vor allem war sie eigenartig, für ihn unverständlich. Daher bat er den Pater, seine letzten Worte näher zu erläutern.

„Die Sünde verschwindet, sobald man begreift, was sie ist“, fuhr Pater Anselme in ruhigem Ton fort, als hätte er keine Unterbrechung gemacht. Er versuchte es noch einmal, denn es war offensichtlich, dass sein Gesprächspartner die früheren Ausführungen entweder nicht ganz behalten oder nicht ganz mitbekommen hatte.

„Und was bleibt an deren Stelle, Pater? Eine Welt ohne Sünde kann es doch nicht geben, Pater, sonst ...!“, unterbrach ihn Blasius, und alles, was er sagte, ähnelte eher einem Befehl als einer Frage, denn er spürte, dass durch Pater Anselmes Erläuterungen seine eigene Denkweise unhaltbar geworden war und sein ganzes Weltbild plötzlich zu wanken begonnen hatte.

„Ich habe auch jenes gehört, Herr Pascal, was Sie nicht ausgesprochen haben: Ohne Sünde gibt es keinen Teufel, ohne Teufel verschwindet auch sein Gegenüber.

Einfach gesagt, Herr Pascal, heißt es: Gott, von dem die Religionen reden, ist abhängig von der Existenz des Teufels, erweist sich als überflüssig, sobald man das ganze religiöse Gebäude einer scharfen Denkkontrolle unterzieht."

Blasius schwieg.

„Ja, ja, Herr Pascal", fuhr Pater Anselme fort, „die Sünde ist eine unvermeidliche Begleiterscheinung der Personifizierung Gottes. Ein Herr der Welt, auch wenn er noch so mild und geduldig ist, hört nicht auf, Richter zu sein. Daher fürchten alle Religionsanhänger die ewige Verdammnis und tun so brav, nur weil sie Angst haben. Solche Braven rechnen damit, dass ihr Flehen, Beten, Händeringen und ihre andauernde Selbsterniedrigung, ihr unablässiges Wiederholen, sie selbst seien abscheuliche sündige Kreaturen, ihre Aussichten auf ein Plätzchen im Paradies vergrößern könnten."

„Und was halten davon die Mitglieder der Societas Jesu, Pater?", fragte Blasius, denn es interessierte ihn brennend zu erfahren, was jene dazu dachten, die er persönlich mit seiner Wortgewandtheit, mit seinem beneidenswerten Geistesreichtum und mit seinem ganzen Können so scharf wie niemand sonst verlacht und kritisiert hatte, ohne sie je vorher gesprochen zu haben.

Der Gedanke, dass Gott, von dem alle so genannten monotheistischen Religionen sprachen, also auch jener Gott, an den er selbst glaubte, lediglich das Produkt eines gewaltigen Missverständnisses, ein schlimmer Denkfehler war, reizte Blasius, die Ansichten der Societas Jesu bezüglich dieser vielleicht entscheidenden Frage des Menschen zu erfahren. Als Mathematiker schätzte er überaus die rigorose mathematische Logik und war immer bemüht, selbst in den banalsten Inhalten auch die kleinste Unstimmigkeit sofort auszumerzen, denn alles, was sich der mathematischen Logik widersetzte, störte ihn. Vielleicht gerade deswegen konnte er sich nicht vorstellen dass ein intelligenter und dazu gebildeter Mensch eine Auffassung Gottes haben konnte, die sich von seiner eigenen grundsätzlich unterschied. Daher war er zutiefst davon überzeugt, dass es in dem Gottverständnis der Societas Jesu schwere Denkfehler geben musste, und er fühlte sich berufen, solche Fehler auszumerzen.

Eine bessere Informationsquelle über die Ansichten der Jesuiten, als es Pater Anselme war, konnte er sich kaum wünschen.

„Was die Mitglieder der Societas Jesu dazu meinen", erwiderte Pater Anselme im gleichen Ton wie vorher, „weiß ich nicht, Herr Pascal, und das ist auch nicht von Belang. Ich weiß nur, was sie dazu sagen und vor allem wie sie sich im praktischen Leben verhalten", gab Pater Anselme zur Antwort und fuhr fort.

„Nach der Auffassung der Societas Jesu ergeben sich die menschlichen Fehltritte nicht als Folge irgendeiner Ursünde im Paradies, sondern aus der Bedingtheit der Erscheinung."

„Was meinen Sie damit, Pater?", unterbrach ihn Blasius, denn er konnte mit den Worten „Bedingtheit der Erscheinung" nichts anfangen.

„Die Erscheinung ist immer eine zeiträumliche Angelegenheit, die wir als eine bestimmte Daseinsart erleben", antwortete Pater Anselme.

„Gut, aber was hat das mit der Sünde zu tun?", stellte Blasius schon die nächste Frage, denn von der Zeiträumlichkeit zur Sünde eine Brücke zu schlagen vermochte er nicht, und das ärgerte ihn offensichtlich.

„Alles hat damit zu tun, und alles ist unmittelbar davon abhängig, bloß ist man sich dessen in der Regel nicht bewusst."

„Könnten Sie das bitte etwas genauer erläutern?", bat Blasius mit stockender Stimme, seine Hände zitterten.

„Bin gerade dabei, Herr Pascal, haben Sie doch ein wenig Geduld, auch eine jede Erklärung ist eine zeiträumliche Angelegenheit, erfordert also auch Zeit", sagte Pater Anselme, freundlich lächelnd, denn er hatte die nervöse Ungeduld seines Gastgebers bemerkt.

Blasius schwieg, es war ihm peinlich, dass er gedrängt und seinen Gast unnötig unterbrochen hatte.

*

„Bei einer bestimmten Konstellation der Kräfte", fuhr Pater Anselme im gleichen Ton fort, „erscheint uns etwas als ungeeignet, daher auch nicht selten als schlecht, ja bös. Etwas anderes wiederum kommt uns als gelegen vor, daher nicht selten auch als gut, ja lobenswürdig.

So enden alle unerwünschten persönlichen Erfahrungen der Menschen in der Vorstellung von einem grundsätzlichen Widersacher, der alles verwirft und zerwirft, den Zusammenhang nicht gestattet, das Chaos verursacht und dessen wichtigstes Ziel ist, den Menschen ins Verderben zu stürzen.

Alles Willkommene und Lobenswerte dagegen kristallisiert sich in der Vorstellung von einem gütigen Wesen, dessen Hauptanliegen das Heil des Menschen ist.

Diese beiden vom Menschen erschaffenen Phantome verselbständigen sich und erlangen im Daseinserleben der meisten Menschen die zentrale Bedeutung, entscheiden über deren Lebenssinn."

„Aber wie können diese Phantome, von denen Sie reden, Jahrtausende überleben und immer so wirksam sein, wenn es sie in der Tat nicht gibt?", fragte Blasius, denn er wusste wohl, welch wichtige Rolle Gott und Teufel in der Welt, in der er lebte, spielten.

„Um ihre Existenz brauchen die beiden nicht zu bangen, denn an allerlei Unannehmlichkeiten und schrecklichen Ereignissen in der Welt mangelt es nie. Durch sie wird die Anwesenheit des Teufels unablässig gefestigt und aufgefrischt. Die kurzen Unterbrechungen zwischen den bedrückenden Ereignissen erlebt der Mensch als glückliche Stunden, und zwar umso angenehmer, je schlimmer jene bedrückenden sind. Seitdem der Mensch glaubt, Mensch zu sein, weiß er, dass angenehme und unangenehme Ereignisse sich rhythmisch ablösen, und das schenkt ihm sogar in schwersten Stunden die Zuversicht, dass nach dem Unangenehmen das Angenehme kommen wird. Aus der unzählige Jahrtausende alten Erfahrung schöpft der Mensch die Gewissheit, dass jede Qual, welcher Art auch immer, einmal aufhören muss, wenn nicht zu Lebzeiten, dann ganz gewiss mit dem Ableben. Diese Erfahrung ist die Mutter der Hoffnung, dass es später einmal besser sein wird, sei es noch zu Lebzeiten, sei es danach. Und weil der Mensch in der Regel nicht begreift, dass alles, buchstäblich alles das Resultat des ununterbrochenen, nicht wahrnehmbaren Kräftespiels ist, sucht er nach der Quelle der Sünde in seinem Leben woanders. Es bieten sich drei mögliche Fundorte. Der nächstliegende Ort ist der eigene Körper, mit dessen Begehren, Regungen und Leiden er wohl vertraut ist. Das ist die konkrete, greifbare Quelle der Sünde. Die abstrakte Quelle ist der Teufel als der personifizierte Widersacher des Guten. Die dritte Quelle füllt den Raum zwischen der konkreten und der abstrakten. Es ist jenes, was man als Welt bezeichnet. Bedenkt man das, begreift man sofort, welch eine furchtbare Last der Mensch sich durch seine geistige Trägheit und Fantasielosigkeit aufgebürdet hat. Sein Körper ist sein Kerker, seine Sündenkammer, die er während seines wachen Zustands nie verlassen kann. Nur der Tod kann ihn davon befreien. Die Welt ist der Sündenpalast, in dem sich seine Sündenkammer befindet. Die Atmosphäre, die in dem Sündenpalast und daher auch in der Sündenkammer herrscht, ist der böse Geist. Und weil der Körper, um zu bestehen, immer etwas begehren muss, ist er gezwungen, nach der Musik der Welt zu tanzen, um jenes zu erlangen, was er begehrt, das heißt, so zu handeln, wie es der böse Geist fordert. In der Religion sagt man, der Mensch sei grundsätzlich sündig“, sagte Pater Anselme und schaute seinen Gastgeber mit einem freundlichen Lächeln an, wobei er auch mit beiden Händen eine kaum merkliche Bewegung machte, als wollte er sagen: So etwa scheinen die Dinge zu liegen.

Blasius schwieg. Er hatte nichts zu sagen, denn alle Erläuterungen, die Pater Anselme bot, waren so überzeugend und vor allem so einfach, dass es darin keinen Platz für einen Fehler geben konnte.

„Es hängt also alles vom Zusammenspiel der Kräfte, von der Kräftekonstellation ab“, fuhr Pater Anselme fort.

„Eine jede neue Konstellation der Kräfte erleben wir Menschen als einen neuen Zustand der Welt, jeder von uns auf seine eigene Art und Weise, je nachdem, in welchem Zustand man sich persönlich befindet.“

Blasius starrte seinen Gast an. Das, was Pater Anselme sprach, kam ihm irgendwie vertraut vor.

„Eine bestimmte Kräftekonstellation, Herr Pascal, kann man, abhängig von seiner persönlichen Lage, als verwerflich oder aber als löblich empfinden. Und weil auch die kleinste und unbedeutendste Variation des Kräftespiels eine neue Konstellation bedeutet, ist die Welt immer und überall etwas anderes, wird immer und überall anders erlebt, obwohl sie immer ein und dieselbe ist.

Um Unterschiede zu erleben, braucht man sich gar nicht zu bemühen, sie bieten sich an, immer und überall, denn schon durch die kleinste Bewegung von irgendetwas gleitet die ganze Welt in eine andere Konstellation über und wird vom Erlebenden als Veränderung, als Wandel, als Unterschiede erlebt. Und weil Unterschiede nahtlos aufeinander folgen, fließt und vergeht für uns alles, obwohl es lediglich den persönlichen Erlebnisbereich verlässt. Das ist der Weg dorthin, in die so genannte Welt, nach außen.

Um die Einsicht jedoch, dass alle Unterschiede dasselbe Eine ausmachen, muss man unablässig ringen, denn dasselbe Eine versteckt sich hinter dem Schleier der unablässigen Veränderung. Das ist der Weg zurück, aus der Welt nach innen, die Umkehr", sagte Pater Anselme

„Das kann ich noch nachvollziehen, wenn von gewöhnlichen Dingen, das heißt von Inhalten im praktischen Leben, die Rede ist, aber kann man denselben Grundsatz auch auf das Absolute, auf Gott anwenden?", fragte Blasius weiter, denn alles schien ihm doch nicht ganz klar.

„Dort erst recht, Herr Pascal", erwiderte Pater Anselme ruhig, „denn erst beim Absoluten spürt man den Grundsatz voll und ganz; im praktischen Leben dagegen spürt man die Gültigkeit des Prinzips nur teilweise, manchmal gar nicht, was nicht verwundern darf, denn man erlebt immer nur einen unendlich kleinen Teil des Ganzen, ein Splitterchen, und Splitterchen sind immer scharfkantig und spitz, können leicht stechen und verletzen, Schmerzen verursachen. Daher schmerzt das Leben, manchmal als Macht, manchmal als Ohnmacht, manchmal als Überfluss, manchmal als Dürftigkeit."

Einige Augenblicke schwiegen beide.

*

„Sie sagten, Pater, die Sünde sei eine unmittelbare Folge

des religiösen Gottesverständnisses, nicht wahr?“, fragte Blasius weiter, denn er benötigte zusätzliche Erläuterungen. „Könnten Sie bitte auch das etwas genauer erklären, denn das leuchtet mir nicht ein. Und wie steht es mit dem Gottesverständnis der Societas Jesu? Hat der Gott der Societas Jesu auch mit der Sünde zu tun?“

Blasius überschüttete Pater Anselme noch einmal mit den bereits gestellten Fragen. Einige klangen als verzweifelte Bitte um eine Erklärung, andere wiederum eher überheblich, ja beleidigend.

„Mit jeder höheren Erkenntnis des Menschen“, fuhr Pater Anselme im selben ruhigen Ton fort, „gewinnt der Gott der Societas an Herrlichkeit. Die Mitglieder der Societas halten sich für Kinder Abrahams insofern, als sie sich des menschlichen Wesens bewusst zu sein versuchen. Das heißt, sie versuchen nach dem Vorbild Abrahams mit dem Gedanken zu leben, dass der Mensch seine Welt erschafft, seinen Gott erschafft, indem er von seiner Welt, von seinem Gott erschaffen wird.“

„Das ist aber gar nicht religiös, Pater, und Sie gehören doch zu einer Religion.“

Blasius’ Worte klangen wie eine Rüge, als hätte er sagen wollen, die Haltung der Societas Jesu sei eine heuchlerische, gottlose.

„Es ist nicht ganz so, Herr Pascal“, erwiderte Pater Anselme ruhig wie sonst, „man zählt uns zu einer Religion, hält uns für so etwas, und das ist nicht dasselbe. Das Missverständnis liegt nicht bei uns.

Wenn mehrere Mitglieder der Societas Jesu im zeiträumlichen Sinne einander nahe sind, verhalten sie sich wie eine Gruppe, deren Mitglieder sich gegenseitig helfen, so dass der Eindruck entstehen kann, sie bildeten beinahe eine abgeschottete Sekte.

Nur die allerwenigsten wissen, dass die Mitglieder der Societas Jesu genauso gut allein sein können und es oft auch sind; immer weiß jedoch jedes unserer Mitglieder, dass es irgendwo in der Welt andere Mitglieder gibt, deren Herz im gleichen Rhythmus schlägt, obwohl eines dem anderen nie zu begegnen braucht. Dieses Wissen, diese Erkenntnis, Herr Pascal, ist das unsichtbare Band, das uns miteinander verbindet. Dazu braucht es weder Ausweise noch irgendwelche Abzeichen. Unser einziges Erkennungszeichen sind unsere Taten. Was aber unseren Gott anbelangt, so erschafft ihn ein jeder von uns, so gut er es kann, wird sozusagen von Gott so angesprochen, wie es zu ihm am besten passt."

Diese Erläuterung des Paters mochte Blasius nicht, denn er fühlte sich ausgeschlossen, obwohl er die Societas Jesu nicht mochte und eher froh sein sollte, dass er dem eigenartigen Verein, der offensichtlich keiner war, nicht angehören konnte.

*

„Ist es aber nicht eine Heuchelei", startete Blasius einen neuen Angriff, „wenn die Beichtväter der Societas Jesu den Pönitenten nach der Beichte Gebete auferlegen, die als Busse dienen sollten? Wozu Gebete, wozu Busse, wenn es laut Ihrer Erläuterung, Pater, keine Sünde an sich gibt, sondern lediglich Erlebnisse bestimmter Kräftekonstellationen?"

Blasius' Worte klangen nicht freundlich, waren klare Vorwürfe. Sein Gesicht war blass, und seine dunklen Augen sahen noch dunkler aus als sonst.

„Sehen Sie, Herr Pascal", fuhr Pater Anselme im gleichen ruhigen und freundlichen Ton fort, „wir in der Societas Jesu sind uns dessen wohl bewusst, dass die meisten Menschen nicht in der Lage sind, mit dem Gott, von dem ich Ihnen nun genug gesagt habe, etwas anzufangen. Die meisten sind noch immer einfach Herdentierchen, brauchen ein Leittier, einen Chef, einen Herrn, einen König, sogar einen König der Könige; in ihrem Himmel brauchen sie einen Himmelsherrn, hier auf Erden einen Vormund. Es fehlt den meisten an jener Einsicht, von der am Anfang die Rede war, und diesem Mangel entspringt das ganze Leid, und das wurde auch schon gesagt."

Blasius schwieg, aber was hätte er auch sagen sollen? Er war sich dessen wohl bewusst, dass seine Bildung, sein Wissen und seine intellektuellen Möglichkeiten wesentlich größer waren als die der anderen Menschen, dennoch musste auch er selbst unzählige Zusatzfragen stellen und benötigte unzählige zusätzliche Erläuterungen, um nur einen Teil dessen zu begreifen, was ihm Pater Anselme zu erläutern versuchte.

„Diese sind erbitterte Gegner der Societas Jesu", fuhr Pater Anselme fort. „Einerseits behaupten sie, für Gott sei alles im Voraus bestimmt, denn alles geschehe durch seinen Willen, auf sein Geheiß, und daher wisse Gott alles, was je geschehen werde, alles, bis in die kleinste und unbedeutendste Kleinigkeit, wahrnehmbare und nicht wahrnehmbare. Anderseits werden sie nicht müde zu versuchen, ihren Gott mit allerlei Beschwörungsformeln und rituellen Zaubereien, die sie als Gebete und Gottesdienste bezeichnen, zu besänftigen und zu einem für sie vorteilhaften Wirken zu bewegen."

*

Blasius schwieg. Sein Gesicht schien noch gelber und noch blasser als sonst. Gegen das, was er nun aus dem Munde des schmächtigen, asketisch wirkenden Paters hörte, lehnte sich seine religiöse Gesinnung auf, aber für sein streng mathematisch arbeitendes Gehirn war es folgerichtig, unanfechtbar.

Pater Anselme bemerkte, dass sein Gastgeber zwar betrübt war, dass er jedoch nichts einzuwenden hatte. Der Lehrer in seinen Adern zwang ihn, mit der Erläuterung fortzufahren, denn er spürte, dass er sich in einer außerordentlich günstigen Stunde befand: War doch jener, dem er nun die sonst unbekannten Ansichten erläuterte, ein Mensch, dessen außerordentliche geistige Fähigkeiten und eigenartige Äußerungen beste Aussichten hatten, das Interesse zahlreicher suchender Menschen der Nachwelt zu wecken, und dass dieser eben deswegen genau aufgeklärt werden sollte.

Er spürte, dass sein blasser, vom Tode gezeichneter Gastgeber das geeignete Rohr war, durch welches der Saft seiner Erläuterungen fließen konnte, jener seltsame Stoff, welcher dereinst in der Zukunft viele Früchte zur Reife zu bringen versprach, von denen sich alle satt essen sollten, die eine zufrieden stellende Antwort auf wichtigste Fragen des Lebens suchten.

„Zeigt das, Herr Pascal, nicht deutlich, wie wenig die Gegner der Societas Jesu der Güte ihres Gottes vertrauen?

Halten Sie ihren Gott im Grunde genommen nicht für einen Despoten, den man andauernd anflehen müsse, der aber in keinerlei Weise verpflichtet sei, selbst auf das inbrünstigste Flehen seiner armen Kreaturen einzugehen? Und wenn dann trotz allen Flehens und Betens, trotz aller Opfer und Verehrungsbekundungen ihr Gott zulässt, dass ihnen das größte denkbare Unheil widerfährt, rechtfertigen sie das Vorgehen ihres Gottes und erklären sich selbst, seine Geschöpfe, für schuldig, obwohl er sie in seiner Allweisheit und Allgüte so geschaffen habe, wie er sie in seiner Allmacht schaffen wollte.

Dass derselbe Gott, zu dem sie flehen, den Missetätern und Verbrechern gestattet, ihr furchtbares Werk auszuführen, kann sie nicht wachrütteln und vom Phantom befreien, dem sie aus mangelnder Einsicht hörig sind. Ja, Herr Pascal, die menschliche Tragödie, die sich daraus ergibt, ist vollkommen.

Und obwohl ihr Gott als Allwissender im Voraus genau gewusst haben musste, wie sie sich als lebendige Organismen dereinst verhalten würden, halten sie sich für sündig und versuchen mit Händen und Füssen die Güte und die Unfehlbarkeit ihres Gottes zu verteidigen. Gleichzeitig hassen sie jene, die ihnen mit der Erlaubnis ihres allgütigen und allmächtigen Gottes das Unrecht angetan haben.“

Blasius rührte sich nicht und schwieg. Aber was hätte er auch sagen können, denn Pater Anselme sagte nichts, was auch nur im Geringsten gegen seine eigene Gottesvorstellung gesprochen hätte. Sein Gott war ebenso allmächtig, allwissend, allgütig, allbarmherzig, allgnädig. All das war ihm bekannt. Und doch ließ sein Gott das Grausamste und Abscheulichste nicht seltener zu, als er das Schönste und Angenehmste gestattete. Von seinen Untertanen forderte er vollkommene Hingabe, restlose Unterwerfung, schuldete ihnen jedoch nichts.

Und schon die leiseste Unzufriedenheit der Untertanen mit dem, was ihnen von Gott beschert wurde, war nichts Geringeres als Todessünde, Verlust des Anrechts, auf die ewige Seligkeit überhaupt hoffen zu dürfen.

„So denken, fühlen, glauben und leben die Gegner der Societas Jesu“, fuhr Pater Anselme fort.

„Würden sie sich stattdessen um eine höhere Erkenntnis bemühen, würden sie dann wahrscheinlich aufhören, unsere Gegner zu sein, würden sich möglicherweise unserer Ansicht anschließen. Das ist unsere Überzeugung. Dann wäre ein jeder Schritt, ein jeder Atemzug und eine jede Tat eines jeden von ihnen ein Gebet, ein Gespräch mit dem Höchsten, was man auf seiner persönlichen Stufe der Erkenntnis als solches auch immer empfindet, mit jenem also, was den Menschen prägt und von ihm geprägt wird. Das Leben eines jeden Einzelnen von ihnen wäre dann tiefer und edler, nicht von Zwecken zerrissen, sondern vom Sinn erfüllt, eben zur größeren Ehre des Höchsten, dem er sich zu nähern sucht.

Dieses unermüdliche Suchen, dem Höchsten näher

zu kommen, wäre dann das Opfer. Genau das besagt das Wort für Opfer in der Sprache jener Welt, der die christliche Lehre entsprungen ist.

So aber, wie die Dinge liegen, wird unter ‚Opfer' in allen Religionen etwas verstanden, was Hass und Entzweiung verursacht, denn jede Religion opfert anders, kennt andere Riten, und sie alle sorgen für die Trennung, und diese ist nicht gerade Liebe fördernd.

Wenn wir also nach der Beichte Gebete aufgeben, über die es nachzudenken gilt und die bei den Pönitenten die Umkehr bewirken sollten, wissen wir wohl, wie gering die Wahrscheinlichkeit ist, dass es dazu kommt, aber wir wissen ebenso, dass das nie ausgeschlossen ist. Geschieht das irgendwann irgendwo, nur ein einziges Mal, ist der Sinn aller unzähligen Versuche erfüllt. Natürlich haben die so genannten Gebete mit Bitten und Betteln, die man an irgendeinen übernatürlichen Weltherrn und König der Könige richtet, um ihn für die eigen Anliegen gewogen und wohlwollend zu stimmen, nichts zu tun. Dass unsere Gegner ein Gebet wie *Vaterunser* für eine sorgfältig verfasste Bettelformel halten, geeignet, Gott milde zu stimmen, ist nicht unsere Schuld. Statt von Gebeten, sollte man viel besser von Betrachtungen reden, welche dem Menschen helfen könnten, über die Welt und das Leben zu staunen. In der Originalsprache jener Welt, der die Heilige Schrift entsprungen ist, daher auch die ganze christliche Lehre, heißt beten ‚staunen'. Wer über die Welt und das Leben staunt, in dem ist die Umkehr geschehen. Mit ‚Umkehr' meinen wir in Societas Jesu die Abwendung von der lebensfeindlichen, Sinn zersetzenden, zeitlich-religiösen

Denkweise und das Erlangen der Einsicht, dass Gott und Mensch sich gegenseitig erschaffen, dass einer erst durch den anderen wird sowie dass dieser gegenseitige Erschaffungsakt mit der Erschaffung der Welt identisch ist. Danach ist ein jeder Fortschritt in der Erkenntnis des Menschen zugleich die Erhöhung der Ehre des Ewigen, dessen Beleben und Unterhalten. Ich hoffe, dass ich Ihre Frage beantwortet habe."

Das Gefühl bei Blasius, ausgeschlossen zu sein, war schon so stark geworden, dass er die Erklärungen des Paters als Verletzung empfand.

„Aber wohin gehen Sie in der Societas Jesu, wenn Sie einmal tot sind, falls Sie nicht an einen Herrn im Himmel glauben, der für einige die ewige Freude im Paradies, für andere die ewige Qual in der Hölle bereithält? Ihren Worten entnehme ich nämlich, dass es grundsätzlich keine Sünde gibt, sondern nur Fehltritte, die sich aus mangelnder Einsicht ergeben", fragte er den Pater.

Pater Anselme zögerte einen Augenblick, und ein feines ironisches Lächeln überflog sein schmales Gesicht – war die Frage doch etwas plump, nicht zu erwarten von jemandem, dessen Schriften nicht zuletzt wegen ihrer sprachlichen Eleganz in den Pariser Salons hochgeschätzt waren. Auf die Frage hatte er gewartet, denn sie drängte sich als logische Folge des vorher Gesagten auf. Blasius musste sie einfach stellen.

„Wir gelangen dorthin, wo wir hingehören, das ist aber nicht unsere Angelegenheit. Wir tun, was wir können, und was wir nicht können, ist auch nicht unsere Pflicht, geht uns nichts an", antwortete Pater

Anselme.

Wiederum folgte eine kurze Pause, erfüllt von vollkommener Stille. Noch eine Tür wurde vor Blasius geschlossen, ein Zugang schien noch unmöglicher als zuvor. Ohne lange zu überlegen versuchte er erneut, doch noch eine Eingangspforte zu finden.

„Aber falls es ein Paradies und eine Hölle im religiösen Sinne, von dem Sie, Pater, offenbar nicht viel halten, doch noch gibt, dann sind Sie in der Societas Jesu nicht besonders schlau, denn Sie dienen nicht jenem Gott, der nicht bloß den Himmel und die Erde erschaffen hat, sondern ebenso das Paradies und die Hölle, die nach dem Jüngsten Tag auf alle Menschen warten."

„Zu den religiösen Vorstellungen von den Vergnügungszentren und Strafanstalten im Jenseits können wir uns nicht äußern", sagte Pater Anselme ruhig und lächelte dabei fast schelmisch. Die sanften Bewegungen seiner blassen, zierlichen Hände verliehen seinen Worten noch zusätzliche Ruhe und unterstrichen sein tiefes Vertrauen in die Richtigkeit dessen, wovon er sprach.

„Unsere Gegner scheinen da besser bewandert zu sein. Wir wissen nichts davon, wir sind noch sehr jung als registrierte Sozietät, obwohl wir als Idee so alt sind wie der Mensch selbst, denn mit seiner Geburt sind auch wir geboren worden, haben uns an dessen Ferse gehalten, sind zusammen mit ihm aus dem Leib der ewigen Mutter gezogen worden, um zusammen mit ihm den Weg zurück zur Heimat zu finden."

Blasius schauderte. Noch nie hatte er etwas Ähnliches gehört. Die Worte des seltsamen kleinen Mannes waren überwältigend. Er schwieg.

„Ignatius hat unter unserem Namen sogar etwas registrieren lassen, aber das tut nichts zur Sache. Wir sind, bevor wir registriert werden, und wir hören nicht auf, wenn wir verboten werden, was noch bestimmt unzählige Male geschehen muss. Ebenso werden wir nicht wieder eingeführt, wenn man uns wieder zulässt. Jenes, was von Loyola unter unserem Namen registriert wurde, hat mit uns nichts zu tun, und jenes, was unter unserem Namen verboten beziehungsweise zugelassen wird, auch nicht."

Blasius war nicht mehr sicher, ob er alles genau verstanden hatte, wovon Pater Anselme sprach, spürte jedoch, dass alles, was sein Gast sagte, von einem völlig anderen Zusammenhang lebte, einem Zusammenhalt, der auf einer grundsätzlich anderen Denkweise beruhte, die ihm und wahrscheinlich allen Menschen, die er kannte, völlig fremd war. Die Worte des Paters, den er bestellt hatte, empfand er plötzlich als Ansturm auf seine eigene Welt und all die Werte in ihr.

Deswegen versuchte er, seine bedrohte Welt mit allem, was ihm zur Verfügung stand, zu verteidigen.

„Aber falls es trotz all Ihrer Überlegungen und Einsichten doch noch ein ewiges Glück im Paradies und eine ewige Qual in der Hölle gibt, dann lohnt es sich, alles, aber wirklich alles in diesem irdischen Leben auf eine Karte zu setzen, in eine Schale zu werfen und bei dem Gott, von dem die Religion spricht, Zuflucht zu suchen und alles zu tun, um den unendlichen Reichtum zu erlangen, nicht wahr, Pater?"

Und ohne auf die Antwort des Paters zu warten, fuhr er fort.

„Das, was man dadurch gewinnen kann, ist so unendlich kostbar, dass, verglichen damit, alle Mühe hier im Leben nichts wiegt. Ob des unendlichen Wertes des Gewinns muss man einfach spielen, muss man den Würfel werfen, ungeachtet dessen, wie klein die Wahrscheinlichkeit erscheinen mag, den unendlichen Gewinn zu erzielen.

Spielen Sie doch, Pater! Sie können nichts verlieren, aber Sie können alles gewinnen! Versuchen Sie, Pater, dies, was ich Ihnen jetzt sage, in Ihrer Societas zu erläutern. Dort denkt wahrscheinlich niemand daran, worum es bei dem Spiel geht, kaum jemand ist sich dessen bewusst, wie hoch der mögliche Gewinn ist! Ich habe mir alles genau überlegt, Pater, habe alles genau berechnet!"

Ohne es selbst zu merken, war Blasius während seiner feurigen Rede aufgestanden und hatte sich seinem Gast so sehr genähert, dass sein Gesicht das des Paters fast berührte und seine gestikulierende Rechte dem säuberlichen, asketisch wirkenden, außerordentlich ruhigen, gefassten kleinen Mann beinahe nicht erlaubte, das Gesicht seines Gastgebers zu sehen.

Er zog sich plötzlich in kleinen, langsamen Schritten zurück, denn, was er zu sagen hatte, hatte er gesagt.

Er setzte sich wiederum auf den Stuhl, auf dem er am Anfang des Gespräches gesessen hatte.

„Ich befürchte, Herr Pascal, dass es für uns in der Societas in dem Sinne nichts zu erläutern gibt", erwiderte Pater Anselme, und nichts deutete darauf hin, dass die feurige, eindringliche Rede seines Gastgebers auf ihn einen Einfluss gehabt hatte, „denn wir würfeln nicht mit unserem Gott. Wir und unser Gott gewinnen immer gleich viel, gehören immer zur selben Partei, streiten miteinander, nicht gegeneinander. Unser Lebensinhalt dient der größeren Ehre Gottes, und unser Gott dient uns, indem er unsere Taten heiligt und somit unser Leben stärkt und veredelt, so dass er dank unserer höheren Einsicht uns noch höher erscheint. Vor allem erwarten wir nichts, sind immer am Ziel und hoffen auch nicht, denn wir wissen, dass Gott uns schickt, was möglich ist. Und keinesfalls machen wir Verträge mit unserem Gott, wie das die Jesuitengegner tun, die zwischen Gott und Kaufmann nicht unterscheiden können. Das ist übrigens eine Spezialität der Religionen: Dort tut man etwas und erwartet dafür eine Belohnung, oder man tut etwas nicht, weil man eine Strafe fürchtet, in irgendeiner Form."

Blasius schwieg.

„Im Himmel der Jesuitengegner", fuhr Pater Anselme fort, „herrscht offenbar ihr hier auf Erden heiß geliebtes, verführerisches, das große Glück versprechendes Lotterie- und Wettspiel sowie ihre merkwürdige, käufliche Justiz.

Die Gottheit der Jesuiten, Herr Pascal, ist die Ewigkeit, das reinste Gegenteil jeglicher Berechnung."

Blasius hatte seine letzte und stärkste Karte ausgespielt, aber auch sie vermochte nicht, den Schild durchzubrechen, hinter dem der kleine unansehnliche Pater in Sicherheit lebte und leibte, betete und wirkte, liebte und sich freute. Breit und fest war sein Cingulum der Gewissheit.

Blasius schaute auf seine zierliche Uhr, erhob sich gleichzeitig und erinnerte daran, dass der Abend bereits fortgeschritten war. Einerseits klangen seine Worte wie eine Art Bitte um Verzeihung – sie waren auch so gemeint –, anderseits war in ihnen die Aufforderung zum Aufbruch nicht zu überhören.

„Es ist schon ziemlich spät. Nehmen Sie es mir bitte nicht übel, Pater, aber ich habe entsetzliche Schmerzen, mein Kopf tut mir furchtbar weh. Ich muss ausruhen, bin nicht mehr fürs Gespräch."

*

Wie der Schatten, der gemäß der üblichen Erfahrung den Bewegungen des Körpers, mit dem er zusammenhängt, ohne auch die geringste Verzögerung folgt, obwohl er mit ihm merkwürdigerweise nichts zu tun hat, erhob sich der kleine, schmächtige Mann selbst für den schärfsten Beobachter gleichzeitig von seinem Stuhl, als hätte er den Aufstehakt mit seinem Gastgeber genau verabredet und lange geübt, so dass Blasius, der dies gemerkt hatte, beinahe erschrak und einen Augenblick wie versteinert innehielt.

„Ich glaube es Ihnen, Herr Pascal, auch meine Glieder sind etwas müde, bin nicht mehr der Jüngste", erwiderte Pater Anselme, „ein andermal mehr, in einer anderen Geschichte, in einem Drama vielleicht, dort, wo es keines Kommentators bedarf, wo ein jeder aus sich selbst, aus seiner eigenen inneren Notwendigkeit handeln muss, daher frei handeln kann."

Blasius hörte den seltsamen Worten des Paters zu und sagte nichts.

„Dort", fuhr Pater Anselme fort, „woher wir beide stammen, sind noch gewiss viele uns Verwandte, die kaum erwarten können, zu Wort zu kommen, etwas Hübsches zu sagen, etwas, was vielleicht belehrend erfreuen kann; auf sie müssen wir selbstverständlich Rücksicht nehmen und auch sie zu Wort kommen lassen. Herzlichen Dank fürs erbauliche Gespräch. Auf Wiedersehen, Herr Pascal. Eine angenehme Nachtruhe. Laudetur!"

„Semper laudetur! Gute Nacht, Pater, und vielen, vielen Dank, dass sie sich Mühe gegeben haben."

In kleinen, kaum bemerkbaren Schritten begab sich Pater Anselme zur Tür. Seine Soutane reichte fast bis an den Boden, so dass seine Füße nicht zu sehen waren. Er bewegte sich ohne jegliche Anstrengung, schwebte einfach vorwärts, schien kein Gewicht zu haben.

„Louise!", rief Blasius nur so laut, dass die Dienerin, die sich im Zimmer nebenan aufhielt, ihn hören konnte.

„Würden Sie bitte Pater Anselme zum Ausgang begleiten."

Die Dienerin erschien vor der Zimmertür, noch bevor Blasius seine Aufforderung fertig ausgesprochen hatte, und verschwand darauf mit dem Pater die Treppe hinunter.

Blasius blieb noch eine Weile im Gang vor der Tür stehen, bis die Abschiedsworte des Besuches und der Dienerin verstummt waren. Er hörte noch, wie die Eingangstür einschnappte und der Schlüssel zweimal im

Schloss gedreht wurde. Dann ging er in sein Zimmer zurück, machte die Tür zu und sank in den Sessel an seinem Schreibpult.

Er war müde, erschöpft im wahrsten Sinne des Wortes, denn er war leer. Das Gespräch mit Pater Anselme war kein gewöhnliches. Noch nie hatte er etwas Ähnliches erlebt. Alles, was er vor dem Gespräch für sicher, erprobt, zuverlässig und unumstößlich gehalten hatte, erschien ihm nun dumm, grundsätzlich falsch, wertlos, elend. Er schämte sich. In seiner nächsten Nähe wohnten besonders scharfsinnige Leute, herrliche Gesprächspartner, und er hatte die einmalige Gelegenheit, im Umgang mit ihnen seinen Geist zu schärfen; genau das hatte er sich immer gewünscht, und gerade das hatte er versäumt.

Erst jetzt, nachdem so viel Albernes und Unangenehmes geschehen war, hatte er durch ein Mitglied der Societas Jesu deren Bekanntschaft gemacht. Es war irgendwie zu spät, denn alles, was er vor dem Besuch Pater Anselmes getan hatte, war nicht mehr wieder gutzumachen.

Statt ihre Bekanntschaft zu suchen und sich mit ihnen über die delikatesten Fragen zu unterhalten, über jene Fragen, die sich der Mensch stellt, seitdem er weiß, dass er Mensch ist, statt also jenes Vorrecht zu genießen, von dem ein jeder wacher Geist immer träumt, verbrachte er seine kostbare Zeit mit den Leuten von Port Royal, die etwas behaupteten, was den Suchenden nicht einen Schritt weiter bringen konnte.

„Wieso konnte ich nicht gleich einsehen, dass der Mensch den feinsten Teil seines Wesens verliert, wenn sich in ihm das Gefühl durchsetzt, alles sei für ihn im

Voraus bestimmt und er restlos auf die Gnade Gottes angewiesen, wie das die Janseniten behaupten?", dachte er.

„Konnte ich selbst nicht denken? Musste mir ein Jesuitenpater erklären, dass die Prädestinationslehre und die Gnadenlehre ein Ausdruck der vollkommenen Erniedrigung des unmündigen Menschen sind? Falls alles im Leben des Menschen bis in die kleinste Kleinigkeit vor der Erschaffung der Welt in alle Ewigkeit festgelegt ist, sein Heil und sein Verderben, was bleibt dann vom Menschen noch übrig? Wofür kann er dann noch überhaupt selbst verantwortlich sein? War ich so dumm, dass ich nicht gleich merken konnte, wie verkehrt eine solche Einstellung ist? Meinem Vater habe ich die letzten Augenblicke seines Lebens vergällt, zur Hölle gemacht, den Lebenssinn geraubt, ihn in den absurdesten Tod getrieben. Ja, ihn habe ich in den Tod getrieben, dadurch dass ich ihm jegliche Lebensfreude zerstört habe. Ich habe meinen Vater getötet, meinen eigenen Erzeuger umgebracht, und zwar vor allem seelisch. Habe ich noch eine Daseinsberechtigung? Arnauld würde nun wohl sagen, meine Tat sei vor allen Zeiten festgelegt worden. Mag sein, aber falls dem so ist, dann bin ich als Mensch ausgeschaltet, habe nichts zu sagen, bin nichts, bin nicht!"

Zusammengesunken, ähnelte der winzige, eingerollte Körper von Blasius einem unbeweglichen dunklen Klumpen, der auf nichts das Recht erheben, nichts beanspruchen durfte.

„Was brauche ich noch? Wer braucht mich noch?

Konnte ich nicht einen Jesuiten-Beichtpater verlangen, als mein Vater noch lebte? Oder war auch das vorausbestimmt, dass ich erst jetzt jemandem begegne, der mich über den schweren Denkfehler aufklärt, der in der Vorausbestimmungsidee steckt?

Aber hat nicht auch mein Vater in den letzten Stunden seines Lebens verzweifelt versucht, mir zu erklären, dass der Prädestinationsgedanke eine vollkommene Entwürdigung des Menschen bedeute? Ja, er hat es. Und ich habe es damals nicht begreifen können."

Blasius blieb noch eine Weile im Sessel unbeweglich sitzen. Im Zimmer war außer seinem etwas zu lauten Atmen nichts zu hören. Die Dienerin hatte sich bereits auf ihr Zimmer zurückgezogen, und das ganze Haus war in vollkommene Stille versunken.

* * *

Ob er lange geschlafen oder nur kurz geschlummert hatte, wusste Blasius nicht, jedoch richtete er sich plötzlich auf, rückte den Sessel näher an das Schreibpult, ergriff die Schreibfeder und schickte sich an zu schreiben. Er tat es recht hastig, als hätte er Angst gehabt, er könnte das, was er aufschreiben wollte, vergessen. Sein Gehirn arbeitete fieberhaft, seine Hand konnte kaum folgen.

Er legte die Schreibfeder wieder ab, lehnte sich bequem nach hinten und sprach einfach seine Gedanken halblaut vor sich hin, führte ein seltsames Selbstgespräch.

„Alle Gebildeten und Eingebildeten von Paris haben die *Lettres* bereits gelesen, und alle finden sie köstlich, witzig, brillant. Alle bewundern meine Sprache, meinen Scharfsinn. Die Einzigen, die davon Nutzen haben, sind die Leute von Port Royal."

In bereuender Weise den Kopf schüttelnd, fuhr er mit seinem Selbstgespräch fort.

„Ein Narr war ich, als ich mich von Arnauld über die Jesuiten aufklären ließ, statt vorher mit jemandem von der Societas Jesu zu sprechen, um deren Ansichten aus erster Hand zu erfahren."

Er lehnte sich noch weiter nach hinten und schaute gegen die Decke. Sie war vom schwachen Kerzenlicht kaum erhellt. Die Ecken des Zimmers waren fast vollständig dunkel. Nichts rührte sich, die Kerzenflamme bezeugte es. Das Einzige, was er außer dem Ticken der Uhr in seiner Manteltasche noch vernehmen konnte, war das Schlagen seines eigenen Herzens.

„Was soll ich jetzt machen?

Ist überhaupt noch etwas zu machen?", fragte er sich laut.

„Das Ganze erinnert mich an die Auseinandersetzung zwischen Descartes und mir: Alle halten mich für den Sieger, und nur ich weiß um meine eigene Misere.

Soll ich neue, berichtigte *Lettres* schreiben und mich entschuldigen, die Societas um Verzeihung bitten?

Nein, nein, nein, das kann ich unmöglich tun. Was geschehen ist, ist geschehen.

Jetzt sind wir im letzten Akt.

Mein Drama geht zu Ende, andere Welten kommen bereits auf.

Die Zeit drängt.

Eine Bitte um Verzeihung wäre vollkommene Selbstverleugnung, Selbsterniedrigung, die ich unmöglich verkraften kann.

Im Gespräch mit Pater Anselme habe ich schlecht abgeschnitten, eine elende Figur gemacht.

Dabei habe ich ihn eigens dazu eingeladen, um ihn auszufragen, um mich über ihn lustig zu machen.

Pater Anselme hat Recht, die fehlende Einsicht ist die Quelle allen Übels.

Gut, dass uns niemand zugehört hat, sonst könnte unser Gespräch und somit mein ganzes Elend der Öffentlichkeit bekannt werden."

Kaum hatte er das letzte Wort ausgesprochen, schlug er sich mit der Handfläche an die Stirn.

„Aber wie dumm bin ich! Es hört doch immer jemand zu, auch wenn man ihn nicht sieht. Dann erst recht, sonst könnte niemand über mich eine einzige vernünftige Zeile schreiben.

Wenn alle Mitglieder der Societas Jesu so sind wie Pater Anselme, dann sind sie für uns zu hoch, unerreichbar, denn ihre Einsichten scheinen von höherer Art zu sein. Erst jetzt begreife ich auch, warum die Jesuiten bei allen so verhasst sind: Sie sind zu reich für die Armut, die sie umgibt, und ihr Reichtum ist von der rarsten Art, lässt sich nicht leicht unter die Armen verteilen, auf dass ein Ausgleich stattfinde, und das scheint die Quelle allen Leids zu sein."

*

Plötzlich ging die Türe seines Zimmers auf, ganz leise zwar, aber er hörte es sofort – die Stille im Hause gestattete es.

Gilberte trat herein, ohne vorher angeklopft zu haben. Ihr Gesichtsausdruck und die Kleider, die sie anhatte, verrieten, dass sie noch auf war.

„Entschuldige, Brüderchen, daß ich dich störe, aber draußen warten zwei Herren von Port Royal, möchten dich sprechen."

„Sag ihnen, ich sei nicht zu sprechen", sagte er, ohne sie anzuschauen.

Die Art, wie Blasius auf ihre Mitteilung reagierte, überraschte sie sehr, denn sonst pflegte er eine noch so wichtige Arbeit zu unterbrechen, falls ihn irgendjemand von Port Royal sprechen wollte.

Jetzt fragte er nicht einmal, wer die Besucher waren und was sie wollten, sondern wies sie einfach ab.

„Was wird Blasius wohl zu solcher Reaktion veranlasst haben?“, fragte sich Gilberte, als sie die Treppe hinunterlief, um den unerwünschten Besuchern mitzuteilen, dass er nicht zu sprechen sei.

„Ich bin nun im letzten Akt meiner Lebensgeschichte“, sprach Blasius weiter vor sich hin.

„Jede Sekunde ist kostbar.“

Was er fühlte, indem er diese Worte aussprach, ist natürlich nicht bekannt, und wir wollen nicht danach fragen. Stattdessen wollen wir die Pforte öffnen und, was er sagte, hereinlassen. Tun wir das unvoreingenommen und ohne Vorbehalt, kann es geschehen, dass des Gesagten verborgener Gehalt in uns jenes entstehen lässt, was dem Gesagten das Leben schenkte, dass das Erschaffene den Erschaffer erschafft.

„Gelingt es mir jetzt nicht zu begreifen, was ich bin, falls ich überhaupt etwas bin, wozu ich bin, falls ich überhaupt zu etwas bin, und wohin ich gehe, falls ich überhaupt irgendwohin gehe, dann wird das auch nie geschehen, denn im vierten Jahrzehnt des Lebens hat der Mensch seinen Erkenntnisakt. Was darauf folgt, ist die Zeit, in der das Begriffene genossen werden soll.“

Er schaute auf die Uhr. Die Mitternacht war schon um.

„Was mir Pater Anselme gestern sagte, ist für meine Kutsche zu viel, erfordert einen ganz anderen Weg, sonst bricht die Achse ob der Wucht der Ladung. Der Weg, auf dem ich mich befinde, ist zu holprig, hat zu viele Schlaglöcher.“

Blasius rieb sich die Schläfen. Er empfand eine Art Wellenschlag, dessen Stärke sein Kahn nicht widerstehen konnte.

Die verrücktesten Gedanken, die Wahrscheinlichkeit betreffend, die ihn schon seit Jahren beschäftigt hatten, erhielten nun durch das eigenartige Gespräch mit dem Jesuitenpater neuen Auftrieb, erschienen ihm noch unendlich bedeutender, trächtiger, als er es jemals hätte ahnen können.

Vor allem tauchte etwas am Horizont auf, was einerseits – vor Gefahr warnend – davon abriet, diese Gedanken weiterzuverfolgen, anderseits – um der Klarheit willen – gerade zur weiteren Beschäftigung damit reizte. Er hatte das Gefühl, erst jetzt zu ahnen, was alles in der Idee der Wahrscheinlichkeit steckte. Sobald nämlich auch die kleinste Wahrscheinlichkeit bestehe – einerlei wie klein, hatte Pater Anselme gesagt –, dass jemand für seine Taten nicht allein verantwortlich ist, so sei er unschuldig.

„Nie vorher hatte ich solche Gedanken gehabt", überlegte er, „aber gerade dieser Gedanke des Paters riecht nach Vorausbestimmung, welche die Societas grundsätzlich ablehnt.

Allerdings führte der Pater die Sache anders weiter.

Der Mensch wähle zwar, meinte er, aber seine Wahl hänge mit der Wahl aller anderen zusammen. Somit wählten alle für jeden Einzelnen, und die Wahl aller werde von der Wahl eines jeden Einzelnen mitbestimmt. Daher bildeten alle Menschen eine einzige Schicksalsgemeinschaft frei Wählender, die voneinander abhängig sein mussten, einerlei ob sie sich dessen bewusst waren oder nicht, ob sie so dachten oder anders.

Ja, ja, ja, das Zusammenspiel der Kräfte, aller Kräfte

ist es, die Kräftekonstellation, immer irgendwie und immer anders. Und ebendiesem herrlichen Spiel entspringt alles, auch unser Gedanke und unser Gefühl, dass unsere Welt so ist, wie sie uns erscheint, dass sie einst anders war, dass sie anders sein könnte und dereinst anders sein wird."

Eine kurze Weile schwieg Blasius, als hätte er sich jenes, was er soeben gesagt hatte, noch einmal durch den Kopf gehen lassen wollen, um es in aller Stille zu überprüfen.

„Gerade durch seine freie Wahl", fuhr er dann wieder mit seinen Überlegungen fort, „ist nach Pater Anselmes Meinung jeder Mensch gebunden und daher verantwortlich.

Weil aber die Wahl eines jeden Einzelnen letzten Endes durch die Wahl aller anderen mitbestimmt wird, sind für eine jede Tat alle mitverantwortlich, niemals nur ein Einzelner."

Er seufzte auf. Die Wut auf sich selbst, die in dem Augenblick in ihm aufkommen wollte, weil er all das nicht früher begriffen hatte, wurde im selben Augenblick durch die soeben gewonnene Einsicht aufgelöst, die Einsicht, dass er – wie alle anderen einzelnen Menschen auch – dem Menschheitsgefüge entsprungen und in ihm eingebettet war und dass er nur in demselben Gefüge gerecht werden konnte, denn es war ebendieses Gefüge, in welchem alle seine Gedanken geboren wurden, auch der Gedanke, dass dem so war, wie es ihm nun zu sein schien.

Wiederum gönnte er sich eine kurze Pause, um zu verschnaufen – die Wucht der soeben aufgebürdeten

Gedankenlast zwang ihn dazu.

„Ohne seine Mitmenschen wäre den Einzelne nicht, wäre daher jeglicher Verantwortung entbunden, denn es gäbe niemanden, dem gegenüber er ungerecht sein könnte", überlegte er weiter.

„Nicht einmal diesen meinen letzten Gedanken gäbe es. Allein Gefäße aus reinster Leere, gefüllt mit unwissender Unschuld, die nur im menschlichen Bewusstsein sind, da sie nur in demselben menschlichen Bewusstsein als Lebewesen und Dinge ihr Dasein haben, die ohne Menschen weder eine Welt sind noch eine Welt kennen, wären der Inhalt dessen, was bliebe, wenn der Mensch verschwände.

Ja, ja, ja, erst jetzt begreife ich es: Der Gedanke, dass etwas ist beziehungsweise nicht ist, ist eine rein menschliche Angelegenheit.

Auch der Gedanke, dass es etwas auch ohne Menschen geben könnte, ist bloß ein menschlicher Gedanke, der mit ihm auftaucht und mit ihm verschwindet.

Und was ließe sich dagegen einwenden? Nicht viel. Höchstens, dass auch diese Behauptungen bloß etwas vom Menschen Konstruiertes sind, daher nicht ernst zu nehmen.

Denke ich dies jedoch zu Ende, so stelle ich fest, dass gerade dieser subtilste Einwand sich selbst entkräftet, dass er der beste und sicherste Beweis ist für die Richtigkeit dessen, was er in Frage stellen sollte.

Pater Anselme hat mich auf meinen Wunsch hin besucht, denn ich wollte beichten. Habe ich gebeichtet? Spüre ich irgendeine Form von Erleichterung, von

Reue? Ich weiß es nicht. Aber eines weiß ich: Jetzt bin ich in einer anderen Welt. Ist es mein Glück oder Unglück, dass ich in Pater Anselmes Gedankennetz geraten bin? Auch das kann ich nicht beurteilen. Sicher bin ich aber, dass mich das Netz seiner Gedanken umgibt, denn jetzt sehe ich alles ganz anders.

Wenn dem aber so ist, wie es Pater Anselme behauptet, dass auch die kleinste Wahrscheinlichkeit der Unschuld genügt, um grundsätzlich unschuldig zu sein, dann gibt es keine zuverlässigen Maßstäbe, keine für alle verbindliche Moral, denn sie hängt immer von der Höhe der Einsicht eines jeden Einzelnen ab. Für mich ist das eine völlig neue Weltschau, eine ganz und gar neue Denkweise.

Dann muss es gelten, dass auch die kleinste Wahrscheinlichkeit zugleich auslösend und verhindernd wirken kann und wirkt und somit unser Welterleben, die so genannte Wirklichkeit, mitprägt.

Dann muss es heißen, dass auch ohne das Kleinste und Unbedeutendste die Welt nicht so sein kann, wie sie ist.

Wenn aber das Kleinste und Unbedeutendste unbedingt zur Welt, wie sie ist, gehören muss und unmöglich fehlen kann, dann gibt es keine wichtigen und keine unwichtigen Dinge. Dann ist alles einzig und allein unsere Art, etwas in der eigenen konkreten Situation zu erleben. Und wie wir es erleben, so ist es auch, denn nur der Mensch glaubt zu wissen, dass etwas so ist, so oder so oder anders sein könnte.

Nur der Mensch meint, dass er etwas weiß beziehungsweise nicht weiß, sowie dass andere Lebewesen vielleicht auch etwas wissen beziehungsweise nicht wissen, dass es sie gibt beziehungsweise nicht gibt, dass es sie einst gab beziehungsweise nicht gab, dass es sie dereinst geben beziehungsweise nicht geben wird.

Mit jeder Änderung unseres Welterlebens, unserer Weltschau, ändert sich auch die Welt. Daran, dass sie sich ändert, habe ich nie gezweifelt, aber dass der Inhalt des Wortes ‚Änderung' einzig im Menschen lebt, war mir bis jetzt nicht bewusst.

So gesehen, ist die Welt um nichts weniger das Werk des Menschen, als er das Werk der Welt ist.

Wir sind die Schöpfer von Wo, von Wann, von Wie, von Warum und Wozu, und all das verschmilzt nur im Menschen und allein durch ihn zu Was, eben zu dem, was wir unsere Welt nennen."

*

Zum zweiten Mal wurde Blasius aus seinen Gedanken gerissen, denn Gilberte war wieder eingetreten. Auch diesmal hatte sie es getan, ohne vorher anzuklopfen. Sie hatte es mit gutem Gewissen getan, denn die Wichtigkeit und Dringlichkeit dessen, was sie ihm sagen wollte, schienen ihr groß genug, um ihr Vorgehen zu rechtfertigen.

„Bitte um Entschuldigung, Brüderchen", sagte sie, offensichtlich sehr aufgeregt, „die beiden Herren von Port Royal warten noch immer draußen, sie drängen, sagen, es sei außerordentlich wichtig."

Blasius erhob das Haupt und sagte mit ungeheuer ernstem Gesicht, er sei auf keinen Fall zu sprechen.

Dann senkte er wiederum das Haupt und fuhr mit seinem Selbstgespräch fort.

Gilberte sagte nichts und verließ geräuschlos das Zimmer.

„Wie albern war ich, als ich meine Versuche, den Luftdruck und die Leere betreffend, für sehr wichtig, ja entscheidend hielt. Und wie albern von mir war es erst zu glauben, jenes, was Arnauld erzählt hatte, sei tief, sei einzig richtig. Ich glaube, erst jetzt dämmert mir, wie die Dinge liegen."

*

Die von ihm zuletzt verfolgten Gedanken und das von ebendiesen Gedanken geborene Gefühl mischten sich im Verborgenen mit allen anderen Gedanken und Gefühlen, die er je erlebt und je in sich getragen hatte und von denen er je beseelt und getragen worden war. Ungewollt und ohne irgendwelchen sichtbaren Grund berührte er mit der linken Hand die Brust und hielt wie erstarrt inne: Das in das Futter seines Mantels eingenähte Blatt knisterte so laut, dass er es deutlich hören konnte. Das erstaunte ihn nicht wenig, denn fast unmittelbar, nachdem er es eingenäht hatte, schien es so weich und mürbe zu sein, dass er es beim Anziehen und Zuknöpfen des Mantels nicht mehr hören konnte. Und nun war es plötzlich so laut, viel lauter als das Knistern eines neuen Blattes, wenn man es in der Hand zerknüllt. Er konnte es nicht begreifen, schüttelte den Kopf, denn etwas, was in einer Schau geboren und zum ewigen, unumstößlichen Begleiter bestimmt worden war, meldete sich, als hätte es hinausgewollt, so dass alles ein wenig an Geburtswehen erinnerte, das Aufkommen einer neuen Welt ankündigte.

„Das Erste, was in der Heiligen Schrift über Gott ausgesagt wird, ist, dass er die Welt erschaffen hat", dachte er.

„Alles, womit die Heilige Schrift das göttliche Wesen zu bezeichnen sucht, wie Liebe, Güte, Milde, Strenge, Gerechtigkeit und so vieles mehr, kommt später, als Zugabe sozusagen", überlegte er weiter. Er konnte nicht verstehen, wieso er auf diese Gedanken gekommen war, aber er wusste nun, dass sie mit allen anderen seinen Gedankengängen zusammenhingen und sich aus allen anderen ergaben und dass es nicht angebracht gewesen wäre, über deren Herkunft nachzudenken, denn eine Herkunft hatten sie nicht.

War es wegen der Macht der Einsicht, zu der er sich soeben durchgerungen hatte, oder aus einem anderen Grunde, war nicht auszumachen, aber plötzlich fing er an, am ganzen Körper zu zittern. Seine hastigen Gebärden verrieten, dass er bemüht war, unverzüglich etwas zu erledigen, etwas, was ihm ungeheuer wichtig erschien und daher keinen Aufschub duldete.

Er ergriff ein sauberes Blatt Papier und wollte entweder mit dem Schreiben fortfahren oder einen völlig neuen Text anfangen, als die Tür geöffnet wurde, schneller und energischer als je zuvor.

Gilberte stand in der Tür. Ihre Haltung verriet, dass sie dieses Mal entschlossen war, nicht unverrichteter Dinge wegzugehen.

„Brüderchen", sprach sie ihren Bruder an, schrie

vielmehr, „du musst kommen! Die Leute warten noch immer! Es gehe um viel mehr als einfach um etwas Wichtiges, haben sie mir gesagt!"

Die Wirkung, die ihre Worte auf ihren blassen, von Krankheit abgemagerten Bruder hatten, überraschte sie so sehr, dass sie erschrak.

„Mach bitte die Tür zu und komm, nur wenn ich dich rufe", sagte er mit einem Ernst im Gesicht, der sie daran hinderte, ihrer Aufforderung auch nur ein einziges Wort oder irgendeine Geste hinzuzufügen.

Bestürzt und entsetzt machte sie geräuschlos die Türe zu und entfernte sich in kleinen Schritten.

Im Gang blieb sie stehen. War sie nur einige wenige Augenblicke vorher von der Entschlossenheit getragen, ihren Bruder zum Einlenken und Nachgeben zu bewegen, so war sie jetzt von seinem Gesichtsausdruck und der Art, wie er sie fortgeschickt hatte, so sehr überrannt, dass sie nicht wusste, was sie tun sollte. Es war ihr unbegreiflich, dass ihr Bruder, der sonst mit allem, worüber er verfügte, im Dienste der Jansenitenbewegung stand und für die Mitglieder von Port Royal alles tat, was er irgend konnte, dass er nun urplötzlich nicht einmal willig war, mit den Leuten von Port Royal zu sprechen, obwohl sie anscheinend ein ganz besonderes Anliegen hatten und offensichtlich seine Hilfe benötigten.

Ihr Bruder war immer schon krank gewesen, hatte fast ununterbrochen furchtbare Kopfschmerzen. Sein blasses, von Pein gezeichnetes Gesicht war ihr vertraut, jedoch so, wie sie ihn soeben gesehen hatte, war er noch nie gewesen: Sein Gesicht war das eines sterbenden

Wahnsinnigen, der in einem bescherten Augenblick der Weihe die Einsicht erlangt hatte, dass er etwas erledigen müsse, was ihm als die wichtigste Sache dieser Welt erschien und was nur von ihm ausgeführt werden konnte und musste, da auf die kurze Stunde der Stille und Erleuchtung die nie endende Umnachtung folgen werde, die Unmöglichkeit an sich, irgendetwas zu ändern.

„Mein Gott. Mein armer Bruder. Er sieht schrecklich aus. So hat er noch nie zu mir gesprochen. Was geht bloß in ihm vor?", sprach sie leise vor sich hin.

Langsam stieg sie die Treppe hinunter und verschwand im Dunkel des Untergeschosses.

*

„Nein, vergessen hab ich's nicht! Jenes, was man im menschlichen Leben begreifen sollte, wähne ich nun zu begreifen: Der Mensch ist der eigentliche Schöpfer der Welt, der eigentliche Ort des Weltgeschehens, der Knoten, in dem sich die übliche Logik nicht zurechtfindet. Er ist der Schöpfer der Zeitvorstellung und ihrer Schichten, somit der Idee, dass etwas bereits geschehen ist und etwas erst geschehen wird, auch der Schicht dazwischen, in der das Geschehen gerade stattfindet. Er weiß von der Macht des Wortes, des Bildes und des Klangs. Er weiß von der Fantasie, von ihrer Herrlichkeit und von den Gefahren, die in ihr schlummern. Auch ist er der Schöpfer des Verborgenen, dem er entspringt und dem er sein menschliches Dasein schuldet. Daher ist er das Ebenbild der Gottheit, nicht mehr und nicht weniger als ihr Ebenbild, daher mit ihr identisch.

Ja, ja, ja, mit ihr identisch, ein und dasselbe! Das ist der Schlüssel zu allen entscheidenden Fragen! Dass dieses Eine und Dasselbe üblich als getrennt gedacht wird, ergibt sich aus dem unerlässlichen Abstand, ist die Notwendigkeit des Erlebens. Es ist der Abstand zwischen dem Erlebenden und dem Erlebten. Dieser Abstand entspringt der Menschwerdung, denn nur der Mensch weiß von sich und von dem Anderen. Dieser Abstand kann nur vom Menschen überwunden werden, nicht abgeschafft, sondern überwunden. Diese Überwindung ist der menschliche Auftrag. Das kann nur dann geschehen, wenn der Auftraggebende zugleich der Ausführende des Auftrages ist.

Jetzt bleibt nur noch die Frage zu klären, wie der Mensch selbst als Schöpfer entsteht, das heißt, woher der Schlüssel selbst stammt.

Wem die Klärung dieser Frage gelingt, das heißt, wer in seinem eigenen Geist die Geburt des Menschen ermöglicht, der wird zum bewussten Weltschöpfer. Alle, denen diese Geburt nicht gelingt, sind ebenso Weltschöpfer, ohne es jedoch zu wissen, sind Hungernde, die sich ihrer unendlichen Vorräte an feinster Nahrung nicht bewusst sind."

Er lehnte sich in seinem Sessel weit nach hinten, so dass sein Genick auf dem oberen runden Rand der Lehne ruhte, richtete den Blick gegen die Decke, schloss die Augen und bedeckte mit den beiden Handflächen das Gesicht. Die Buntheit der Welt verschwand.

„Verrückt ist das Dasein: Wer nicht merkt, was er selbst ist, schwelgt im vergänglichen Vielen, genießt das tierische Glück, weiß trotz aller religiösen, philosophischen, wissenschaftlichen und sonstigen Systeme vom Ewigen nichts, bleibt im Pferch, im Gehege des tierischen Paradieses.

Wer anderseits merkt, was er selbst ist, verliert das tierische Paradies und gewinnt das andere, das menschliche, das den Namen Ewigkeit annimmt, sobald es erlangt wird. Dieser Verlust des tierischen Paradieses ist identisch mit der Geburt des Menschen.

Im wunderbaren Spiel der Kräfte, dem alles entspringt, was zum menschlichen Daseinserleben, zum menschlichen Weltbild irgend gehört, ist etwas, was verwirrt und zugleich den Schlüssel in die Hand steckt. Es ist die Einsicht, dass auch die kleinste Wahrscheinlichkeit genügt, für beide Wege genügt, also doppelt taugt: Sie kann alles auslösen, und sie kann ebenso alles verhindern. Die kleinste Wahrscheinlichkeit ist also ein Pärchen, eigentlich das Pärchen.

Jetzt begreife ich es!", schrie er vor Freude ob des Einblicks hinter die Kulissen des Weltgeschehens, hinter denen er jene Quelle gefunden zu haben glaubte, der alles entsprang, auch der Gedanke, dass dem so ist. Diese Quelle von allem war sein eigenes Wesen, der Ort des Geschehens schlechthin.

„Jetzt begreife ich, warum alles immer in der Schwebe sein muss, immer ungewiss, bis es geschehen ist. Und geschehen ist es erst dann, wenn es zum Bestandteil des menschlichen Weltbildes wird, in eine der drei Zeitschubladen versorgt.

Erst dann, ja, erst dann!", schrie er von neuem, denn der Einblick, den er offenbar gewonnen hatte, schien ihn völlig überwältigt zu haben.

„Erst dann, also im Nachhinein, zeigt es sich, dass grundsätzlich nie etwas in der Schwebe, nie ungewiss gewesen ist, und dass immer etwas mehr in der Schale zugunsten des Geschehens liegt, sonst gäbe es eben die Welt nicht, denn der Mensch wäre nicht, der all das feststellt.

Die andere, bloß gedachte Schale, die des Nichtgeschehens liefert nichts, ist nicht, daher ohne Belang, denn das Nichtgeschehen wird auch nie zum Bestandteil des menschlichen Daseinserlebens. Es dient lediglich zur Erstellung von Weltmodellen als dem theoretischen Gegenüber des Geschehenen. Das ist der Gegenstoff der Welt, das Gegenmaterielle, das wäre, wenn es wäre, das es gäbe, wenn es vorhanden wäre, der Inhalt der menschlichen Spekulation, die Leere, die von der Natur nicht geduldet wird, denn diese ist das Geschehen selbst.

Der feinste Unterschied, das feinste Überwiegen zugunsten des Geschehens ist der bejahende Aspekt der Welt, der entscheidende, denn er entscheidet, dass alles so ist, wie es ist, und so ist es für jeden Menschen, wie es ihm gerade vorkommt.

Und all das geschieht im Nachhinein, ja im Nachhinein, denn das Licht als der schnellste Bote braucht doch etwas Zeit, um zu berichten. Sein Bericht ist für uns das Geschehen, der Inhalt der Welt!“

Er hob beide Hände hoch über seinen Kopf und schlug die Handflächen gegeneinander.

„Ebenso begreife ich erst jetzt, was jene herrliche Stelle in der Heiligen Schrift besagen will, wo es heißt, dass der Mensch nur den Rücken der Gottheit erleben kann, nie deren Angesicht: Der Rücken ist das Vergangene, welches wir im Nachhinein als die Gegenwart erleben und als Erlebtes in die Schublade der Vergangenheit versorgen.

Der feinste Unterschied, der an sich jenseits aller Messbarkeit liegt und dem daher die Vermessenheit nichts antun kann, ist immer größer als null und immer kleiner als irgendeine denkbare Größe, die durch irgendwelche Zahlen ausgedrückt werden kann.

Pater Anselme sagte doch, die unendlich kleine bejahende Wahrscheinlichkeit sei der Kern des Weltgeheimnisses, des ganzen Weltgeschehens. Sie ist die unmessbare Quelle, der die ganze Welt ununterbrochen entspringt, eine kontinuierliche Explosion, in der ihr Anfang und ihr Ende immer vereint sind. Jene, die das nicht begreifen, versuchen verzweifelt zu berechnen und herauszufinden, wann sie begonnen hat und wann sie enden wird. Das ist wahrscheinlich der Höhepunkt der Tragik, die der menschliche Verstand erreichen kann.

Der Gedanke ist verrückt! Er lähmt und reizt zugleich!

Wenn dem so ist, dann ist es zum Beispiel wahrscheinlich, obwohl kaum denkbar, dass man aus einem riesigen Behälter – zum Beispiel so groß wie unsere Erde und mit Sand gefüllt –, von dem ein einziges Körnchen markiert ist, mit verbundenen Augen mit einer Pinzette, die nur ein einziges Körnchen auf einmal greifen kann, schon beim ersten Versuch eben jenes markierte Körnchen hervorholt.

Sehr unwahrscheinlich ist das, jedoch nicht ausgeschlossen.

Und die Wahrscheinlichkeit, dass man denselben Vorgang nach jeweils kräftigem Durchmischen so viele Male nacheinander erfolgreich ausführt, wie viele Körnchen es im Behälter gibt?

Die Wahrscheinlichkeit ist da natürlich noch unvorstellbar kleiner, aber auch da ist die Möglichkeit nicht völlig ausgeschlossen, auch da ist sie unendlich größer als null."

Was in seinem kränkelnden, schmerzenden, fiebrigen Gehirn, das mit Zahlen aller Art so sicher und so geschickt umgehen konnte, bei diesen Überlegungen vor sich ging, kann man nicht einmal ahnen, und alles, was man darüber sagen möchte, wäre bloß sinnloses Mutmassen.

Wiederum hob er beide Arme hoch, so hoch er nur konnte, so dass sie wie zwei Kerzen gerade hochragten, schaute hinauf und drückte beide Hände mit gestreckten und gespreizten Fingern gegeneinander. In der Stellung blieb er eine kurze Weile sitzen.

Dann ließ er beide Hände auf seine mageren Oberschenkel herunterfallen.

„Noch nie habe ich die mathematischen Überlegungen so reizvoll empfunden", dachte er, „und all das hat Pater Anselme in mir ausgelöst.

Ist es zum Beispiel denkbar", fuhr er mit seinen Gedanken fort, indem er immer neue, immer verrücktere Stufen der Unmöglichkeit erfand und erwog, „dass ein so prächtiger Bau wie die Kirche Notre-Dame von Paris zufällig entsteht, völlig ungewollt und ungeplant, mit all ihren behauenen

Steinblöcken, Schwebesäulen, Dämonen, Portalfiguren, allerlei Verzierungen und farbigen Rosetten ...?

Dass Stoffe sich zufällig, ungewollt zu Strukturen zusammenfügen, diese sich dann – wiederum durch zufällige Bewegungen, Reibungen und Verknüpfungen irgendwelcher Art – zu noch komplexeren, getrennten Elementen zusammenlegen...?

Dass all das sich durch reinen Zufall zum Bau formt, der ins Staunen versetzt ...?"

Was er sich so überlegte und laut vor sich hinredete, schrieb er schon lange nicht mehr auf, denn alles, was ihm durch den Kopf ging, war so betäubend, entrückend, duldete die greifbare Welt und daher auch das Begreifen nicht.

„Wie unvorstellbar klein ist wohl die Wahrscheinlichkeit, dass so etwas ungewollt und ohne Plan geschieht, aber eben, sie ist größer als null, sie genügt", überlegte er weiter.

„Je mehr ich darüber nachdenke, desto mehr schwindelt mir und umso mehr wird mir bewusst, wovon sich die Mitglieder der Societas Jesu in ihrer Lebensweise leiten lassen. Sie scheinen sich all dieser Abgründe bewusst zu sein. Offensichtlich haben sie jenes schon längst erreicht, wovon ich immer geträumt habe.

Wenn intelligente Gebildete unter jenen Anhängern der Reformation, die es ernst meinen, bloß wüssten, wie herrlich, wie umwerfend die Auffassung der Jesuiten ist, wie anders, wie unvergleichlich höher und tiefer sie ist als all das, was die so genannte christliche Welt kennt, würden sie unverzüglich ihre auf Ignoranz beruhende theologische Faselei aufgeben und sich mit aller Inbrunst bemühen, jenes kennen zu lernen, was ich von Pater Anselme dank des glücklichen Umstands, dass ich todkrank bin und deswegen vielleicht doch heimlich beichten wollte, das Vorrecht hatte, erfahren zu dürfen.

Und wie sieht es in dieser Hinsicht mit der so genannten lebendigen Substanz, mit den Lebewesen aus?

Wie unendlich unwahrscheinlich scheint es mir, dass sich durch das reine Spiel des Zufalls die Stoffe so mischen und zusammenfügen, dass ein Veilchen oder eine Rose, ein Vogel oder ein Schaf entstehe!

Der Gedanke lähmt mir den Verstand, und mein sonst so zuverlässiges Vorstellungsvermögen, das mich bei allerlei Zahlenspielen nie im Stich gelassen hat, ist einfach nicht mehr da, hat hier offensichtlich nichts zu suchen.

Ohne Übertreibung erscheint mir die verschwindend kleine Wahrscheinlichkeit, dass so ein Wunderwerk der Baukunst wie der Dom Notre-Dame von Paris zufällig entsteht, als reinste Gewissheit, verglichen mit der Wahrscheinlichkeit, dass ein Lebewesen zufällig entstehe.

Aber auch diese Schwindel erregend kleine Wahrscheinlichkeit scheint wiederum die reinste Gewissheit zu sein, wenn man sie mit der Wahrscheinlichkeit vergleicht, dass die Stoffe sich so verbinden und zusammenfügen, dass ihre Verknüpfung und Zusammenfügung abstraktes Denken hervorbringt und dadurch jenes, was wir so selbstverständlich und ohne zu wissen, was wir sagen, Bewusstsein nennen.

Und denke ich all das zu Ende, so stelle ich fest, dass ebendieses Bewusstsein, unser bewusstes Sein, alles andere gebiert, ja, alles, ohne Ausnahme, auch den Gedanken, dass dem so ist, sich selbst."

*

Hier hielt Blasius inne. Sein Blick, nur scheinbar nach vorn gerichtet, war auf nichts fixiert; er sah nichts, obwohl seine Augen weit offen waren. Er hörte nichts, nicht einmal das Rauschen des Blutes in seinen Adern; nicht einmal das Gefühl, woanders zu sein, hatte er, denn er war nirgends, obwohl er zum ersten Mal in seinem Leben überall gleichzeitig war, auf einmal in allem anwesend. In allem, was seine Welt ausmachte, erkannte er sein Kind, sich selbst, und er selbst war das Kind dieses von ihm erschaffenen Kindes.

Sein fiebriges Gehirn schien den wahrscheinlich entscheidenden Zug seines eigenen Wesens begriffen zu haben, die Geburtsstätte des Zeitgefühls zu sein und einer Zeitvorstellung, die in eine Zukunft und eine Vergangenheit zerfiel, sowie in eine Gegenwart, die es zwar geben musste, die sich jedoch dem Verstand entzog, da sie keine Abgrenzungen kannte, dessen wundersame Kinder, Nahrung und Inhalt.

Und weil diese ungreifbare Gegenwart floss, kein Rasten kannte, konnte sie nie unmittelbar erlebt werden, sondern immer im Nachhinein, eben als der Rücken der in Form des Weltlärms leise vorbeiziehenden Gottheit.

Die Geburtsstätte von allem war sein Gehirn, auch des Gedankens von der Notwendigkeit einer Entwicklung, somit zugleich einer kausalen Verknüpfung, daher auch der Vorstellung, dass es einmal keine Welt gegeben hatte und dass es wieder einmal keine Welt geben werde, und schließlich der Vorstellung, dass es so etwas wie Materie gab, die spielte, und dass diesem Spiel so etwas wie Bewusstsein entsprang, welches seinerseits von sich selbst, von seinen eigenen Überlegungen und auch davon wusste, dass es wusste, somit alles und sich selbst erfand und erschuf.

Der Weg hinaus zu allem, was die so genannte Welt ausmachte, endete im bewussten Sein; der Weg hinein, zum bewussten Sein, endete in der Welt.

Es stand außer Zweifel, dass diese beiden Wege gleichzeitig beschritten werden mussten, dass sie erst beide zusammen jenes berühmte Rohr, Cana genannt, ausmachten, das in Galiläa liegt, dem Lande aus Wellen und Steinhaufen, das heißt aus Bewegtheit und Trägheit, aus Schwinden und Beharren, kurzum aus Form, und was ist diese, wenn nicht die Fähigkeit, sich vergehend mitzuteilen?

In Cana, im Inneren des wunderbaren Rohres, geschah die Verbindung und Verschmelzung, eben die Vermählung, die Hochzeit der Welt, wobei Wasser als etwas Neutrales zu Wein als berauschender Wirklichkeit wurde, voller Anziehung und Abstoßung, Freude und Leid, Sinn und Unsinn, Verzweiflung und Hoffnung.

Was konnte man an dem Gedankengang noch aussetzen, der lückenlos aufwies, dass die kleinste Wahrscheinlichkeit die Brutstätte, der Schmelztiegel der fraglosen Wirklichkeit war, diese wiederum im Wesen des Hirns als ihrer äußersten Entfaltung, vom bewussten Organismus Bewusstsein genannt, die Mutter jener kleinsten Wahrscheinlichkeit sein musste?

Konnte man überhaupt noch weiter denken? Enthielt dieser Gedanke nicht das Denken des Denkens, denn das Kind hatte die Mutter geboren, von der es hervorgebracht worden war?

Der Irrgarten lag im Rücken, die mit Licht überstrahlte Ebene vor dem Suchenden, der den Ausgang gesucht und gefunden hatte.

Das unmittelbar vor dem Ziel lauernde Stier-Ungeheuer, die Macht der plump erlebten Welt, das letzte Hindernis auf dem Weg der Menschwerdung, war besiegt, die todbringende, formverschlingende Sphinx entmachtet.

Alles, was sein bisheriges Leben bestimmt hatte, empfand Blasius wie einen seltsamen, schlechten Traum. Ein äußerst mühsamer, schmerzvoller Weg war es gewesen, jedoch offensichtlich ein notwendiger.

Nun stand er zuoberst auf jenem Berg, dessen Gipfel wegen der Natur der Dinge immer oberhalb aller trübenden Wolken stehen musste, dessen einziger Nachteil darin bestand, dass man von dessen Spitze aus denen unterhalb der undurchsichtigen Wolkenschicht unmöglich mitteilen konnte, wie es oben war, es sei denn, man verpackte von allem oben je einen doppelten Keim in ein Wort, das die Form eines unsinkbaren Schiffes, einer Arche hatte, und man entsandte es auf die Fahrt durch die nie endende Flut der Zeit in der Zuversicht, das Schiff werde auf ebenden stoßen, der sich, am Fenster sitzend, die Frage stellte, eine Antwort suchte und in der Stille der Einsamkeit auf das Wort hoffte, ohne sich um die Stunde ihrer Ankunft zu kümmern.

*

Wie von einer unsichtbaren Hand geschleudert, schlug eines der zwei Fenster in seinem Zimmer, welche die ganze Zeit offen gestanden hatten, wuchtig zu und riss ihn aus seinen Gedanken. Blasius drehte sich erschrocken um, blieb eine Weile unbeweglich sitzen, auf das zugeschlagene Fenster starrend, und versuchte sich das plötzliche Geschehen zu erklären – das einzige noch offene Fenster bewegte sich nicht. Er stand auf, ging auf das zugeschlagene Fenster zu, öffnete es behutsam, untersuchte mit seinen dünnen Fingerbeeren die Ränder der beiden Flügel und das Schloss in der Hoffnung, aus den Folgen auf die Ursache zu schließen, und schaute hinaus. Nichts Besonderes war festzustellen. Er staunte nicht wenig, dass trotz des außerordentlich kräftigen Zuschlagens an den Glasscheiben keine Risse festzustellen waren: Sie waren unbeschädigt, ganz und versprachen, die Welten auch weiterhin zugleich zu trennen und zu verbinden.

„Das ist nun das zweite Mal, dass das Fenster in meinem Zimmer auf unerklärliche Weise zugeschlagen wird; es weht kein Wind; stiller kann es wohl nicht sein; wahrscheinlich war es ein Durchzug, der leiseste zwar, jedoch ein ausreichender."

Solche und ähnliche Gedanken gingen ihm durch den Kopf, aber er wusste genau, dass es kein Durchzug sein konnte, denn in seinem Zimmer und draußen war es gleich warm, da die Fenster die ganze Zeit offen gestanden hatten.

Im Inneren verwarf er all die Mutmaßungen und drückte das spontan mit einer wegwerfenden Handbewegung aus.

„Ach, das sind bloß lächerliche Spekulationen“, sagte er kaum hörbar.

„Zwei sind jetzt zu, noch eines ist offen, ich muss mich beeilen, keine Sekunde darf ich nun vergeuden“, fügte er hinzu.

Er drehte sich um, ging zu seinem Pult, setzte sich und begann zu schreiben. Er sprach laut, was er schrieb, las vielmehr das Aufgeschriebene vor, als hätte er sich vergewissern wollen, nichts vergessen zu haben.

„Die so genannte Materie erschafft den Menschen, und das, was sich Mensch nennt, erfindet die so genannte Materie, erkennt in dieser seiner Erfindung seine ewige Mutter, Heimat und Herkunft, seinen Weg und sein Ziel in einem.

Das ist die Erklärung des größten Rätsels, des eigentlichen, denn alle anderen Rätsel, bloße Splitter des Ganzen, sind darin enthalten. Das Herrliche an diesem Rätsel ist, dass es nach der Lösung noch reizvoller wird.“

Plötzlich legte er die Schreibfeder ab, richtete sich auf und schaute ins Leere.

Nur wenige Augenblicke verblieb er in dieser Stellung, beugte sich dann wie vom Blitz getroffen plötzlich über das Pult und schrieb stehend fieberhaft weiter.

„Ich wollte es nicht, aber es musste offensichtlich geschehen. Mein unersättliches Bedürfnis nach Begründung von allem und Klarheit in allem bewirkte, dass ich eine mathematisch klare, logische Religion schaffen wollte. Dies führte mich zu einer Erkenntnis, von der ich niemals die leiseste Ahnung hätte haben können. Eine Erkenntnis ist es, die mir alles raubt, was ich bisher besessen habe.

Was an die Stelle des Geraubten tritt, ist nun die Erkenntnis selbst, das Wissen, wie die Dinge liegen.

Jetzt bin ich ohne Trost, ohne Hoffnung, ohne Angst. All das sind Begleiterscheinungen der religiösen Gottesvorstellungen.

Was ich nun erlangt habe, ist die reine Erkenntnis, und dass dem so ist, weiß ich, weil sie nichts anderes schenkt als sich selbst. Sie verspricht auch nichts, und alles, was sie versprechen könnte, kommt gleichzeitig mit ihr als ihr treuer, unzertrennlicher Begleiter.

Sie schafft die Vergangenheit und die Zukunft ab, macht sie zur fließenden Gegenwart, die nie anfängt und nie endet, denn in ihr sind der Anfang und das Ende ineinander enthalten.

Sie befiehlt nicht, dass man seinen Gott lieben müsse und keinen anderen suchen dürfe. Durch sie begreift man den Sinn des Namens Emanuel, denn durch sie erkennt man die Welt erschaffende Gottheit in sich selbst.

Sie befiehlt nicht, dass man seinen Nächsten lieben solle *wie* sich selbst, denn durch sie erkennt man sich in jedem anderen, und man liebt ihn ohne Befehl *als* sich selbst.

Sobald diese Erkenntnis erlangt wird, erweisen sich alle Gebote und Verbote als überflüssig, denn durch sie geschieht alles von selbst, aus purer Freude, nicht aus Angst vor Strafe oder weil eine Belohnung wartet.

Ohne diese Erkenntnis ist alles bloß ein Haufen von Zwecken, erst durch sie erhält alles einen Sinn.

Ja, ja, ja, diese Erkenntnis wiegt mehr als alle Gebote und Verbote, Vorschriften und Gesetze dieser Welt, auf denen allerlei religiöse und politische Systeme beruhen."

Blasius setzte sich wieder in den Sessel und lehnte sich weit nach hinten, seine Arme hingen an den Armlehnen hinunter. Sein Gesicht war gegen die Decke gerichtet, seine Augen waren geschlossen.

„Erst jetzt begreife ich jenen Gedanken, dass die Welt nicht so oder so ist, sondern dass sie genau der menschlichen Erkenntnis entspricht."

Er beugte sich wieder nach vorn über das Pult und schrieb weiter.

„Die Welt ist das Kind des Ungleichgewichts, das heißt des Überwiegens jener Kräfte, mit denen die Hebräer die Gottheit bezeichneten.

Das Ungleichgewicht ergibt sich aus dem Überwiegen der Stimmen der unterstützenden Engel, jener, die zur Erschaffung anspornen, das heißt der wirkenden Möglichkeiten. Dank des Ungleichgewichts kippt, purzelt jede entstehende Weltordnung zugunsten der kommenden. Dieses Kippen und Purzeln ist es, was wir Weltgeschehen nennen, das Wesen der Ordnung mitten in der Unordnung, Tohuwabohu, Kosmos im Chaos.

Auch die kleinste Möglichkeit, dass dabei etwas geschieht, genügt, ist der doppelte Keim der künftigen Welt. Doppelt fruchtbar ist dieser Keim, weil er aufbauend zerstört und zerstörend aufbaut. Er ist immer sicher aufbewahrt im Bauch der Wort-Arche, Tewa genannt, das auf dem Strom der Zeit schwimmt und in sich die Erkenntnis trägt, die entscheidende, Frieden im Herzen stiftende.

Der doppelte Keim, das fruchtbare Pärchen, besteht aus der wirkenden Möglichkeit und der bloß gedachten

Möglichkeit, aus einer Eins und aus einer Null sozusagen.

Die wirkenden Möglichkeiten gestalten die Welt so, wie wir sie jeweils erleben. Zugleich reizen sie uns zum Spekulieren, wie die Welt wäre, wenn sie anders wäre und was es gäbe, wenn es die Welt nicht gäbe. Die so entstandenen Bilder und Vorstellungen beruhen auf bloß gedachten Möglichkeiten.

Die bloß gedachten Möglichkeiten sind jene enttäuschten Engel, die als ständige Bewohner des menschlichen Bewusstseins gemäß der Legende gegen die Menschwerdung sind.

Der doppelte Keim sprießt weder langsam noch schnell. Indem er springt und sprießt, wird er neu gebildet. Seine Neubildung ist wiederum zugleich sein Springen und Sprießen. Er ist jener berühmte paradiesische Baum des Lebens, der zugleich Frucht ist und Frucht macht. Nur von dem Baum sollte der Mensch essen, denn er ist grundsätzlich lebensbejahend. Essen heißt doch einverleiben, zum Inhalt seines Wesens machen. An diese tiefe Bedeutung des Wortes ‚essen' denkt man praktisch nie.

Der andere paradiesische Baum, von dem gemäß der lustigen Legende nicht gegessen werden sollte, ist die zeiträumliche, den Sinn zerstörende, lebensfeindliche Weltvorstellung mit einem Anfang und einem Ende. Diese Weltvorstellung ist intellektuell natürlich unvergleichlich weniger anspruchsvoll und daher vorherrschend.

Für den, der das Wesen des Keim-Pärchens erkannt hat, ist von Belang lediglich, dass das Springen und

Sprießen geschieht, kurzum, dass die Welt da ist. Die Frage, wann sie entstanden ist und wann sie enden wird, bietet lediglich die Unterhaltung und den Stoff zum Spekulieren für Möchtegernwissenschaftler.

Die Menschwerdung ist das Unwahrscheinlichste von allem, der Inhalt der ewig wirkenden und der bloß gedachten Möglichkeiten, denn der Mensch erschafft die unterstützenden und die hindernden Engel, dieselben, von denen er erschaffen wird. Das ist das Ereignis aller Ereignisse, die eigentliche Weltquelle, denn alle anderen Ereignisse sind in ihm enthalten.

*

Erst jetzt begreife ich, was der Mensch ist, und den Sinn jener Worte im Tempel, die zur Erkenntnis des eigenen Wesens auffordern. Der wortkarge Weise, der sie bestimmt hat, hat alles gesagt.

Erst jetzt begreife ich auch den Sinn meiner eigenen Formulierung der Wahrscheinlichkeitsrechnung, des Kindes meiner mathematischen Bemühungen, einen rationalen Gott zu erschaffen: Ein auswärtiger Weltschöpfer ist überflüssig!“

*

Die Geburt dieses Gedankens versetzte dem früheren Blasius, dem feurigsten Anhänger irgendeiner religiösen Bewegung und dem Befürworter des strengsten religiösen Formalismus sowie dem Autor von brillanten polemischen Schriften, den Todesstoss.

In diesen Augenblicken erlebte er mit einem Mal zugleich das Sterben seines früheren Selbst und dessen Neugeburt – er verschwand und entstand zugleich.

Der Vorgang der schwindenden Erschaffung vollzog sich in ihm mit solch unglaublicher Wucht, dass er Mühe hatte, all die Gedanken und Empfindungen geordnet und übersichtlich niederzuschreiben. Er spürte, dass er die letzten Augenblicke seines vierten Aktes durchlebte, und was ihm in diesen wenigen Augenblicken zuteil wurde, ließ all seine früheren Gedanken und Einsichten als völlig belanglos erscheinen.

Er wusste, dass er alles gewonnen hatte, ohne zu wetten und ohne um die Gunst irgendeines fiktiven Gottes würfeln zu müssen.

Die einst von ihm selbst mit allem Nachdruck geforderte Wette erschien ihm nun vielmehr als abscheulichste Gotteslästerung, die er im Zustand des Unwissens und des grundsätzlichen Missverständnisses der Dinge ausgesprochen hatte.

Mit verzweifelten Bewegungen und stark zitternden Händen schrieb er hastig die letzten Zeilen, die ihm das Zusammenspiel der Kräfte noch gewährte.

Die Zeilen verliefen schräg, überkreuzten sich, die meisten Buchstaben waren stark verzerrt, viele Wörter kaum lesbar, denn er sah nichts mehr.

Was er nun schrieb, war sein Testament, die Bitte an seine Schwester, seine Neugeburt anzuerkennen.

„Liebste Berti“, schrieb er, „entferne jenes eingenähte Blatt aus dem Futter meines Mantels und vernichte es. Was dort geschrieben steht, schrieb ich, als ich noch tot war.

Sorge dafür, dass dieses, was du auf diesen Blättern auf dem Pult lesen kannst, bekannt wird. Dies ist das Kind meiner Auferstehung und zugleich jenes, was der menschlichen Erkenntnisspirale und somit der Menschwerdung selbst fehlt, die letzte Windung, deren freies Ende in den Ausgangspunkt, das Auge, zurückführt. Von dort aus kann man dann die ganze Entfaltung sehen und zugleich genau wissen, wo man ist. Von dort aus gesehen, stört keine weitere Entfaltung, denn sie ist dann immer im Zentrum, im Auge enthalten."

Ein Schrei entriss sich seinem Mund, und er kritzelte nieder in immer größer und zunehmend undeutlicher werdenden Buchstaben, die zum Schluss in eine wellige Linie übergingen, welche nach einem lang gezogenen Bogen in einem großen Tintenfleck endete, der als Punkt des Ausrufezeichens nach dem letzten Wort dienen sollte.

*

„Tu dies zu meinem Gedenken!"

*

Die Feder fiel aus seiner leblosen Hand, und sein Körper sank im Sessel zusammen.

Die Kerze flackerte auf, den letzten Wachstropfen verzehrend, und erlosch. Nur wenig hatte gefehlt, dass die beschriebenen Blätter von der Kerzenflamme erfasst würden, aber das wenigste hatte entschieden.

* * *

Seit ihr Bruder bei ihr wohnte, hatte Gilberte viel mehr zu tun, denn Blasius war todkrank, fanatisch und heikel. Die unangenehmen Folgen von all dem spürte sie jeden Tag – sie war erschöpft und benötigte nichts so sehr wie einen guten Schlaf.

Nachdem die Besucher von Port Royal, die Blasius nicht empfangen wollte, weggegangen waren, zog sie sich auf ihr Zimmer zurück und ging gleich zu Bett. Einschlafen konnte sie nicht, denn das unablässige Raunen und Murmeln, welches zweifelsohne aus Blasius' Zimmer kam, hielt sie wach.

Das allein war jedoch nicht der wichtigste Grund. Vielmehr war es das ihr völlig unbegreifliche Verhalten ihres Bruders den Leuten von Port Royal gegenüber, die er früher mit allen Mitteln und mit äußerster Bereitschaft unterstützt hatte, was ihr keinen Schlaf gönnen wollte.

Es war offensichtlich, dass in ihm irgendetwas Merkwürdiges geschehen sein musste, und sie versuchte eine Erklärung dafür zu finden. Alles, was ihr in den Sinn kam, verwarf sie, ohne es weiter zu erwägen, als sinnwidrig und unmöglich.

Der verstörte, todernste Gesichtsausdruck ihres Bruders sowie die unfreundliche und schroffe Art, wie er sie angewiesen hatte, die bis vor kurzem willkommensten Besucher fortzuschicken, hatte sie entsetzt.

*

Sobald sie den Schrei gehört hatte, rannte sie in sein Zimmer, denn sie ahnte nichts Gutes.

In Blasius' Zimmer brannte kein Licht.

Den kleinen dreiarmigen Kerzenständer hoch in der Hand, schritt sie langsam und fast geräuschlos auf sein Schreibpult zu. Der Anblick, der sich ihr im flackernden Kerzenlicht bot, war erschreckend. Der sonst kleine und schmächtige Körper ihres Bruders war nun zu einem armseligen Klumpen zusammengefallen und sah noch unvergleichlich kleiner und elender aus als vor nur wenigen Stunden. Sein verstörtes und von Schmerzen entstelltes Gesicht verriet die Stärke des letzten Kampfes, den er durch seinen eisernen Willen verlängert hatte, um dem Todesengel noch einige Augenblicke des teuersten irdischen Gutes abzuringen und die zuletzt erlangten Erkenntnisse um jeden Preis schriftlich festzuhalten, auf dass er in das Gedächtnis der künftigen Geschlechter nicht bloß als zwar ein begabter Mathematiker, jedoch trotzdem als eine Art armseliger Trottel eingehe, sondern als jemand, der für alle Kommenden wachen Geistes, die auf entscheidende Fragen des Daseins eine zufrieden stellende Antwort suchen, eine auch wirklich Frieden im Herzen stiftende Erklärung biete.

Es gelang ihr, die merkwürdige Barriere, die sie vom Klumpen im Sessel trennte, zu überwinden. Sie wandte sich ungekünstelt und aufrichtig an jenes Etwas vor ihr, obwohl sie spürte, dass ihr niemand antworten konnte.

„Brüderchen!“, sagte sie energisch, „ich habe dich schreien hören, was ist passiert?“

Sie wusste, dass sie wahnsinnig war, denn es war ihr bewusst, dass sie zu einer Leiche redete, die ebenso wenig antworten konnte wie irgendein Eisbrocken oder

Kieshaufen. Sie wusste, dass für den, dessen Lebenshülle zusammengeknüllt im Sessel vor ihr lag, alles passiert war, was ihm überhaupt hätte passieren können.

„Mein Gott! Brüderchen, du liebe Seele!“

Sie versuchte ihn zu wecken, rief ihn noch einmal, dann noch ein drittes Mal, obwohl sie wusste, dass sie ins Leere rief. Sie tat es aber trotzdem, um die zweifelnden Engel des bloßen Denkens zu verscheuchen und weil die Toten am Nabel der Lebenden saugen und unablässig verlangen, dass man ihrer gedenkt. Die Lebenden hören nämlich erst dann auf, sich an die Toten zu erinnern, wenn sie hinscheiden, wenn sie sich zu den Toten gesellen. Dann kehren sie sich um, der Sanduhr gleich, und fangen an, an den Nabeln der Lebenden zu saugen, gedenken ihrer, werden zum Inhalt ihrer Träume, verwandeln das Gewesene ins Kommende.

Sie stellte den Kerzenständer behutsam auf das Pult, setzte sich auf die weiche, runde Armlehne des Sessels und hob sachte die Augenlider, die einst ihrem Bruder gehörten, die sich gelegentlich wild zu öffnen pflegten und zwei schwermütige schwarze Augen aufleuchten ließen, jenen Blick, den sie einerseits gemocht und vor dem sie sich anderseits beinahe gefürchtet hatte.

Sie begegnete nun der starren, toten Gleichgültigkeit.

„Er ist dahin“, entschlüpfte es ihren Lippen.

*

Die von Tinte noch feuchte Schreibfeder lag auf den frisch beschriebenen Blättern. Die schiefen und unregelmäßig geführten Zeilen sowie die lange, wellige Schlusslinie mit dem großen Tintenfleck weckten ihre Neugierde.

Sie nahm das oberste Blatt auf dem Pult und begann zu lesen. Sie las langsam laut vor, obwohl ihr niemand zuhörte, außer dem unsichtbaren Zuhörer, der immer und überall anwesend ist, wo die menschliche Fantasie lebt.

Es dauerte eine Weile, bis es ihr gelang, alles zu entziffern, was Blasius an dem Abend, dem letzten seines qualvollen Lebens, geschrieben hatte, denn die Schrift war äußerst unleserlich. Gilberte kannte ihres Bruders Schrift und fand sich auch dort zurecht, wo ein Außenstehender hätte aufgeben müssen.

Als sie auch die letzten Zeilen gelesen hatte, in denen er sie bat, das eingenähte Blatt aus seinem Mantel unverzüglich zu entfernen und zu vernichten, dann aber dafür zu sorgen, dass seine letzten Gedanken veröffentlicht würden, da der Menschheit gerade noch jene Erkenntnis fehlte, zu der er sich durchgerungen hatte, ließ sie ihre Hand fallen und warf auf den toten Körper im Sessel einen schnellen, flüchtigen Blick, in dem nebst der Trauer auch eine Dosis Mitleid nicht fehlte.

„Mein armer Bruder", sprach sie kaum hörbar vor sich hin, „ist unmittelbar vor seinem Tode wahnsinnig geworden und ist in vollkommener geistiger Umnachtung gestorben. Gott in seiner Weisheit und Barmherzigkeit hat ihn von seinen Qualen befreit und zu sich genommen."

Sie legte das Blatt auf das Pult und setzte sich in den Sessel nebenan.

„Alles, was er zuletzt geschrieben hat“, flüsterte sie, „muss wertlos sein, denn er hat die ganze Zeit wie verstört gewirkt.“

Sie las alle Blätter auf, von denen einige auf dem Pult und einige auf dem Boden lagen, und zerriss sie hastig und entschieden in kleine Fetzen.

„Es ist gut, dass jetzt im Haus niemand außer mir wach ist. So kann ich mir alles genau überlegen, was ich zu tun habe, damit nur das Vernünftige von all dem, was mein armer Bruder geschrieben hat, der Nachwelt bekannt wird.

Zuerst muss ich aber feststellen, was auf dem eingenähten Blatt steht. Das war also der Grund, warum der Mantel weder gewaschen noch gereinigt werden durfte“, sprach sie leise vor sich hin.

*

Es war gar nicht einfach, den Mantel vom toten Körper abzunehmen, aber endlich gelang es ihr. Sie riss das Futter des Mantels auf und entnahm ihm das eingenähte Blatt. Dann las sie, was drauf stand, murmelnd vor.

„Dies ist ganz in der Art, wie er dachte, als er noch trotz allgemeiner körperlicher Schwäche geistig vollkommen gesund war; dies hat er in den Augenblicken seines höchsten geistigen Fluges geschrieben“, dachte sie, „in den Augenblicken, als Gott unmittelbar zu ihm sprach. Von diesen Zeilen soll die Welt und die Nachwelt erfahren“, sprach sie entschlossen, „nicht von jenem Unsinn, den er in den letzten Minuten seines Lebens in völliger geistiger Umnachtung gekritzelt hat.

Ich werde das Blatt wieder einnähen und dann Louise bitten, alle seine Kleider zu öffnen und genau zu durchsuchen. Es ist besser, dass man das *Memorial*-Blatt im Futter seines Mantels als auf seinem Pult findet. Dann kann es keinen Zweifel daran geben, dass ihm das im *Memorial* Festgehaltene das Wertvollste und Liebste war, sein Lebenstestament, sein Vermächtnis."

Sorgfältig las sie auch die kleinsten Papierfetzen auf, damit weder auf dem Pult noch auf dem Boden eine Spur der letzten Augenblicke seines Lebens bleibe. Dann presste sie die geballten Blätter zwischen den beiden Händen noch fester zusammen und wollte das Zimmer verlassen.

„Es ist gut, dass unten im Kamin Feuer brennt", murmelte sie und handelte recht hastig, als hätte sie Angst gehabt, irgendjemand könnte unverhofft auftauchen und sie an ihrem Vorhaben hindern.

Schnell ging sie an das einzige offene Fenster und wollte es schließen, wandte sich jedoch um, warf einen Blick auf den toten Klumpen im Sessel und ließ dann mit sanfter Bewegung den Fensterflügel aus der Hand.

Bevor sie das Zimmer verließ, schaute sie sich noch einmal um, als hätte sie sich vergewissern wollen, dass der vierte Akt auch wirklich abgeschlossen und die Bühne für den nächsten, den wesentlichen, bereit war.

Dann trat sie in den Gang und schloss die Zimmertür hinter sich.

Eiligen Schrittes ging sie die Treppe hinunter. Das Krachen der Stufen unter ihren Füssen hörte sie nicht, denn das Rauschen ihres Blutes in den Adern und das jagende Geräusch der lodernden Flammen im Kamin ließen es nicht zu.

Chöre von sonst unhörbaren Stimmen, die allen Dingen entströmen, besonders den schweigenden, bedankten sich bei dem Hauptthelden für die bekundete Entschlossenheit zu beharren und die Bereitschaft nachzugeben mit einem Beifall, vernehmbar nur für jene, die im wachen Zustand träumen.

Im Zimmer von Blasius blieb ein Fenster offen.

* * * * *

www.ingramcontent.com/pod-product-compliance
Lightning Source LLC
Chambersburg PA
CBHW030808310726
48980CB00006B/422/J

* 9 7 8 3 9 5 2 3 8 5 9 0 6 *